阪口雄三
Sakaguti Yuzou

巨眼さぁ開眼

〈うどめさぁかいげん〉

元就出版社

はじめに

明治維新第一の功労者・西郷隆盛を、仲間うちでは心安だてに「巨眼《うどめ》さぁ」と呼んでいた。余りにも立派な大きな目を持っていたからである。

今日では維新を牽引《けんいん》した西郷は、少年の頃より一等地を抜く傑物だと思われがちだが、少年の頃はむしろ「うす馬鹿」と蔑《さげす》まれたほどで、生まれついての秀才でも天才でもなかった。誰でも生まれながらにして人にすぐれた資質の一つぐらいは持っているものだが、西郷の場合、それは外見からは窺《うかが》い知れない類い稀な大度量であったから、そんなものは人目には、馬鹿かのろまとしか映らないものだ。時としてそんな人間が、しばらく見ないうちに近寄りがたい風格を現わして、人の上に立っているのに直面することがあるが、西郷はまさにそんな人であったようだ。

人間はいったん偉人、英雄となると、それに至る隠れた日々の修行に励んだことは伝わってこないものだが、西郷とて同じで、今日では知られていない苛酷な修行を経て、遂にあの大人格を得て、維新の大業を成し遂げたのであった。

あの庶民的な風貌の中には、見るからに苦労人の面影と共に、自ずと親近感も近づいてくる。そう思って西郷の伝記などを読むと、五十年の人生は失敗と苦労の連続で、得意の時期はほんの少しだけであることに気づくはずだ。この本は西郷が幾度かの艱難辛苦に遭遇しながらも、遂にあの巨眼が見開き、維新を牽引する自信らしいものを、摑むまでの物語である。

小さい頃は「うす馬鹿」と蔑《さげす》まれ、武士の子には違いないが家格は低く、食うことにもこと欠くどうしようもないくらいの貧乏な祖父母、父母、七人の兄弟と揃う大家族に育ち、子供の頃から失敗を繰り返して成長したと知れば、これはもうどのように考えても、利口とか目先が利いたとかからは程遠い人物像が浮かぶ。解りやすく言えば、お人好しで真面目すぎて嘘が下手、言い換えれば世渡りが下手ということになる。これでは時代の変化の遅い当時でも、生きて行くのが精一杯であろう。

ところがこんな男がいたお陰で、「明治維新」という日本歴史の上に燦然と輝く大改革が成功に導かれた。世の中は皮肉に出来ており、歴史の面白いところであろうか。

では西郷には人に優れたどんな資質が備わっていたのだろうか。

それは何百年に一人しか持ち得ない大度量を持っていたのだ。人気といってもよい。才能、技量などは誰でも一目でそれと分かる。

『あいつはよく出来る』『あの人は頭が良い』

小さい頃はそれだけで人気がある。そんな子供は一クラスにかならず一人や二人はいるものだ。少し大きくなると人間性が云々されて、それだけでは人気が持続できなくなることも多い。この時期の「うす馬鹿」といわれるような人が、人気があるといっても、それは茶化されたようなものでしかないことが多い。

　西郷の人気は、始めは自分と同じように貧乏な家庭に育った者から、支持されていただけであったが、そのうち、冷ややかに見ていた者たちでさえ、無視できないようになっていった。後に正しく人を観る目を持った人の目にとまり、そこからチャンスが拡がり、大きく支持を広げていったが、一方では妬《ねた》まれて不運に遭遇して、普通ならば落ち込むところが、逆に大度量に磨きがかかってさらに大きく成長していった。

　この大度量、大器量が明治維新を成功へと導いたといっても過言ではない。改革、維新といえば、明治維新と終戦後の改革に行き着く。

　終戦後の改革は大部分、アメリカの力を借りたようなものだが、明治維新こそは日本人が自力で成し遂げたものとして、世界に誇りをもって語れる維新である。今日の改革の指針ともすべき明治維新をよく知ろうとすると、西郷隆盛を知らねばならなくなる。

　幕末から明治へかけての状況は、今日に実によく似通っていて、たとえば当時は天変地異が頻発して人々を苦しめたが、今日では国民生活に致命的な打撃を与える天変地異は少ないものの、経済の仕組みがグローバル化し、国内生産が脅かされ、不景気が長期化し、政府のエライさんの賄賂や横領にまつわる事件が後を絶たないところなど、時代をそれなりにスリップさせて見直してみると、今も当時とあまり変わらないことがよく分かる。

　日本を代表するようなエライ人が、この不景気をなんとかしようと、苦心されているようだが、もう一つ成果が見えてこない。貧すりゃ鈍する譬《たと》えの通り、この不景気の上にアメリカでテロが起こり、アフガニスタンで戦争となり、株式相場が急落し、日本の構造改革も先行き不透明となってしまっている。

明治維新には大体十五年ほどの期間を要したのであったが、その間に目まぐるしく、ああでもない、こうでもないと試行錯誤を繰り返して、遂に明治の世の中になったが、大改革を断行するためには、高潔《こうけつ》な人材が必要であることに気がつく。

現在進行中の改革に、不足しているものは多いが、維新改革にもっとも必要な人材、それも西郷隆盛に代表される無欲で艱難に負けない人物が見つからないこととなると、ますます西郷に光をあてなくてはならなくなる。

西郷とは一体、何者なのか。そんなにこんな人間が必要なのか。

絵画でしか見たことはないが、キヨソネの画いた肖像画に強く惹《ひ》かれた。力強い大きな眼、強い意志を表わす真っすぐ筋の通った鼻、真一文字に結んだ大きな口とその総てに、どんな人にでもある卑しさが微塵も見受けられないし、見る者によっては近寄り難い威厳がある。それでいて、小児もなつくほどの優しさが顔全体を包んでいる。

察するところ、西郷は初めから偉かったのではない。自分を鍛え、人にも鍛えられてだんだん偉くなっていったに違いない。そして生来の天才でも秀才でもなかったとすれば、どんな資質、どんな大度量を持っていたのだろうか。何故あれほどの大胆力が備わり、人を魅きつけねば措《お》かない大人格が備わったのであろうかなどなど、魅力は尽きることがない。

それは誰もが忘れている素朴な修行、誰もが畏れている失敗、誰もが失いたくない命に、なぜ恬淡《てんたん》としていたのだろうかに突き当たる。

先の大戦では、日本はアメリカの新鋭の兵器に対して旧態依然とした戦略しか取り得ず、伝統を重んじた秀才たちの信奉する大艦巨砲主義作戦を墨守して、現場で多くの兵員たちが地道な苦労をして得た、索敵や暗号解読の功績を高く評価しなかったことが、敗戦に繋《つな》がった大きな原因であった。一言にして言えば、科学に冷淡であった。

戦後はこれを反省し、今日では科学を重視して、平和時代の人間生活を安楽に送れるようにする数多くの開発、発明がなされ、それは貴くまた可能となった。

反面、人間の中にひそむ安楽を求めて危険を恐れる怠惰な心や、深刻化する不景気や失業を始めとする艱難に打ち勝つ人間に、創り変える手軽な開発や発明は見当たらない。

西郷の中に、それが見つかるのではないかと思える。

西郷といえば、

『敬天愛人』

『人を相手にせず天を相手にせよ』

『命もいらず、名もいらず、官位も金もいらぬ人は始末に困るものなり』

『児孫のために美田を買わず』

等が有名であり、その足跡はまさにその通りであったが、そんな清らかな人に接してみたいと思わずにはいられない。

西郷は「水清ければ魚住まず」とか、次第に濁り行く世情に背を向けて、故郷鹿児島に引退後、郷党の求めに快く応じて、最期は故郷・鹿児島の城山で戦死を遂げた。

政府軍と戦って敗れて戦死した故をもって、靖国神社に祀られていないが、鹿児島の南州墓地に建つ幾百の墓石は、東京九段の靖国神社に向かって、傲然と睨んで建っているようにさえ思える。

『国を想う心に変わりはない。敵味方と別れて戦ったけれど、官軍の諸君は靖国神社がお似合いだろうが、我々は西郷先生に命を預けて戦死したのだから、先生と共にこの薩摩の一遇にいる方がよほど居心地がよい』

そんな声が聞こえてくるほど、清々しく、また鬼気迫る雰囲気の中に建っている。

西郷隆盛は物質的な財産は一切持たず、輝かしい名誉はすべて捨て去って、何一つ持っていなかったが、自らが持つ無形の大財産を、維新の活動を通じて必要なだけ散じ、最期に郷党の若者たちに、残った大財産を惜し気もなく散じてしまったように思う。

利口者から見れば、まさに「うす馬鹿」「お人好し」とはこのことであろう。

私はそんな西郷先生がたまらなく好きである。

巨眼さぁ開眼——目次

装幀——純谷祥一

巨眼《うどめ》さぁ開眼《かいげん》

第一章――時代が人を創る

其の一　幕藩体制の揺らぎ

江戸に徳川幕府が開かれてより二百五十余年、太平に慣れ、時代の変化にも漫然と過ごし、旧態以前の世襲制度を厳守していた幕府は、庶民に「知らしむべからず、依らしむべし」の圧政を続け、それが武士も含めて日本人全部に独立不羈《ふき》の気概を失わせていた。

それは借金取りに悩む一家の主人が、夜中に鼠の走る音にもびくつく哀れな男に成り下がっているのに似ていた。

多くの家臣の上に立って、意のままに振る舞っている殿様といえども藩の借金は嵩《かさ》むばかり、家臣からの禄米をも借り上げて、もはや新たな金の出所はない。

『大坂の鴻池《こうのいけ》から借金の返済を迫られたらどうしよう。家来どもの手元も不如意ではあるし、彼らの生活も大変じゃ。来年の参勤交代はどうしよう。姫の婚礼も迫ってくるし、余はどうすればよいのじゃ』

大名の交際は外見だけでもそれなりにせねばならぬ。家来とて同じことで、身分に応じた交際は続けねばならぬ。殿様は「よきに計らえ」と逃げられるが、家来は妻に「よきにせよ」とは言えない。それでなくとも夫も妻も子もみんな内職に励んで麦飯、芋粥に甘んじている。「盆や年の暮が来ないでくれ」と叫びたい。下級武士や郷士の暮らしは語るに忍びない。小者、百姓などは人間の暮らしのうちに入らない。

実際、武士も百姓も町人も、もうどうにもならない時を迎えていた。天変地異が繰り返し起こり、不景気が続いて各地に騒動が頻発し、今にこの国にも大変なことになるぞとの噂は聞こえていたが、今度は止めを刺すような、まさかと思っていた大事件が今、自分の目の前に起こってきた。

『まさかくらい恐いものがないというが、とうとうアメリカのペリーが黒船を率いて、日本に乗り込んで来て、まさかが本当になったぞ。どうなるんじゃろ』

『旗本八万騎もあてにならん。隣の清国はあいつらに食い荒らされて、えらいことになってると、寺子屋の先生が言うとった』

こんな時代こそ幕府が確固たる信念の下、国家を安泰に導かねばならないのだが、幕府も平生威張り散らしていた旗本も、一般民衆と同じく上下を挙げて右往左往し、前途を悲観していた時代ではあった。だが、そんな日本にもこの難局を好転させるぞと立ち上がる本当の日本男児が育っていた。今日、我々が誇りとする日本人が幕末の日本にいた。

江戸に徳川幕府が開かれ、戦国の殺伐な気風も徐々に納まり、太平の時代が到来すると、今度は幕府体制を支える農業経済から貨幣経済へと移行し始め、米作からの課税に頼る幕府の屋台骨に亀裂《きれつ》が生じ、元禄以降崩れてきた幕府財政の窮乏が深刻化してきた。八代将軍吉宗はこれの対策として、新田の開発、殖産興業政策などを奨励し、各地に特産品の産出に努力を傾けて、さらにその増産をうながし、景気の浮揚を謀《はか》った。

さまざまな物品が、当時人口百万といわれ、世界でも有数の都市であった江戸をはじめ、各地の大大名の城下町に集まって消費されることになってきた。もちろん、それらの物品には各藩でも個別に税金を科しているので、それなりに藩財政は潤ったけれど、体面を飾る領主の濫費と特産品の販売流通のためには、その権利を生産に協力した大商人に任さざるを得ず、また、新田開発には大商人の財力を活用したため、商人の権利が介入し、必然の赴くところ、それらの販売権を握った彼らに利益は独占され、一般の武士や農民には還元されない悪循環を繰り返す弊害がともなった。

年中行事のように繰り返し襲ってくる自然の暴威と、それによる災害飢饉とによって、ただでさえ苦しい藩財政は次第に逼迫《ひっぱく》して、最後の手段は家臣から借り上げと称し、給米を減らしてゆかざるを得なくなる。返せる当てのない年俸の前借りである。それらは依然として、藩の参勤交代や藩主の体面保持の費用などに費消されるのだ。家臣も農民もたまったものではない。特に農民は、油粕や豆粕同様に血もあぶらも残らぬほどにまで絞り取られた。とうてい、これでは生きて行けない。

ここで起こってきたのが百姓一揆であり、世直し騒動であった。

元禄時代は軟弱な世相ではあったが、赤穂浪士の吉良邸討ち入りに代表される骨太の武士の魂のかけらが残っていたし、その行為に賛辞を惜しまぬ民衆の気骨も残っていた。

深刻な幕府財政を憂えた時の将軍・吉宗は、享保の改革を断行して、幕府財政も少しは持ちなおしたかに見えたのも束の間で、英邁《えいまい》とうたわれた十代将軍・家治の治世が過ぎ、十一代将軍家斉ともなると、先人の苦労も忘れ、下人民の塗炭《とたん》の苦しみなど知るものかとばかり、濫費《らんぴ》を繰り返し、子供を五十五人もつくる放埒《ほうらつ》な生活を続けた。

上が狂えば下も乱れる譬《たと》えの通り、家斉治世のうち西暦一八一八年から一八二九年の文化・文政の世は、徳川政権中でもっとも気儘《きまま》で酒色に溺れきった時代といわれ、賄賂《わいろ》がまかり通り、派手な生活に慣れた豪商はもとより、金儲《もう》けにうつつを抜かすことしか念頭にない江戸をはじめ各地の商人衆も、老中が変わるたびに触れ出される改革、そのつど示される御禁制には飽き飽きしており、彼らの思いは、

「もう誰が政治を執っても同じことだ」

との諦めが先に立っていたし、知識層といわれる学者、僧侶、医者、心ある武士たち、税の取り立てに関わる庄屋たちは、

「幕府はもうどうしようもない段階に来ているのでは」

と思っていた。

少しでも先見の明のある者には、天下大乱の足音がひたひたと聞こえてきていたのだ。

家斉から第十二代将軍徳川家慶の治世になるまでの世相を振り返ってみよう。

国土保全の行き届いた今日でも、大自然が一度荒れ狂えば、その被害は計り知れない。保険制度が充実し、金満大国の日本といえども、先年の二年続きの旱魃《かんばつ》では米の値段が何倍にも騰《あが》ったし、神戸・淡路を襲った大地震では、政府もかなりの出費に苦しんだ。バブル崩壊以来、

今に続く長期化する不景気には万策つきた感がある。

まして当時の農業は天変地異の暴力に加えて、害虫の被害には無抵抗に等しく、そのもたらす被害は、人命はもとより民生を支える諸施設、道路、橋などの決壊、流出、民家の倒壊など、枚挙のいとまがないほどの被害にも、何一つとして救済《きゅうさい》することが出来なかった。

中でももっとも重大な損失は、刈り入れ前の田畑の流出と天候不良、害虫による稲作の被害は、悪くすると全滅、もしくは計り知れない減収となる。食糧の備蓄などまったくない一般住民には、食料不足となって襲いかかり、加えて田畑の復旧は地主、小作人に新たに大きい負担としてのしかかってくる。

『この秋は雨か嵐か知らねども、今日の勤めに田草とるなり』

手塩に掛けて育てた稲の出来具合が、半分の五分作や三分作では百姓とて食ってゆけない。当時の米作は、今日のように一段歩で九俵も十俵もの収穫は見込めない。一等田地で四俵も獲れれば上出来で、他は推して知るべしであり、この少ない収穫から藩に差し出す年貢、すなわち税が科せられるのだが、年貢は大体五公五民で半分は取られる。

年貢は単に稲作にだけ科されるのではなく、畑はもちろん、山、野、河、海からの収穫に対しても同様で、商工業者の収益全般にわたっていたことはいうまでもない。

百姓とは今日では農家全部を指すけれど、当時は藩に登録された地主農家のみであり、その下で耕作を受け持つ小作農家は入っていない。彼らは地主に小作料を支払わねばならない。半毛といって、五分作では小作人はほとんど取り分がないのが普通であった。水飲み百姓といわれた階層の生活が、どのくらい惨めであったか推量するだけでも悲しい。

当然、米不足は物価の高騰となってその日の暮らしを直撃する。悪徳商人はここぞとばかり米の買い占めに走り、値段の吊り上げを計る。米価高騰を抑える法令が出ても、役人に賄賂を贈って何知らぬ顔の半兵衛を極め込まれれば、一般民衆は生きてゆくことも出来なくなる。これが常套的《じょうとうてき》になってくると、どれだけ倹約、奢侈《しゃし》禁制を謳った改革でも成功するはずはない。民衆の怨念の声は天下に満ち満ちていた。それが栄華を誇った文化・文政の実際の世相であった。

天候による大飢饉は家斉、家慶の時代だけではない。それ以前の天明二年、西暦一七八二年に起こった「天明の大飢饉」がある。当時は家斉治世の五、六年前の老中・田沼意次《おきつぐ》の賄賂政治が横行していた時代であったが、八年間にもわたる長期間、暴風雨、洪水、冷害による天候不順で不作が続き、遂に餓死、行き倒れが続出した。同時に疫病が蔓延し、自暴自棄となった民衆は徒党を組んで騒ぎだし、ついには一揆、打ちこわしへと拡がり「天明の大騒動」といわれ、江戸時代の有名な大騒動となった。

天明七年四月十五日、第十一代将軍となった徳川家斉は老中・田沼意次を罷免《ひめん》し、老中に白河城主・松平定信を据えて、世に言う「寛政の改革」に取り掛かり、実績を挙げた定信は一時、将軍補佐にまで出世したけれど、彼は質素倹約を強要するのみで飽きられ、

『白河の清き流れに耐えかねて、元の田沼のにごりぞ恋しき』

こんな狂歌と共に消え去ってしまう。

ここでしばらく田沼と松平のことについて触れてみよう。

評判の悪い老中・田沼意次は、将軍の側用人から成り上がったために、徳川政権を形成する

譜代門閥の保守的な大名たちからの反感反対を押し切って、時代の変遷に対応した諸政策を推し進めて行かねばならなかった。

八代将軍吉宗の改革は、各地の特産品の産出増産を奨励して殖産興業政策を推進し、積極的に農家の副業を奨励した。また都市の大商人の財力を利用して、大規模な新田開発を行なった結果、今まで厳しく規制されていた商人の農村進出が容認され、そのままでは各藩における生産、徴税の基本政策が崩れるのを防ぐため、特定の商人に特権を与えて、商品流通の動きを彼らの統制下に置かざるを得なくなっていた。

だが、その政策を継承してゆく田沼時代には、必然的に商人はその権利を求めて、賄賂が横行し、政治は弛緩《しかん》し、武士も町人も生活に緊張がなくなり、そのうえ、度重なる天災飢饉が起こって、庶民の困窮は、ついには一揆、打ちこわしに発展していったのであるが、独り田沼が悪人であったわけではなく、むしろ徳川政権の中で幕府財政とその経済政策の変換時期、一方それは経済文化がいちじるしく発展した時代の中で、それを支えて苦闘した一人といえよう。

八代将軍吉宗の改革の影の分、言い換えれば、かならず起こってくる揺り返し、いうなれば幕府政権の暗黒時代ともいうべきこの時代を象徴する政治家であったのだ。稀に見る有能な手腕家であったが、時代に翻弄《ほんろう》された感がある。

松平定信は八代将軍吉宗の孫に当たり、血筋も家柄も申し分ない出身である。幼少より秀才の誉れ高く、奥州白河の藩主時代、かの有名な「天明の大飢饉」に遭遇《そうぐう》したが、一人の餓死者も出さなかったといわれて、名君の名をほしいままにしていた。

徳川家斉が第十一代将軍となるに及んで、松平定信が老中首座となり、田沼の後を受けて幕政改革に着手した。「寛政の改革」である。彼は謹厳誠実で責任感が強く、努力家でもあったが、気位が高く、総てを部下に任せられず、いうなればワンマン政治家であった。自らを清く高くとして他を律する、秀才にありがちな潔癖《けっぺき》さは、前記の狂歌のような評価しか受けられない羽目に陥り、失政に終わった。

もはや幕府には人材がないといってよい。しからばどこに求めればよいのか。この時点では、まだ草莽《そうもう》（くさむら）の中に適材がいるなどとは考えられもしない。

外国との交易を絶って鎖国令を守り、自然現象に任せた農業政策に頼る徳川政権は、たとえ殖産興業の振興で世界に通用する商品が生産されても、貿易による利益の確保が不可能であり、密貿易があっても高が知れている。自国内での消費にまつ経済では、国力の伸張はまったく期待できない。貨幣経済へと変貌する中では一方に金が集まれば、一方はまったく空になるより仕方がない。大金を握った大商人は、政治も経済も自由気儘《まま》に動かしてゆく。大坂の鴻池の実力は幕府をしのいだといわれる。

武士も大名も皆「札差」「両替」といった金融業者から扶持米を抵当に金を借り、返せる当てもほとんどない状態であった。各藩大名とて同じことで、江戸と大坂に留守居役を置き、江戸詰家老は政治向き、大坂の留守居役は借金対策に専念し、両者共に連絡を取り合って藩財政をまかなっていた。だからどちらも大変豪奢《ごうしゃ》な身なりであったという。

第十一代将軍家斉治世の西暦一八〇〇年・寛政十二年から、西暦一八三〇年・天保元年の三十年間には、江戸での大火は西暦一八〇二年・亨和二年、西暦一八〇六年・文化三年、西暦一八〇九年・文化六年、西暦一八二三年・文政六年、西暦一八二九年・文政十二年と五回起こっている。大風雨、洪水、疫病は、江戸や各地に八回起こっている。

大地震も秋田県に二回、新潟県に一回、併せて三回起きている。奥羽地方の不作、冷害、飢《き》饉《きん》は毎年のことであった。

この間に起こった騒動は二十回、一揆は三十三回、打ちこわしは十一回であるが、ここに出ている数字は歴史年表に掲載《けいさい》されたものであり、実際には天保の大飢饉を含む十四年間だけで、全国で三百五十九回起こっていたといわれる。

この天下大乱、騒動が続いて上下共に精神の緊張が弛緩し、生命さえ脅かす大飢饉を始めとする困難な時代にあって、多くの民衆は前途に失望していたこの時期に、一方ではそれがあたかも豪雪の下で新しい芽を育む雑草のように、幾多の英雄が相次いで誕生しつつあった。

勝海舟は西暦一八二三年・文政六年一月三十日生
西郷隆盛は西暦一八二七年・文政十年十二月七日生
大久保利通は西暦一八三〇年・文政十三年八月十日生
吉田松陰は西暦一八三〇年・文政十三年八月四日生
木戸孝允は西暦一八三三年・天保四年六月二十六日生
坂本竜馬は西暦一八三五年・天保六年十一月十五日生
高杉晋作は西暦一八三九年・天保十年八月二十日生

この七人の英雄の中で上級武士の子として生まれたのは、木戸孝允と高杉晋作だけで、勝海舟、西郷隆盛、大久保利通、吉田松陰は食うや食わずの下級武士であり、坂本竜馬は町人郷士でしかない。なぜこんな人たちでなければ、明治維新を成功させることができなかったのだろうか。歴史の不思議なところである。

英雄誕生には、長い陣痛期が必要であるようだ。そんな時代が英雄を生むのであろうか。また、英雄を産み落とした厳しく辛い苦しい時代に生きた民衆の苦痛はどんなものなのか。

回天の英雄を誕生させるには、どれだけ貴い血が流されたのか。暗い時代の闇に消えていった名もない民衆の苦労はどんなものかを察してやらねば、その「なぜ」が解らない。

騒動とは米騒動であり、農民の減税を要求しての強訴、または愁訴、農民などが直接江戸幕府に訴え出る越訴、幕令または藩令に反対する一揆などが起こってくる。

強訴とは実力をもって集団直訴することと辞典にあるが、この当時は幕府の武力の前には民衆の実力などは問題にならず、もっぱら代官所へ大勢で押し掛ける程度であった。

『帰るより仕方がないか。食う物もないしこれからどうしよう』

こうして泣く泣く帰るのであった。ほとんどの村では泣き寝入りであった。

愁訴とは字のごとくに受け取れば、苦しみ悲しみを嘆き訴えることであろうから、ひたすらお慈悲をお願いして、重税に手心を加えて貰《もら》うように三拝九拝したのであろう。

越訴とは領国の藩主や代官に訴えてもはかばかしい結果が得られず、といってこのままでは飢え死にするより仕方がない。同じ死ぬのなら、いっそ江戸の老中様に訴えて、我が身は磔《はりつけ》、獄門にされるのも厭《いと》わず、暗夜ひそかに国境を越えて、江戸へ老中へと決死の訴えに及ぶことである。

かつては南北朝時代の小領主、地主的商人、自営農民などの連合した闘争組織を一揆と称したが、幕藩時代の一揆はほとんど百姓一揆で、訴える相手の武力に対抗する何物も持たずに、迫り来る生命の危機を訴えるのであったが、ほとんどの首謀者は捕らえられ、厳しい拷問にかけられて、磔、獄門に処せられた。

『誰にも言っちゃいけないよ。この白いご飯は、父ちゃんの命なんよ。お前らは父ちゃんが何で殺されたか、忘れたらあかんよ』

父親が打ち首、獄門になり、残された子らは泣きながら母の言葉を心に焼きつけた。

打ち壊しとは、江戸時代に入ってからの被圧迫階級（百姓、町人ら）の実力闘争の一形態と辞典に出ているが、愁訴、強訴と繰り返しても、要求は聞き入れてくれなくなったとき、民衆はいよいよ一揆を企て、打ち壊しを決意する。目標は役人と結託した奸商や悪徳金貸し、そして善人顔で甘い汁を吸う富商である。これは、ちょうど西暦一八〇〇年初頭から始まった。

大勢の食えなくなった民衆は、目指す家へと殺到して家を壊し、倉を破り、金庫をこじあけ、手当たり次第に掠奪《りゃくだつ》、狼藉《ろうぜき》のかぎりをつくして逃げ散ってしまうのだ。これは各藩当局においてもかなりの打撃であった。なぜならばこれが幕府に聞こえたときは、藩政に対して幕府の権力が入るし、悪くするとお家断絶ともなりかねない。そのためその対策には苦慮し、一方で農民や民衆を慰撫し、他方、首謀者や協力者には厳しい刑罰を加えて沈静化を謀った。

一揆、打ちこわしは、時代が下がるごとにその頻度が増してゆく。天保年間には一揆、打ち壊しは激増した。この中には一揆をともなう打ち壊しも含まれているとはいえ、これは単なる一揆や打ち壊しではない。下から盛り上がる民衆の政治改革への怒濤のような闘争であろう。

私が戦後、文久二年生まれ、当時八十三歳の老人から聞いた、打ち壊しの話。

それは明治十五、六年と二年続きの大旱魃《かんばつ》で、米はとれず近畿一帯は大飢饉に見舞われていたとき、和歌山県那賀郡の野上地方では、食えなくなった民衆は、警察を警戒しつつ、干上がった川を伝い、酒蔵を目指して押し寄せたといわれる。そしてその古老は、

『打ち壊しくらい恐いものはない。家も何も捨てて逃げるより仕方がないそうだ。和歌山（ここでは和歌山市のこと）でも行き倒れがあったよ』

行き倒れを見た人や打ち壊しに遭った人から聞いた話を語った。

大飢饉の実際はどんなものであったのだろうか。

天明の大飢饉（西暦一七八一年から一七八八年までの八年間）では、大飢饉の前触れのように、西暦一七七九年には桜島が大噴火をしていた。天明元年には江戸で大火が起き、その翌年には小田原で大地震が起こった。そのまた翌年には浅間山が大噴火し、死者二万人を数えた。そのうえ、天候不順が長く続き、米作は不作続きで、当然のように疫病が蔓延《まんえん》してくると、もう手の打ちようがない。民衆は食うものがなくなり、草の根はもとより犬猫、牛馬、果ては死人の肉まで食い尽くし、餓死者は続出して、路傍には行き倒れが続き、目を覆う惨状を示していたといわれる。

西暦一八三一年・天保二年から始まる全国的な不作、大飢饉は七年間にわたって続き、世に「天保の大飢饉」といわれ、その間、冷害、旱魃、大洪水、大害虫の発生、江戸、大坂の大火と悪いことのオンパレードが押し寄せ、「天明の飢饉」に勝るとも劣らぬ惨状を呈したといわ

れている。

当時は地主百姓でさえ食うに困っているのであり、その下で実際に耕作する小作人ともなれば、まったく食物はないに等しい。まさに水飲み百姓とはよく言ったもので、稗粥、芋粥でその日をしのいだのであった。

其の三　おかげまいり

世紀末の追い詰められた希望のない現実にさらされ続けた民衆は、もはや神仏に頼るしかなく、日本には昔から巡礼巡拝が盛んに行なわれていたが、巡礼の通過する沿道の茶店や一般民家では、彼らにほとんど報いをとらず、自分の食い扶持をも削って一食を分け与えたといわれる。四国遍路に今も残る「お接待」と同様のお布施を受けたのである。

伊勢神宮への集団参宮は、やはりこのような仏教の巡礼運動と関連をもって発展してきたのであった。「おかげまいり」である。

「おかげまいり」とは、一体どんなものであったのだろうか。

「おかげまいり」も享保八年・西暦一七二三年頃には、だんだんと派手になり、のぼりや吹貫《ふきぬき》などを立て、太鼓、笛、鼓、三味線などを持ち、異様な服装をして、参拝するようになっていったという。初めは京都市中から始まり、大坂堺などの町人層がこれに加わり、次第に近郊の百姓に及んでいった。そのうち「ぬけ参り」といって、主人や夫に許しを受けずに、これに加わる者も出てきた。下女、下人も多くいたという。彼らは、

「そろりとな、抜けたとさ」
と囃《はや》し踊りながら通っていったとある。

「ぬけ参り」の民衆は、十分な旅の準備も路用の金も持たずに出てきているので、彼らは道中の「お接待」「施行」を受けて伊勢参宮をはたしたのであった。

京都では富裕な町人は五条、三条の橋詰に出て、米、銭、下着、菅笠などを与え、大坂では町の金持ちがところどころへ銭、うちわ、手拭、垢袋、杖、わらじ、薬、鼻紙、銀一つなどを饗応したという記録が残っている。また駕籠かきは駕籠を出し、馬子は馬を出したといわれる。

この頃は時代も下って集団的一揆の頻発する頃であったから、生きる希望を失った民衆の「おかげまいり」は伊勢大神宮の神意を頼みとし、神威の恐れを盾として群衆をたのんで練り歩き、伊勢参宮の人数も爆発的に増大して、明和期（西暦一七六四年から一七七一年）には二百万人が動員されたと伝えられている。

「おかげまいり」に加わる民衆の出身地も、西は九州の北部から東は関東、中部全土から蟻の行列のように続いた。奥羽と九州南部を除く全国である。もはやこれは尋常な参宮ではない。暴力をともなわない一揆、騒動とでもいおうか。

一揆、打ち壊しの対象とされた物持ち、金持ち、富商、酒造業者たちは、神への報謝だけではなく、民衆の暴力をかわす意味からも「施行」に熱心になったのもうなずける。

大津では三井八郎右衛門は、笠と金六百両を出したといわれる。また、松坂魚町の長谷川次郎兵衛は、金五百両と米五百俵を出したという。

「施行」の模様について『譚海』が次のように書いている。

『先ず大坂の宿をいずれば、有徳（富豪）のもの家ごとに鳥目（銭）をつみたくはへ（貯え）、往来の人に百銭、二百銭、分げん（分限者＝金持ち）に応じて施し与ふ。是れをもらひて行けば、行先行先の所にてもおなじやうに銭をほどこす。八間（八軒家）にては京上りの船ちんをほどこすよしにて、乗かかる人を銭をとらずに伏見まで船にておくる。伏見へ着（き）たれば、伏見の船宿ある（い）ははたごやなどいいあはせて、まづしければものやるべきやうなし。そのかはりにと、据風呂を焚（き）て往来の人を要して、是非をいはず風呂に入（れ）さするなり』

　上はほんの一例であるが、とにかく「施行」もここまでくれば、ぬけ参りをする者も増えてくるだろう。

　明治と改元になる前年の慶応三年に起こった「お札下り」「えいじゃないか」の予兆であろうか。

　この難局（天保の改革）を背負って立った敏腕の水野越前守忠邦は、大車輪の活躍をするけれども、結局は時流に勝つことは出来ずに失敗した。もう誰が老中になろうが、大老となって改革に取り組もうが、成功のメドは見えず、幕府も諸藩も大衆も時代の先行きに対する不安と失望が、すべての人の上に大きくのしかかってきていた。

　西暦一八三七年・天保八年一月十九日、ついに幕府の無策に憤慨《ふんがい》した大坂・天満の与力大塩平八郎は、世直しを掲げて兵を挙げた。これを「大塩の乱」という。この乱の十五年後にペリーが下田に来航し、そのまた十五年後に明治の世になったので、大塩の乱をして明治維新の始まりとする学者も多い。

時代の要請する英雄たちは、現体制の中からは生まれ出てこない。幕府は難局に直面するたびに体制の中から見つけだそうとして、十分な資質を備えた秀才、敏腕家に白羽の矢を立て、難局に当たらせても、時代の要請を受けていない者ではどうしようもない。

英雄は意地悪くもまったく隠れたところで、大した見栄えのしない姿で潜んでいた。

第二章——郷中教育《ごじゅうきょういく》

其の一　薩摩武士の気風

薩摩藩では城下士の子弟で七、八歳から十歳までを小稚児、十歳から十三、四歳までを長稚《おさち》児《ご》といい、そのグループに稚児頭を置き、それ以上の、およそ元服から結婚までの若者たちは二《に》才組《せぐみ》といい、そのリーダーを二才頭という。これが薩摩の居住区域別の教育組織である郷《ご》中《じゅう》制度の年齢構成であった。

稚児は朝六時から読み書きの基礎と四書五経の音読、相撲や疾走などの体育訓練に励む。特に「降参いわせ」という訓練は、大体のルールを決めただけの喧嘩に近い闘争と思えるくらいの競技で、いざ戦争となった場合の実戦訓練であった。

午後は歴史、地理などの初歩を学び、夕刻には示現流剣術の基礎を習得する。これらの指導には二才衆《しゅう》が当たることになっていた。

西郷は九歳で藩主斉興の初御目見得を頂き、長稚児組に入り、藩校の造士館に通うようになると共に、剣術の訓練のために町の道場にも通った。

十三歳で二才組に入り、二才頭から二才としての教育を受けながらも、交替で小稚児の教育の指導に当たった。夜は各人の家に集まり、漢詩を輪読したり、史書や軍紀書を読み、座長を定めて討論をするのであった。

これは現代の小中高大学の一貫教育に相当するが、当時の武士教育はもっぱら忠孝仁義の徳目について学び、目上に対する礼儀を徹底させ、質実剛健をモットーとした総てが実戦に役立つ人間の養成を目指したものであった。

この教育に従えば、軟弱な思想や行動は疎《うと》んぜられて、重厚にして機敏な人間が重宝がられるようになる。薩摩の気風は重厚剛健といわれるゆえんである。教育程度はかなり高いと言わねばならない。

いったん緩急《かんきゅう》ある非常時に、薩摩国を守る武士に対しては当然の教育方法であろうが、太平が長く続いたため、このような組織立った教育を実施している藩は少なく、島津薩摩藩が長い太平の軟弱な世相に流されずに、幕末に強力な軍事力を維持発揮できたのは、幼少の頃からの鍛練と対徳川幕府意識が旺盛であったからであろう。さらに向学心の旺盛な者は独自のゼミ活動を展開し、藩内の著名な学者や先人を尋ねて、その薫陶《くんとう》を受けたといわれるから、かなり高い識見を養うことが出来たようである。

鹿児島の三大行事の一つに「妙円寺詣り」がある。鹿児島市から旧道を徒歩で約二十キロメートル西の伊集院町の徳重神社に夜詣りする行事である。慶長五年（西暦一六〇〇年）九月十五日の「関が原決戦」の日を記念して、毎年その前夜の旧暦九月十四日に行なわれる。

妙円寺は、薩摩におけるもっとも優れた武将として近世武士団の尊敬を集めた人物、島津義弘の縁りの寺である。それは関が原の合戦で薩摩軍は西軍に加担し、戦運利あらず敗走することになったが、このとき歴戦の勇将島津義弘は、薩摩武士の武威を示すことを第一と提案し、決死の家康本陣の中央突破を試みた。

頑強に立ちはだかる正面の敵は、徳川軍の中で最強を誇った井伊の軍団であったが、一丸となった薩摩軍は、鋼鉄の扉も突きぬく鋭利な槍の穂先のような鋭さで突入し、これを蹴散らした。それは薩摩軍の十数倍もある大軍であったが、先陣が倒れれば替わりまた替わり、遂に藩主義弘を護って、義弘の甥で剛勇の島津豊久以下ほとんどの将兵を失いながらも、薩摩に帰り着いたのである。

この戦国時代稀に見る勇猛な武将、島津義弘を祀ったのが妙円寺である。そこはまた彼の菩提寺でもあった。明治二年の廃仏毀釈《はいぶつきしゃく》で徳重神社となったが、呼び名は今も「妙円寺詣り」という。今でも鎧兜に身を固め、あるいは陣羽織をつけて徒歩で往復する一団があるという。そして関が原の無念を今に伝えている。

想うに、幕藩時代は打倒徳川を叫んで、先祖の恨みを晴らすべく、幼少の頃から教えられ、鍛えられ続けたからこそ、薩摩独特の郷中教育も徹底したのであろう。

（注・廃仏毀釈とは明治初年、維新政府が誕生し幕藩体制を否定する新政府は、仏教排斥の運動として、古くから神道と仏教とは混合されてきていたけれど、神仏分離が必要となり、神仏判然令を出し、仏像を神体とすることを改め、社前の仏像、仏具の取り除きを命じたのが始まりで、それが次第に全国に波及し、寺院の廃棄、仏像、仏具の焼却となった）

其の二　決闘

西郷もまた、この郷中教育で薩摩武士としての資質を身につけて育ったのであった。

西郷隆盛は幼名を小吉といったが、体は並はずれて大きかったが、学問は普通以下であり、他人からは「小吉のうすバカ」と罵《のの》しられていた。単にバカとは言われずに「うすバカ」と言われたのは、「薄気味悪いバカ」といった意味が込められているようにも想われる。

講義を受けるとき、小吉はいつも部屋の後の隅に座って聞いていた。たまに質問されても極端な無口なので、すぐに答えられずに口をもぐもぐさせている有様はバカに見えただろう。みんなの嘲笑と、バカといわれる屈辱に耐えながら、ぐっと唇を嚙み締めてうつむいたことも、何度かあったに違いない。大きな体はともすれば敏捷さに欠け、人には愚鈍《ぐどん》に見えたであろう。

稀に自分から意見や考えを述べるときは、先生役の二才頭も手放しで褒《ほ》めたたえることがある。賢いのかバカなのか。部屋の隅に身じろぎもせずに座っている礼儀の正しさは、皆のよく知るところで、良くいえば純真で正直者、悪く言う者にはのろまでお人好し、得体の知れない不気味なバカさを湛えた者として映ったのが幼少時代の小吉であった。

西郷家は城下士であったが、家格は下級の小姓与《くみ》に属していて、家禄は四十七石であったから、家禄は中位で、しかも家格の上位を傘に威張り散らす程度の悪い子弟からは、常にバカ呼ばわりされていた。

今日も稚児の日課をすませて帰宅途中、例の悪ガキ三人組と行き合うことになった。西郷このとき十一歳であった。

この悪ガキは、上加持屋町方限《ほうぎり》に家を構える西郷たちより少し身分の高い武士の子供たちで、身分の低い貧乏武士の住む下加治屋町方限の子供たちをいつも軽蔑していた。特に体が大きく動作の鈍い小吉は、「うすバカ」として、野次と嘲《あざけ》りの対象であった。

悪ガキの中でも体も大きく、喧嘩も武芸も強い横堀三助が肩をいからせてやってくる。

『悪い奴が来た』

小吉は顔を曇らせ、道の端に寄って行き違おうとしたが、それより先に刀の柄《つか》に両手を乗せ、肩をいからせて凄味を利かせた三助が、言い掛かりをつけてきた。

『小吉、おはんな二才どんに稀に賞められっらしか、いつもは問い掛けにすばやく答えられず、まごまごしていっそうじゃな。そいはおはんの頭が悪いのと覚えの悪さじゃや。おはんな馬鹿と言うこっじゃ。それでは、せいぜい親父と同じ下っ端の勘定役にしかなれまい』

小吉は父親の悪口を言われて、ぐっと怒りが込み上げてきたが、喧嘩になってはまずいし、相手にするような人間でもない。ここは堪忍が大事と、震えるこぶしを固く握り締めて、下を向いて耐えていた。悪ガキは猫が捕らえた鼠を弄《もてあそ》ぶかのように図に乗ってくる。

『小吉、おはんの着ていっ袴《はかま》はなんじゃや、そいでん袴か、野良着か、雑巾ではなかか。そいでん着物といえっか。つぎはぎだらけでなかか』

小吉は夜遅くまで暗い行灯《あんどん》の下で針仕事をする母親の姿が思い浮かんで、男なら、加えられた屈辱に対して刀を抜いて立ち向かえるが、それが出来ない女、それも母親を罵られて堪忍の緒が切れ、涙が出そうになった。だが、じっと下を向いて耐えていた。心の中では、

『弱い女を苛《いじ》めるとは許せん』

一瞬、頭に血が上がって、怒りで体が小刻みに震えてくる。と同時に、胸の動悸《どうき》が高鳴ってきて、「おのれ」と思う間もなく前後の思考は止まって、もう刀の柄に手が掛かっていた。

『おう、刀に手をかけたか。やっのか。抜け、抜いて掛かってこい』

それでも小吉は抜かなかったが、今度は顔を上げて相手を睨みつけた。この種の男は相手が自分より弱いと見れば、傘に掛かって強く出てくる。

小吉は相手は年も上なら、剣術の程度は自分より数段上であることも知っている。ここで抜けば、あるいは死ぬかも知れない。親には何と詫びようか。急に心の動悸《どうき》も静まってきた。

『男子、君、はずかしめられれば臣死す』

二才どんから毎日教えられている格言が胸の内で躍った。少年の小吉にとっては、父母は主君の次に大切なものとして、小吉の中で生きている。

『ままよ』

小吉は風呂敷包みを道の端に置いて、静かに刀を抜いた。

初秋の夕暮とはいえ、まだ日は高い。甲突川《こうつきがわ》の川面は静かにきらめいて流れている。残暑の強い光は、斜め前から小吉の顔を照らしてまばゆい。しまったと思ったがもう遅い。

相手はまさか小吉は抜くことはあるまいと思っていたから、ぱっと後へ飛び下がって、

『抜いたな。よう抜いた。ゆくぞ』

言うなり太刀を抜き放って肩の上に構えた。示現流の構えで間合いを取っているのは、最初の一撃で敵を倒すための「ため」である。

相手の刀の鈍い光と獰猛《どうもう》な目を見て、小吉も睨みかえして、同じく刀を肩のうえに構えて足を少し開いた。敵の一撃をかわすのではなく、決死の刃合わせをするこの剣法は、一方が死ねば、一方は傷つく捨身の攻撃剣法である。

生まれて初めての真剣勝負の睨み合いで、今、自分は何をしているのかさえ判らぬほどに緊張し、胸の鼓動が耳朶を熱し、硬直した手足の震えは止まらない。

『落ち着け、落ち着け』

自分に言い聞かすのであるが、口も喉も乾いて呼吸もままならない。睨み合いが続いた。相手との間合いが狭くなってくるのと共に、心臓の高鳴りも手足の震えも落ち着いてはきたが、両手に力が入って、刀の柄を握った指が動かなくなっているようだ。

相手も小吉のまなじりも裂けんばかりに見開いた血走った両眼を見て、恐れをなしていた。

『あいつの目は燃えさかっている』

そう思うと、まなじりを決した大目玉が真っ赤な火となって迫ってきた。

突然、相手はそのおびえから逃れたい欲望なのか、人間の声とも覚えぬ奇声となって、小吉の耳に届いたような気がするが、それより大きく開けた口の赤さだけがハッキリと目に飛び込んできた。小吉も無我夢中で突進した。

二人が突進して振り上げた刀を打ち下ろすのがまったくの同時であった。二本の刀が嚙み合い、突進してきた二つの体がすれ違った。「がちっ」と砕けるような音がして、両方の体が入れ替わった。小吉は無我夢中で烈しい息遣いを静めていた。しばらくしてまぶしい太陽の光がなくなって、体が入れ替わっていることに初めて気づいた。小吉は相手の一撃を辛うじて受け流しながらも、相手に向かって猛然と突進したのだと悟った。

ふたたび両者は睨み合った。相手も小吉を手強いと見たのか、それとも小吉の両眼から発する凄まじいまでの眼光に恐れをなしたのか、猿の鳴き声に似た奇声を挙げるばかりで、打ち掛かってこない。今度は小吉は太陽を背に受けて態勢は逆転している。小吉に余裕が生まれて、つと一歩前に出ようとした。そのとき、相手の横殴りの一撃が振り下ろされてきた。前脚に体重がかかって、突きの態勢の乱れが小吉に災いした。相手の剣先が小吉の刃をかすめて、一瞬、右手に当たった。

「うっ」とうめいて腕の激痛に耐えた。刀が物凄く重く感じられて持つことも出来ない。右腕の感覚がだんだんとなくなって行く。それにも耐えて、ふたたび右手の感覚がようやく戻ってきたときには、小吉は右手をかばって、左手を前にして刀の柄を握っていた。これでは刀を振り下ろすことも、横殴りに一閃することも出来ない。残るは突きあるのみだ。自然と斬り死に覚悟の構えに変えたのであった。

自分の眼が切り裂けるほどに大きく見開いているのが感じられる。生きるか死ぬかの土壇場《どたんば》を意識して、鈍重なこの男の体に、猛然と闘争心が沸き上がってきた。

相手の勝ったときに見せる残忍な薄笑いが突然、消えた。

三助は脇の下に生温かいものを感じ、それが早くも手の甲へ赤い筋となって忍び寄ってきたのだ。「やられた」と思った。

平生「うす馬鹿」とさげすんでいた小吉が、激痛に耐えて睨みつける大目玉は、今にも火を吹いて飛び掛かってくるように見えた。矢づいた獣のように、なおも身構えてにじり寄る勢いに、急に恐さをおぼえてきて、大きく後へさがっていた。ときどき挙げる奇声にも、初めのような迫力がない。連れの二人も、同じように後へさがっていた。

遠くでこの決闘を見た二人の二才《にせ》が、息急き切って駆けつけて来て、

『引け、刀を引け。何の遺恨《いこん》か知らんが、城下で刀を抜き合わすこっは固い法度《はっと》じゃ。本来なら、役所へ届けねばなっまいが、稚児のことではあっし、内密にすましもんそ』

二人の二才は共に剣の達者で、両手を挙げて二人の中に割って入った。

相手は刀を鞘に収めるのに手が震えて手間取っていた。

小吉は右手が利かないので鞘に収められず、左手で刀を持ったまま、道の上に立ったままであった。相手が逃げるように去って行くのを見届けると、急に全身の力が抜けて、その場に座り込んでしまった。汗が吹き出るのが分かり、川の流れが聞こえてきた。

後で二人の二才どんは、小吉の剣で相手の肩先にも傷を負わせていると語り、二人とも危ういところであったと教えてくれた。二才どんも小吉を見直したようであった。

十一歳の小吉にとって、この決闘は純真な少年の心に深い衝撃と教訓を与えた。

その一つは、口に出せないほどの口惜しさであった。家格の違いで、家格の低さを辱《はずかし》められ、貧乏を罵られることがあってよいだろうか。城下士の中には、外城士といわれる郷士を差別し、聞くに耐えない悪口雑言を浴びせたり、何かと言い掛かりをつけて乱暴したりしているのを、小吉は今まで他人事のように見聞きしてきたが、自分の身に降り掛かった屈辱を体験してみると、こんなことがまかり通ってよいのだろうかと悩んだ。

それともう一つは、この決闘は小吉に、

『今回は不覚をとったが、どんな強い相手であっても一対一ならば、死力をもって立ち向かえば、大して遜色はないものだ』

強い自信を持たせることになった。小吉自身は何も気づいていなかったが、このことがあってから、小吉の大事に臨んで後へ引かぬ勇気と度胸が次第に若者の間に認められ、深い尊敬と信頼を植えつけていった。

しかしながら、この決闘で小吉は、腕の腱を切られて真っすぐ伸びなくなってしまった。これを契機に武芸の修業はやめて、学問に精進するようになって次第に頭角を現わし、稚児頭を勤め、歳が来て元服し、二才組の仲間入りすることになった。

其の三　郡方書役助《こおりがたかきやくたすけ》

西郷小吉は元服して名を改め、吉之介隆永と名乗った。十八歳頃、まずは郡方書役助として、田舎の役場で臨時雇書記として社会へ出ることになった。その頃から次第に言動にも重厚さが加わり、二十歳前には若いが推されて二才頭となり、近隣に大物との評判が高くなっていた。

鹿児島の五千士族といわれるが、正確には士族総数四千四戸であり、城下士といわれる中で一門家、一所持、一所持格、寄合、寄合並、小番、新番、小姓組の階層に分かれ、士の下に卒と分かれていた。小姓組がもっとも多く三千九十四戸あり、一組は百五十人程度で、各組に三人ずつの組頭とその下に数人の小組頭がおかれていた。薩摩藩では、平時から戦時における戦闘単位を確立していたし、平時においては教導、取り締まりの組織として機能していた。

常に戦時体制を維持するためには、平時にあっては人員の削減を計るが、薩摩藩は平時も常に戦時体制を維持していたから、禄米を切り詰めるより方法がない。薩摩は火山灰地で水田が少ない。薩摩藩では藩士の禄米は極端に低く、小姓組や卒の生活は米の飯など夢物語に近かった。粟《あわ》、麦《むぎ》、甘藷、里芋が常食であり、ほとんどは内職や日雇い労働によって辛うじて生計を立てていた。

さらに哀れなのは、戦時には第一線を受け持つ外城士（郷士）で、城下士の八倍もいた。平生はほとんど農耕に従事するのが主業である。その中でも地主に相当する上級郷士はまだましだが、小作人に相当する下級郷士は、粟粥《あわがゆ》、芋粥《いもがゆ》が常食であった。それより下の農民の生活は、これが人間の生活かと疑うほどのみじめさで、それはまさに牛馬以下であった。彼らの家はどれもこれも壁などはなく、三間三間《さんげんみま》ぐらいの草ぶき小屋であり、甘藷だけが生命をつなぐ唯一の食料であった。

西郷の家庭もかなりの貧しさであったが、実地に百姓や郷士の家族と話を聞いていたりして、さらにその悲惨な生活を実感していた。

初秋のある日、郷士を尋ねての帰り、皓々《こうこう》と輝く月の光の下の田舎道を急いだ。とある馬小屋かと思えるような百姓家の中で、女の悲鳴に似た泣き声がする。それが次には、悲しい嗚咽《おえつ》に聞こえるので、ふと立ち止まった。敷き藁の上にむしろを敷いただけの粗末な一間に、夫であろうか、一人の男がぼんやり座っている姿が見える。聞くともなく聞いていると、どうやら幼い子供が先ほど死んだらしい。西郷は盗み聞きするのは武士のすることではないと思ったが、やはり気になり、そっと木陰に身をひそめて聞き耳をたてた。

どうやら生まれて間もない赤ん坊を捨てようという夫の言葉に、妻は身をもんで泣いているようであった。言葉ははっきり聞き取れないが、妻は夫の言うことも無理ではないと分かってはいても、腹を痛めた可愛いわが子を、どうして捨てることが出来ようかと泣いている。他の子供の姿は見えないが、破れ衝立《ついたて》の向こうには、重なり会うようにして寝ている子供たちの寝息が聞こえるようだ。

『むげこつ（むごいこと）じゃ。幼い子供の死は、おそらく母親の乳もよく出んかったからかも知れん。そしてこいではこん先、生まれたばかりの嬰児《えいじ》は育てられんと考えたのであろうが、不憫なこつじゃ』

『おいは、情けなかが今は何もしてやれん。今してやれっのは、おいの胸にあの二人の涙を溜めっだけじゃ』

西郷が立ち去ろうと一歩踏み出して、破れた壁の向こうに見たものは、月光に照らされて、女が死んだ子を胸の下に守り、左手には嬰児をひしと抱き締めてうつぶせになって寝ている姿だった。背の上には波打つような長い黒髪が広がっていた。悲惨をそこに見た。

狂ったような女の無念と情念の黒髪が、月光に照らされ、背中の上でのたうっていた。

小作百姓の間では間引きといって嬰児を殺す話は聞くが、実際にこの目で耳で見聞きしたのは、このときが初めてであった。西郷はなんともやるせない気持ちになって月を仰ぎ、心の隙間にうろ寒い風の通るのを感じてこの場を離れた。

西郷は郷士といわれる外城士や農民の悲惨な生活を、郡方書役助として実際に見聞きするにつけ、何とかして心ある上級の武士に訴えて改善できないものかと念願していたのであった。

其の四　大物

西郷家も家内の人数は祖父母、両親と七人の子沢山で、家内全員を合わせると十六人の大所帯であり、かなりの貧乏暮らしであった。

西郷家ではすでに家禄を抵当に借金をしており、期限も迫って返済が出来なければ足軽身分に落ちねばならぬ苦況に差し掛かっていた。西郷が十九歳のとき、祖父が隠居し、父が西郷家の家督を継いで当主となった。

父はこの際、家格の維持を願って、弘化四年（一八四七）十月十二日、西郷を連れて薩摩郡水引郷の豪商、板垣与右衛門家を訪れ、百両の金を借り、実質失っていた石高《こくだか》を買い戻した。これで全部の家禄を買い戻したのではなく、半分にも満たないことを察知していた板垣家の子息・板垣休右衛門は、翌年一月、わざわざ西郷家を訪れ、さらに百両を貸してくれた。西郷家はこの金で石高購入の追銭に使い、ようやくにして家禄を買い戻したのであったが、これでも元の四十七石には足らず、四十一石五斗余にしか満たなかった。

借金とはいえ、家格の維持に成功した西郷の父、吉兵衛の安堵した顔が目に浮かぶ。二百両といえば、人が一生働いても返せる金額ではない。とりわけ律儀であり、かつ藩の勘定方小頭を勤めるほどの信用が、豪商の板垣の心を動かしたのであろうが、父に同行して借金する父の苦労を目の当たりに見た西郷も、この借金には悲壮ともいえる覚悟を新たにしたのではなかろうか。この後、水引郷宮内村の門名子太郎（三十六歳）を十年年季で抱えることになっているが、これは板垣家からの条件であったのではと思える。

西郷がこの二百両の借金を返したのは、日本にただ一人しかいない陸軍大将になった明治五年であった。二百両の借金と溜まった利息として二百円（新政府になって一両が一円と呼称が変わった）を支払った。板垣家では、この利息は絶対受け取れぬと断わったという。

西郷は主君斉彬に引き立てられて、手回り金（政治資金）として五十両の金を頂いたり、次第に出世して役料も増えて、後には家老の次といわれる大目付にも出世し、家禄も役料も多くなっているから返済できたようにも思えるが、公私の別に厳しい西郷は、一文たりとも自己のために費消しなかったので返済できなかった。

「借金」それは借りるのは何とかできたが、返済は地獄の苦しみを味わうこととなる。あたかも両肩にずっしりとした重荷がかかったようで、身も心にも重圧を加えて苦しめてくる。当時の借金の返済は、一家の責任でもあり、自然と家族全員に強い緊張感が漲《みなぎ》ってくる。特に長男である吉之介は、父と同様の責任感を持って毎日を送っていた。

薩摩藩では、石高は他藩のように玄米高ではなく、籾高《もみだか》で支給されるから、玄米高に換算すれば約半分となる。人一人の食料は一年で約一石といわれるから、西郷家ではこれだけではほとんどなくなる勘定で、したがって米は金に替えて諸費用にあてねばならず、米の飯などにありつくことはごく稀でしかなかった。麦飯なら上の部で稗粥、芋粥が常食であった。西郷の家の敷地は約二百五十九坪余あり、ここを畑として唐芋《からいも》といわれる薩摩芋作りは、一家で励んだものであった。

近所に住む大久保も、まったく同じようにして育っていった。

武芸をあきらめた吉之介は、学問と精神修養には特に熱心で、大久保正助（後の利通）や有村俊斎、長沼嘉兵衛の四人で、朱子学の精髄《せいずい》といわれる「近思録」の輪読会を始め、ときには藩内の徳行のある人物を尋ねて教えを受けて自らを鍛えた。また、草牟田誓光寺に隠居した無参和尚を訪ねて、座禅を組むことも忘れなかった。

貧乏に耐え、借金の苦痛を知った西郷の人となりは、弱者に対する慈愛と真実を深めた。次第に持って生まれた人をも包み込むような大らかな性格は、誰からも慕われ、ますます大物としての評価が高くなっていった。西郷を慕って集まる若者も次第に増えてきた。その中の一人が村田新八であり、ずっと後年のことになるが、中村半次郎も加わった。

村田新八は村田家へ養子に入るまでは、西郷や大久保の住む下加治屋町に住んでいない。したがって西郷と同じ郷中ではなかったけれど、西郷の人気に引き寄せられて、彼らの夜の集まりにしばしば参加していた。西郷は十九歳ですでに二才頭であったが、六歳下の新八は初めて西郷と会い、その人物に魅せられて、遂に生涯を共にすることになった。

中村半次郎（後年の桐野利秋）が初めて西郷を訪れたのは、二十歳すぎの近隣に聞こえた暴れん坊であった頃で、身分は西郷らと同じ城下士であったが、故あって本姓の桐野を名乗れず、没落して吉野郷実方に住んでいた。当然、家禄はわずか五石で食うや食わずの貧乏であったし、城下の外に住んで外城士として成長していたから身分を遠慮して、おいそれと会いに行くことが出来なかった。吉野に住む外城士とお城の回りに住む城下士との差は隔絶している。道で出会えば会釈して道を譲り、城下士の家などへ案内もなく尋ねることなど論外である。声をかけることさえはばかられる。

『おはん、西郷どん（せごどん）を知ってっか』

『おうよく知っている。なにせ大物じゃという噂でえらい人気じゃ』

『なら、おいに紹介してくれんかの』

『いや、おいは噂の高いのは知っていっが、話したことはなか。なにせ、せごどんは城下士じゃし、わしらは郷士じゃからなぁ』

とても無理な相談だというのであるが、半次郎は会うと決心した。しかし、手土産がない。薩摩では長幼の序がきびしく、初対面の相手に「手ぶら」でゆくのは、きわめて恥ずかしいこととされている。思い悩んだ半次郎は、やむなく唐芋《さつまいも》を持って出掛けた。

半次郎は勇気を奮って西郷の家を訪ね、土間に手をついて、

『おいは吉野郷実方《さねかた》に住む中村半次郎と申しもす。西郷《せご》さぁ、とても講義の仲間には入れて貰《もら》えんと思いもすが、お話だけでん聞かせてくいやんせ』

と言うのがやっとであった。

『おう、中村どんと言われっか。まあ上がれ。そいにこげんたくさんの唐芋を、すまんこってす』

半次郎はこの西郷の優しい応対に、涙を流したといわれる。後年、「人斬り半次郎」と恐れられた人物から、うかがい知ることも出来ない場面である。村田新八と生涯を西郷と共にして、最期は西南戦争に参加し、鹿児島の城山で戦死した。

半次郎は西郷に初めて会ったときの様子を、人にはいつも次のように語った。

『初めてお顔を見て目を合わせたときの、せごどんの目の恐かったこつは、今思い出しても体

が引き締まる。しかし、話を聞かせてもらっていっときの目は、三つ子もなつくっ優しさであったぞ』

西郷を中心とする若者の集まりは自然と大きくなり、それが後年、誠忠組という一つの大きな団体になってゆく。西郷よりも年長の者もいるかと思えば年若の者もいる。血気盛んなこの集団を率いてゆくのは、誰にでも出来ることではない。西郷の自然と備わる人望には、年長の者は撫ぜさすりたいような魅力に引き込まれ、年下の者はすべてを任せて包まれたいような親しみが湧いてくるのであった。それでいて毅然と構えられると、側へも近寄れないほどの威厳がある。西郷と正面から向かい合うときには、よほど豪胆な者でも、目を伏せたといわれるほどの眼光であったが、平素は慈眼というのか、幼子もなつく優しさのある目であった。

目は心の窓などというが、人を威圧するような目には、何やら虚勢のようなものを感じられるし、優しい目には弱さが同居する。秀才の目はどことなく人を見下げた色が漂っているものだ。目の色だけで人を判断するのは危険だが、人はまず目を見てその人の大体を掴む。目は見る人の心で相手の目の色も変わることも確かで、目はまた変幻自在で、その奥にある心を掴むことはさらに難しいが、見合わせた一瞬に相互の感情が交錯して、相手の価値判断をすることがよくある。

「目は口ほどにものを言い」といわれるゆえんである。

西郷の目は大きくて立派で、十二分に人を魅了したようであった。その言動と相俟《ま》って人は勇気と正義感と優しさを感じ、頼れる人として親しく近づいていったのであろうか。だから心安く西郷を呼ぶときは、

「巨眼さん＝うどめさぁ」

と呼ばれていた。この語韻《ごいん》には単に親しみが込められているだけではない。語韻によっては兄貴もしくは頭《かしら》といった尊敬に近いニュアンスも感じられる。

我々は普通恐さを感じる目、それは細くてよく光る目とか、目を三角にして話をする者には用心をするし、相手を威圧するような大きな目とかには近づかない。西郷の大目玉には、親しみと時に諧謔《かいぎゃく》さを交えた中に、誠実さを漂わせた目色が人を近づけさせたが、対話しているうちに出る不正やよこしまな言動には、断固とした威厳のある恐さを感じさせる目に変わった。あの重厚剛毅をもって鳴る薩摩武士の間で、一方では「うどめさぁ」と、こんなに陽気で親しみに聞こえる音律で呼ばれることがぴったりの西郷の資質は、それだけで只者でないことを悟らせる。「うどめさぁ」とこのように呼ばれることによって、西郷はいとも自然にこれを受け入れ、至極親しみのある言葉とし、双方共に何の抵抗もない。

ある者は自分たちとは隔絶した大物として意識し、ある者には自分たちにとってもっとも心安く身近である存在として、また自分を特別な親近者であるかのごとく見せたい一種気取った表現が、この言葉にこもっている。

飾り気のない素朴な言葉が、もっとも飾り気のあるその人の人となりを現わす言葉としてぴったりの西郷は、この言葉が誰にでも、何気なく気軽に使え、使われるほどの大器として、自然と一統の統領となっていったのであろうか。

私は西郷の大器量を、このようにしか説明できないが、多くの人が西郷をハッキリ見通すことが出来なかったものの一つは、きっとこの人間の大きさではなかったか。

（注・朱子学とは中国の宋代に興った儒学で、朱子によって大成された学派。日本へは鎌倉時代に伝えられ、江戸時代に入って林羅山が封建神学として位置づけ発展させ、幕府の倫理思想として定着した）

其の五　お由羅騒動（高崎くずれ）

西郷が二十歳過ぎの頃、薩摩では大変なお家騒動が持ち上がっていた。

それは藩主の斉興が、江戸の三田四国町の藤左衛門という大工の娘で、大変な美人の小町娘が薩摩藩の江戸屋敷に奉公に上がり、奥女中・島野の下に侍っていたのを見初め、お部屋様となり、愛妾お由羅の方となって、一子・三郎、のちの島津久光を生んでからややこしくなってきた。

斉興にはすでに長男の斉彬がいる。斉彬は江戸生まれの江戸育ちであるが、薩摩の剛毅な性格も兼ね備え非常に聡明であり、早くから蘭学を学んで、海外の事情にも詳しく、多くの学者や有力大名とも交遊して、その識見は高邁であり、幕府の要人も感銘を深くしていた。代表的な交友は賢侯といわれる越前藩主・松平春嶽、四国宇和島藩主・伊達宗城、土佐藩主・山内容堂、それに尊皇攘夷を唱える水戸藩主・徳川斉昭、老中筆頭・阿部伊勢守正弘、学者の藤田東湖ら豪華絢爛《ごうかけんらん》たるメンバーであった。

次代の藩主を約束された斉彬ではあったが、現藩主・斉興は、家督をお由羅の子・三郎久光に譲りたく、斉彬が四十歳近くになろうというのになかなか引退しない。島津家の家中は順逆の誤りを正そうとする勢力と、藩主の意向に沿って行動する者との二派に別れて争いが起こってきた。

お由羅派は保守頑迷な斉興に引き立てられた保守派で固まっているのに対し、嫡子《ちゃくし》であり正統な世継ぎであり、加えて聡明で開明的な斉彬でなくては、薩摩藩の明日はないと大義に基づいた斉彬派は、正義派であり進歩派であると自認していて両派は互いに譲らない。

斉彬は彼自身がかねてから堅持していた、大アジア主義ともいうべき大義実現のために、藩主の座が是非とも必要であった。いかに聡明な斉彬といえども、島津の若殿としてでは江戸城では座る場所もない。阿部老中はじめ賢侯といわれる大名は、一時も早く藩主の資格をもって幕政に参加してもらいたいと願っているのであった。

斉彬も幕政に参加して刻々と迫る時代の変化に対処するためには、一刻も早く家督を継がねばならないと、盟友の阿部伊勢守正弘と対策を練った。

彼は藩主斉興の引退を早めようと計って、薩摩藩の財政を再建させた調所《ずしょ》笑左衛門が、その手段として琉球を通じて密貿易をしたことに目をつけ、これを幕府に持ち出して調所を失脚させ、一気に斉興を引退に追い込み、家督相続を狙った。

幕府老中筆頭・阿部伊勢守は、調所に幕府への出頭を命じて、取り調べに掛かろうとした矢先、江戸へ出頭した調所は一切の責任をとって自殺したので、阿部と斉彬の作戦も失敗に終わって、万事休すとなったかに見えたが、こんなことでひるむ斉彬派ではなく、両派はますます骨肉的なお家騒動に発展していった。

それにしても哀れなのは調所である。斉彬の祖父・島津重豪《しげひで》が残した借財が、五百万両にも達して、あわや薩摩藩も破産かと思われたが、理財に明るい調所を抜擢《ばってき》して財政建直しに当たらせた。調所は琉球を通じた密貿易と、奄美諸島の砂糖の増産を計って見事に建て直し、莫大な蓄財を残すまでに再建したのである。斉彬が思い切った薩摩藩の近代化を達成できたのも、この財力があったことを考えれば、家臣とは一体なんなのかと疑いたくなる。

『斉彬は聡明じゃ。余もそれは認めるし、幕府の老中も諸大名も誉めてはくれる。じゃがあれが藩主になれば、せっかく築き上げた薩摩の身代は、またも元のように借金を背負い込むことになる。借金で苦しんだ余でなくては解らぬ苦労よ』

現実に斉興の危惧は深刻で、巷間伝えられる、元はといえば主君が一人の美女に溺れたことだけではないが、財政を建て直した功労者がこんな形で自分の一生を締め括《くく》らねばならないとしたら、本人にとっては無念なことであったろう。

現代でも政治家が汚職その他で検察の手が入ったときには、秘書や運転手の自殺が報じられることがままあり、当時も今も政治の回りはどろどろとした濁りで蔽われていた。

お由羅騒動も、斉彬派には老中の後押しがあるなら、お由羅派には藩主・斉興様がついているぞと、それぞれ結束して対立は深まるばかりであった。

争いは例に漏れず、両派の衝突は意外なところから起こってきた。

斉彬には六男五女の子供がいたが、次々と幼くして亡くなってゆく。斉彬派は、これはおそらくお由羅派の呪咀《じゅそ》によるものだと騒ぎだした。これは実際であったらしく、その一つに呪術に使う形代《かたしろ》を京都の伊集院倹徳に誂《あつら》えさせているのが、いち早く斉彬の知るところとなり、隠密の山口定救《さだすけ》に書状を送って調べさせている。

斉彬派としては、このまま世継ぎが亡くなってしまえば、斉彬の血統は絶えてしまう。これでは我々の立場はないと、側近の中には加持祈禱する者さえ現われてきた。お由羅の方がよく寺社仏閣へ参詣するのは、呪咀のためであるとの風聞《ふうぶん》が増幅されて、斉彬派のクーデター計画にまで発展していった。こんなことは隠していたところで次第に漏れてくるもので、斉興派の隠密に探知され、いわゆる「高崎くずれ」となった。結果として、お由羅派の挑発に引っ掛かったのであった。

首謀者の高崎五郎左衛門、山田一郎左衛門、近藤隆左衛門らは切腹、翌年春には赤山靭負《ゆきえ》ら五十四名がそれぞれ刑を受けた。大久保一蔵の父大久保利世も連座し、喜界島へ遠島の刑に処せられて、正助は免職謹慎させられた。

西郷家は赤山家と親しく付き合いをしていたから、赤山は死に臨んで吉之介を呼び、順逆の道を説いて後顧を託したという。また、父の吉兵衛が赤山が切腹の際、形見として貰った血染めの肌着を押し戴き、感涙にむせんでいる姿を見て、この正義感溢れる多感な青年もまた、真っすぐ藩主斉彬への忠誠心となって傾斜していった。

これが嘉永二年十二月三日のことで、西郷二十三歳のときのことであった。

西郷の父、吉兵衛は謹厳実直な性格で通っていたが、家格の低い吉兵衛を勘定方小頭に引き立ててくれたのも清廉潔白な赤山であるし、何かと面倒を見て贔屓《ひいき》にしてくれていた。

外は冬の乾いた風が舞い、なんとなく騒がしい師走のある日、西郷は罪を得て切腹の御沙汰が下った赤山家を、大きい体を小さくして、巨眼を引き締め、沈痛な思いで訪ねた。

西郷を前にした赤山は、きっぱりと覚悟は決まったのか、明るい顔で話しだした。

『吉之介、よく来てくれた。儂《わし》は死を賜わったから先に行くが、おはんに一言伝えておきたかことがある。我々薩摩武士は主君のために死ぬのは本望じゃ。何の恨みもなか。いったん主君に仕えた限りは、主君の過ちには諫言《かんげん》すっのは家臣たっ者の勤めじゃ。諫言して手討ちになっこともまああるし、今度のように切腹を命じられっこともある。一身を主君に捧げた者としては当然のことじゃ。諫言と意見とは、同じように思えてもまるっきり違うのじゃぞ。分かっか。諫言とは死を覚悟して行なうもの、意見とは死を半分避けていっ者の言うことじゃ』

西郷もこの言葉はよく知ってはいても、死を直前にした人の最期の言葉には、心の底に届く迫力があった。刀がぶすりと胸の底に突き刺さる思いがして、同じ死ぬなら自分もこんな忠義の心で死にたいと思い、赤山を薩摩武士の鑑《かがみ》と仰いで、その言葉を肝に銘じた。

『よく分かりもした。お言葉、心に刻んで大切にいたしもす』

赤山は両手をついて畏《かしこ》まる大きな体の上に、無言の笑顔を落とした。

この粛正のため、罪を受けた家族は悲惨な生活を強いられることとなった。

『正助どん、今日はおいの家で食べてゆけ。家も大した食い物はなかどん』

『有り難うがす、おいの家は禄米も停止されて、最近はろくなものも食っちょらん』

『正助どん、お互い力を合わせっ頑張ろう。そのうち、斉彬様の時代となりもんそ』

大久保正助（一蔵）は父が島流しになって以来、食うことにも不自由する始末で、見兼ねた西郷は、ときどき大久保に食を振る舞った。西郷の家でも麦飯、芋粥ではあるけれど、それでも大久保よりましであった。二人はまったく辛苦を共にして育っていった。

斉彬と西郷や大久保との結びつきは、この事件を抜きにしては考えられない。古来「禍《わざわい》を以て福となす」といわれるが、この事件は二人にとって確かに禍であろう。それはまた人を育てる師でもある。二人は師と心得て静かに時を待った。

厳しい師の下での鍛練に耐えて、初めて乱世に生きる人間が育ってゆく。後年、彼らを待ち受ける日常は、今まで誰も経験したこともない修羅場であり、今の二人はそれさえ気づいていない若さであったが、与えられた運命を禍と執らずに師と崇《あが》めたのであった。

彼らの前に立ちはだかる難局は、譬えそのように思い定めても、生き延びることさえ出来るか否か、予想も出来ぬほどの厳しいものであった。命は幾つあっても足りないほどの暗黒の世界が、大きく口を開けて待っていた。それは厳しい鍛練、修練を積んだことと、この難局を生き抜けることとは自ずと別問題である。二人がともかく生き抜いて来られたのは、物質的にも精神的にも、目に見えぬ自然の運行の仲立ちが、この二人に愛を施し、あるときには彼らを庇《かば》う楯となり、あるときには激動の荒波にもめげぬ力を発揮させて、前進させて行ったのだ。

若い二人は今日の不運にも屈することなく、明日を夢見て力強く生きていたけれど、西郷の父の落ち込みようは見るも無残であった。毎日、勤めから帰ると、仏壇の前に座って長い間、ぼんやりとしていたし、一日一日老け込むようで、沈痛な日が続いた。ある日、

『吉之介、わしもぼつぼつ隠居しようと思う。家督をお前に譲るに当たって、まずは、吉之介、嫁取りをせえ。嫁はもう決めてある。伊集院どのの娘御じゃ』

このようにして西郷は伊集院兼寛の姉、伊集院スガと結婚し、改めて藩庁に届け出た。嘉永四年春、西郷二十六歳のことであった。

（注・「忠義」——今日では死語であり、禁句である。古来、日本人の心には家族があって国民がなかったといわれている。それは長い幕藩時代の圧政が災いしたようだが、敗戦によって自由を得て、日本人の心

は、グローバルといわれる時代の中で、愛に関する言葉が氾濫しているが、この「忠義」はまだ宙に迷っている）

其の六　意見書

お由羅騒動のあった二年後、嘉永四年（西暦一八五一年）、晴れて薩摩藩第二十八代藩主の座についた島津斉彬は、就任すると次第に「高崎くずれ」で罪を受けた者を復職させ、斉興の側近であった保守派を退け、若い進歩的な人材を身辺に置き、藩政を一新させていった。

西郷を盟主と仰ぐ若者たちは歓呼の声を張り上げて、甲突川原に集まって踊り狂った。冷たい冬の風が吹く季節であったが、若者たちの熱気の前には、それは川原ではじまった酒盛りを盛り上げる風趣でしかなかった。有村俊斎は一同を代表して、

『いよいよ我々の時代が来もした。我が薩摩藩は大きく変わりもそ。これから回天の大業を果たすのは、我らを措《お》いてほかにない。藩主・斉彬公を押し立てて進むあっのみじゃ。その先陣を切っのは我々若者でごあんそ』

一気にまくしたててから、

『せごどん、何とか言え』

とけしかけた。

西郷は照れた。こんな席ではどうもうまく言えない。仕方なく側にいた有馬新七にささやいた。

『新七どん、何とか代わりに言ってくいやんせ』

しばらく新七と押し問答していたが、新七が立って、

『待ちに待ったこの日が来もした。一死もってこの時代に当たろう。なあ、せごどん』

西郷の言葉をうながした。ぼそりと立った西郷は、しきりに大きい体を小さくしていたが、急に姿勢を正し、深々と頭を下げた。その手の指先までがピンと伸びていた。

『よろしくお願いしもす』

正面に向き直って、巨眼を剝いた。

真っ正面を向いて言葉数は少ないが、折り目正しく挨拶する姿に、皆の雑談や、はやす言葉や歓声がぴたりと止まって、一瞬しんと静かになった。そのあと、またも割れんばかりの歓声が興って酒盛りが延々と続いた。

罪をこうむった家でも、赦免は直ぐには適《かな》えられなかったが、順次、赦免が行なわれて晴れて門を開き、久しぶりに笑顔が溢れた。あれほど落ち込んでいた西郷の父、吉兵衛も赤山家にも赦免の報《しら》せが入ったと聞くと、急いで妻の万佐《まさ》に袴を出せ、紋付を揃えよと、子供の元服に立ち合うときのように、こまごまと文句を並べながら、別人のように威儀を正して出ていった。

斉彬は藩主になったからといって、すぐに父の斉興時代に罪をこうむった者の赦免をすることは、父の威光を汚すことになりかねず、不孝のそしりもまた起きてくるので、実に慎重な手順を踏んで赦免や復職を行なっていた。今は薩摩藩内の対立を、一日も早くなくすることに腐心していたのであった。

主君斉彬の命令で、藩からは矢継ぎ早にいろいろな触れが出された。

さっそく、「藩政に意見のある者は誰でも提言せよ」との触れが出た。斉彬は若い有能な人材を欲していた。

西郷はこのとき、かつて郡方書役助をしていた際の、外城士や百姓の生活の悲惨な現状を、詳しく書こうと心を沈め、端座して紙を拡げて書き出した。一気に中ほどまで書いてきて、百姓の悲惨な生活を思い出し、目が潤んで書いた字が霞んできた。遂にあの大きな目から涙がぽたりと紙の上に落ちた。見る見る字はにじんで丸く広がってゆく。

『ほい、いかん、どげんしたこつじゃ。こいでは殿様に出すことはなりもはん』

紙は当時かなり貴重なもので高価である。何度かそのまま使おうかと思案したけれど、「これでは出せない」と思い切って破り捨てた。そしてまた書き改めるが、同じところで、またも目が曇り涙が出る。

『文章を変えてみよう。そげんすれば泣かずい書けもそ』

文章を変えて書いてみた。今度はうまくいった。そう思ったのも束の間、やはり彼らの苦しい生活のくだりになると、涙が落ちそうになる。

思い直して、とうとう一晩かかって書き上げたのであった。うまく出来たと書き上げた書面を広げてもう一度読み返してみたとき、例のくだりで、またもや涙がぽろりと落ちた。西郷は曇った目でにじんだ字を、しばらくは茫然と見つめていた。そして思い直したように、

『仕方がなか。もう書く気力も力もなか。こいでよか』

静かに目を閉じた。

意見書はいったん、上役の審査がある。これにパスしなければ、殿様のところへ届かない。

西郷の意見書を読んだ側役の一人は、思わず胸に込み上げるものを感じた。かくして、とうとう西郷の意見書が斉彬の目に触れることとなった。

斉彬も感動した。文章ではない。彼は涙の跡を見逃さなかった。読後、側役を呼び、

『その方、西郷の意見書を読んで何も気づかんかったか』

『なかなかよく出来たもんと心得まするが』

『そうか。よう出来ているな。もうよい。さがれ』

側役は何で主君の心証を悪くしたのか解らず、首を傾げながら早々に退出していった。西郷の胸のうちにある人を慈しみ、清廉潔白な心のこもったこの意見書は、読む者に大きな感銘を与えずには置かなかった。斉彬は深く心に止めたようであった。

其の七　死別

斉彬が藩主に就任しても、西郷家の貧乏暮らしは変わることもなく、日にちだけは正確に過ぎて正月を迎え、春も近くなってはいたが、家の内は沈痛な空気に満ちていた。

寝たきりの祖父の容体がだんだん悪化し、明日をも知れなくなっていて、母も嫁も介抱に忙しく休む間もなかった。そして夏が来て暑い盛りの七月十八日、ついにみまかったのである。続いて父が寝ついた。ここ数年の身の回りに起こった激しい変化に疲れ果てたのであろうか。日に日に衰えて九月二十七日、祖父の後を追うように不帰の客となってしまった。

西郷は茫然として何も考えられず、謹厳実直を守り通して勤務に精励し、祖父以来の借金に

苦しみつつも、四男三女の子供を育ててくれた父に、孝行の一つも出来ずにこの死に会わねばならなかったことを悔やんだ。胸の中には悔恨だけが残った。明日からは家長として家のことはもちろん、残された祖母や母をはじめ弟や妹のことについても、総ての責任が自分の肩に掛かってくる。

一人になって淋しそうにする母が不憫で、その顔を見ることは出来なかった。その母が長い看病の疲れが出たのと、二人を見送って安堵したのか、急に床について眠るばかりになった。西郷は付ききっきりで看病した。

『生きちょくれ。死んではないもはん。しっかいしちくいやんせ』

母をみつめ、心の中で叫び続けた。この母だけは精一杯の看病をしてやりたかった。せねばならぬと思った。父には従順に仕え、一言といえども言葉を返したことを知らない。

「貧より辛いものはない」といわれる借金漬けの貧乏の中で祖父母に尽くし、七人の子供を立派に育ててくれた大いなる愛には、返して返されぬ大恩が、西郷の胸に過ぎし日々の母の優しさと共に生きづいている。西郷はじっと枕頭にあって回復を祈った。その甲斐もなく、母は昏睡から覚めやらずに、あの世へと旅立っていった。十一月二十九日であった。

薩摩武士は人前では涙を見せてはならぬと躾《しつけ》られている。大自然児である西郷は一人になると、このときばかりは肩を震わせ、声を殺して泣きじゃくった。外に出て空を向いた巨眼から、大粒の涙が流れ落ちた。

『お母さん、こん腑甲斐なかおいを許してくいやんせ。不孝を許してくいやんせ』

西郷はこのときほど悲しかったことはないと言い、父母の命日には後年、政府を仕切り、陸軍大将となったときにでも、好物の卵の煮ぬきは食べなかったという。

嘉永五年は西郷家にとっては、三度の葬式を出す不幸続きの一年であった。

嘉永六年になって家督相続を許され、名も吉之助から善兵衛と改名した。西郷家に伝わる名前であろうが、武士には似つかわしくないこの名前を選んだ西郷の苦悩をよく物語っているように思われる。返せるはずもない借金、祖父、父母と続けての死去、ますます厳しくなる一方の貧乏暮らし、考えれば考えるほど現実は厳しく前途は暗かった。

第三章──藩主・島津斉彬《なりあきら》

其の一　出府

　友人の有村俊斎は大山正園、樺山三園と共に嘉永五年の冬、一足早く江戸へ出ていた。有村からは水戸の三田といわれて名高い尊皇学者の、藤田東湖や戸田銀次郎、原田兵助と会い、教えを乞うたことなどを報《しら》せてきた。この報せに西郷や大久保は歯嚙みして悔やしがり、次回はどうしても出府したいと考えてはいたが、まずは参勤交代の供に加えて貰わねば話にならない。それには主君に見出されるのが、もっとも早道であると二人は意見書を提出し、ついで知り合いの小姓や中小姓にも頼んではいるが、はかばかしい返事が返ってこなかった。

　西郷はたまたま、主君斉彬の小姓を勤める伊藤才蔵と知り合い交際するうち、伊藤は西郷の人柄に惹《ひ》かれて、あるとき、主君に、

『一度、西郷に謁見を賜わることは出来ないでしょうか』

と、伺いを立てたけれど斉彬は、

『余は西郷の噂は聞いてはいるが、理由もなく会うわけには参らぬ。何事も順序があって軽々しく会うと、左右の者に疑いが掛かって、西郷にも難が及ぶかも知れないのじゃ』

との有り難いお言葉を賜わったが、実現には程遠いと感じられて失望していた。

一説には西郷の意見書を読んだ斉彬は、これが決定的な動機となって、藩主自ら筆を取って、西郷の名前を供の名簿に書き入れたといわれる。だが、先の伊藤の進言にも容易に許可を与えなかった事実からも、何事にも慎重な斉彬は、意見書に感銘したくらいで、自ら筆を取るほど軽率ではないし、当時の身分制度は単純ではない。

今度も駄目であろうと半ば諦《あきら》めてはいたが、発表された参勤交代の供の中に、自分の名前が入っていることを知らされて、

『おいは念願の四千余人の家臣から選ばれて、江戸へ行けっのじゃ。夢ではなかか。一蔵どんは入っていっのか。二人行ければよかが』

西郷は例えようもないほどの喜びであったが、すぐ親友の一蔵のことを気遣った。

『いよいよ出府できることとないもした。一所懸命勤めて早く上役に認められ、せめて殿様に名前だけでも憶えて頂ければ、こげな有り難かことはなかが、その上、欲を言えば殿様の近くでお勤め出来っのであれば、どんな卑役でもよか』

西郷の出府は、次弟の吉二郎の献身的な支えと勧めによるといって過言ではない。首も回らぬ借金地獄の中で、出府に必要な費用の都合は、才気のある次弟がいればこそであったし、その他、父母のいない毎日の生活のこと、祖母への心遣いと弟たちの指導などは、西郷家に嫁いで間もない妻女では重荷であろうが、そこは兄思いで勘定所支配書役助として城勤めの、しっ

かり者の次弟がいて安心できるのであった。

『兄さぁ、よしごわしたなぁ。家のことはないも心配すっこつはなか。おいがやりもす』

次弟吉二郎の心強い勧めがあったればこそ、西郷の出府を容易にさせたのであった。

親友の大久保も誰が読んでも、「見事」と感嘆させるほどの現下の藩政についての意見書を出してはいたが、主君の目には止まらなかったようであった。下から上がってきた供侍に予定された人選書に目を通した斉彬は、その中に西郷の名前を見つけ、自ら供の人数に書き加えさせた。

日本の西の端に位置する鹿児島・薩摩藩の若い武士で江戸を望まぬ者はいない。初めて江戸へ出る者はなおさらで、西郷とて例外ではない。いや待ちに待った出府である。花のお江戸とはどんなところであろうか。今日ならさしずめニューヨーク勤務に栄転したようなものであろう。高鳴る胸を押さえて、その日の一日も早く来ることを願っていた。

江戸には偉い先生の塾が沢山あると聞いているが、噂に聞く藤田東湖先生には、是非ともお目にかかってお教えを乞いたい。少なくともこの望みは叶えられるのだ。

藩主・斉彬様には一度でもよいから、近くからお姿なりとも拝してみたい。

もしもお声のかかることがあれば何としよう。いや、そのようなことはあるはずがないのであって考えるまい。いや万が一ということがある。そのとき、殿様に平素考えている藩政改革についての意見を、うまくお答え出来るであろうか。

あれこれと希望や期待が入り交じって、西郷の胸は張り裂けんばかりに興奮していた。

いよいよ出立の日がやってきた。新しく仰せつけられた役は中御小姓・定御供・江戸詰と長い名称であったが、役どころは御供でしかない。

上役の指揮に従い、各組頭は、それぞれの配置に、部下を従えて出立の注意をし、用意をさせる。西郷の部所は、大手門から殿様のお駕籠《かご》までの通路の警備に当たっていた。なにしろ五百人からのお供である。城下を通行するときは、武勇すぐれ、島津家中でも武門の誉れ高い家の者に限られる。城下を通行するときは、藩主は騎馬で行くのが通例であった。馬側を固めるのも、同じく腕に覚えの剣客たちであり、付き従うのは心利いた側役である。西郷は馬側の武士たちを羨望の目で眺めていた。

薩摩では城下を出て水上坂で、見送りの者たちともここで別れる。ここには藩主のためのお茶屋があって、ここで斉彬は衣服を改め出発を待つ。ここからは鹿児島の城下も一望の下に見えるし、雄大な桜島が眼前に聳《そび》え立っている。今日は白い噴煙が静かに立ちのぼって、くっきりと晴れ渡った空に鮮やかに棚引いていた。

先払いの声が聞こえて、いよいよ藩主斉彬様のお出ましとなる。お駕籠をお召しになるために歩いて来られる。家臣一同その場に平伏して、顔を上げることは出来ない。西郷も平蜘蛛のように地面に這いつくばって、体を硬くしていた。

斉彬はつと少し前に平伏している大きな体の若者から、春先に感じる清新なものとは異なる、何やら匂い立つ清廉《せいれん》な香気を感じながら、通り過ぎて行った。

『はて、なんの匂いであろうか。清々しいが』

気になっていた斉彬は、駕籠に乗ろうとして、ひょいとさっきの男の方を見たのと、西郷が振り向きざまにこちらを向いたその目と目が合った。

二人の目と目にはまばゆい光が交錯し、西郷は体が硬直するのを覚えた。一瞬の出来事で、斉彬はすぐ駕籠に揺られて、江戸への長旅となったが、そのときの余韻がなおも続いていて、言葉では言い表わせぬ快感を感じていた。

斉彬は「おや」と、今までに見たこともない不思議なモノを見たときに起こる、戦慄《せんりつ》とも興味とも何とも知れぬ予感に包まれ、あの男の辺りを払うような威厳とでもいうのか、人をも引き寄せる目の輝きに親愛のようなものを感じ、形容の出来ない雰囲気が漂っていたのを確かめ、快い期待と興味とちょっとした不安を、予想しながら駕籠に揺られていった。

『あの目は異相じゃ。余はまだ見たこともない者を見てしまった。楽しみじゃやな』

これが年号が嘉永から安政と変わった、安政元年一月二十一日のことであった。

薩摩から江戸まで海陸四百十一里（約一千六百四十キロメートル）、ほぼ一ヵ月の旅であるが、西郷はどんなことを考えながら歩いたであろうか。

西郷は旅の間は家のことも妻のことも忘れて、ただ一つ、

『あんとき、殿様は確かにおいを見てくれた。殿様はこんおいをどのように視《み》ておられっのか。もうお忘れになっていっのと違うだろうか。もしも憶えてくれていたとしても、万に一つも、お目通りなど叶うこつはなかに決まっておりもそ。そいは無理としてでん、何とか殿様のお目に止まっところで、お勤め出来ればよかがなぁ』

思いはいつも同じで、自分の期待や願望が、次第にまったく叶えられそうでないところに落ち着いてくると、平素味わったことのない、気も狂いそうになるほどの自分自身に苛立っていた。

『ご家老様に会うのさえ難しかこのおいでは、お声など掛かっわけがないではなかか』

西郷は誰にも言えず、自分で自分に小さな希望を持たせたり、失望したりしながら、ようやく薩摩藩江戸屋敷に着いた。さっそく、組頭から役目の割り振りがあって、翌日から任務に就くことになった。役目といっても下っ端は、これといった大切な仕事があるわけではない。軽い仕事をこなしながらも、西郷は何とか主君の近くでの任務を望んで、その焦りと失望との狭間《はざま》での懊悩《おうのう》に苦しんでいたが、チャンスは案外早くやってきた。

其の二　お庭方

非番のある日、小頭がそっと西郷のそばにきてささやいた。

『組頭が呼んでいる。何か知らんがご機嫌ななめじゃ』

さっそく、組頭の部屋へ行くと、

『せごどん、おはん、何をやらかしたんか。側役どんからお呼び出しがかかっておっぞ。わしも同道すっから支度をせぇ』

組頭はくどいほど、

『粗相のなかごつせぇ。粗相があっては、おいにもお叱りがくっとじゃっど』

眉間に縦皺をつくり、苦虫を噛み潰したような顔で繰り返した。

西郷は側役様から何のお咎めかは知らないが、そんな憶えはないがと不審に思いつつ、それでも親父がいつも言っていた、

『上役からの呼び出しには、碌なことがないのが普通なのだ』

という言葉もしっかり胸のうちで反芻《はんすう》しながら、覚悟を決めて長い廊下を組頭の後に続いて歩いた。

二人は部屋に入ってしばらく待たされる間、組頭はしきりと襟首や袴の裾を気にし、頭の後を叩いたり左右に振ったりしていたけれど、西郷は大きな体を組頭の後で、根の生えた大木のように微動だにさせずに、覚悟を決めて瞑目して座っていた。

やがて側役が入ってきて、組頭からの挨拶と西郷の紹介を受けると、

『今日は急ぐから手短かに申す。西郷、その方をお庭方とすっゆえ左様心得よ。これは殿じきじきの差配《さはい》であっぞ。謹んでお受けせよ』

組頭が頭を下げて、お礼を言おうとするのを側役は手で制して、「もうよい」と言いつつ座を立ち出ていった。組頭もほっとしたのか、しばらくして、

『せごどん、目出度い。よか役目じゃ。おはんも知っていようが、お庭方というのは島津家の隠密じゃ。誰でもなれっというものではなかぞ。うまくいくと、殿様からじかにお声がかかっこともあろうが、心して滅多に返事などすっでなか。まずはお庭番頭の言われっことをよう聞き、何事にも絶対服従すっことだけは忘れっなよ』

を、繰り返した。

西郷は組頭の話などまったく耳に入らず、「お庭方」と言われた側役の声だけが胸の内で、遠くでこだまする山彦のように、快く打ち返されているだけであった。

お庭方はお庭番、庭者とも呼ばれ、元は室町幕府職制の庭奉行に属していた下部のことで、

幕府庭中の泉水、築地などの構築やその掃除に従事していたが、そのほかお能の行なわれるときなどには、篝火《かがりび》のことなどにもたずさわったのである。徳川時代に入って江戸幕府の役職となり、正式名称は御休息御庭之者、若年寄支配、両番格百俵高、七人扶持、小住人格は百俵高、扶持持、部屋住は二十人扶持。

八代将軍・徳川吉宗は、江戸に出てきた紀伊家の家臣のうち十七名に、御広敷伊賀者の身分を与え、本丸の御天守台下御庭の番をさせると同時に、機密探索の任につかせたのである。彼らは午前十時に御広敷の部屋に詰め、午後四時以降、翌朝六時まで御庭の番所に宿直してから御広敷に戻り、十時に交替する。三人一組（安政以降は四人）である。

幕末には二十一家がこれにならっていたというから、薩摩藩にもいたのであろう。職掌柄藩主や上席の人々の近くに侍《はべ》ることがあり、それらの人々から秘密の仕事を命じられる関係から、特に志操堅固にして秘密厳守、忠節心が厚く信頼のおける者であることが第一条件である。仕事の内容は今日の地下工作員としてであり、扶持も少ない軽輩の者から選抜されていた。

西郷は御庭番頭のもとへ挨拶に行き、いろいろな任務や諸々の注意や心得を聞き、主君の居室の近くの庭に出て控えることになった。庭仕事のあるときは、庭師を監視監督していろいろと仕事があるのだが、毎日あるわけではなく、そんなときは庭の隅に控えて監視を怠らないのが任務である。番犬のような役目といえば、よく当たっていよう。

ある日、主君斉彬は供を従え、お庭に下りられた。西郷はその場で大きい体を縮めるようにして平伏した。どうやら殿様は近づいて来られたようである。ますます体が硬くなってくる。庭石の上に白い足袋が見えてきた。

「殿様だ」――西郷はさらに頭を地面に近づけたそのとき、お声がかかった。

『その方が西郷か』

西郷は目のくらむような衝撃が身体全体を走り抜けたのを自覚した。一瞬、返事しようとして思い留まった。西郷は直接返事することは出来ないのだ。うっかりしようものなら、お供の侍の叱責の言葉が飛んでくる。お供の方の声が上から下の西郷の耳に落ちてきた。

『西郷じゃな』

西郷には、少し甲高い人を見下したような声に聞こえた。初めて聞く殿様のお側近くで仕える者の声とは、このようなものなのかとうなずきつつ、「はい」と返事をしたが、それよりも殿様の目が槍の穂先のような鋭さで、背中から体の奥に突き刺さってくる痛みが感じられて自然と硬張《こわば》ってくる。脇の下には冷たいものが感じられる。こんな経験は初めてだと息をつめているうち、殿様はそのまま去って行かれた。地面に突いた両腕からも硬張った背中からも、少しずつ力が抜けて行く。どっと疲れが襲ってきた。

ついに殿様からお声がかけられ、名前を憶えて頂けたこの感激は、終生忘れることが出来るものではない。西郷の忠誠心は、このときさらに強固なものになっていった。

西郷の眼前には順逆の大切さと、家臣の忠誠心を説いた赤山の姿と、父が血染めの肌着を押し戴く姿とが幻となって交互に明滅した。まさに運命の出会いであった。

斉彬は出立の日に見た西郷のことが常に頭から離れなかったけれど、江戸に入ればその日から将軍継嗣問題で多忙をきわめていた。阿部老中を中心として次期将軍に一橋慶喜を推しており、一方、井伊直弼を中心とした一派は紀伊家の徳川慶福を推していて、両派は激しい暗躍を繰り返し、阿部老中を助けて活躍する斉彬は一瞬の暇もない。

一目で西郷の人物の只ならぬのを見抜いた斉彬の眼力も、また普通ではない。確かに人伝てに耳に入り、推挽《すいばん》する者もいたし、意見書でも心は動かされはしたが、薩摩藩何千人もの家臣の中から一人を見出す眼力は、藩主自身が持つ生来の研ぎ澄まされた感性と清廉潔白な正義感が、この疑惑と贈賄の横行する、混沌として呼吸も出来ないくらい濁り切った今日にあって、それらに毒されずにいとも自然に備わる清廉な気品が、この若者の五体に漲《みなぎ》っているのを感じたのであろう。

「出会い」――それを人は偶然と呼ぶが、決して偶然や僥倖ではない。宇宙に存在する万物はすべて互いに引き合い、反撥しあって生きている。眼鏡に合った家臣を求める主君斉彬と、主君を渇仰してやまぬ西郷の二人のここに至る過程において、二人の力量と機会がすでに十二分に用意され、互いに引き合う力が、少しずつ平衡されて、今日の出会いとなったとしか思われない。

庭で西郷を見た斉彬は、もう一度その器量を見極めたくなり、ある日、小姓の伊藤才蔵に、

『才蔵、余は今日は下城してからでも、もう一度西郷に会いたいからなんとかせよ』

斉彬は焦れている。

『余は今日は座敷で会いたいがどうか』

『広縁ではいかがでしょうか』

いくらお殿様のお声がかりだとは言っても、お庭番の下僚が、いきなり殿様に座敷でお目通り出来ないのが、この時代の身分制度であった。もしそれを強行すると、西郷を疎《うと》む者のどん

な邪魔が入らぬとも限らない。まして話し合いなど問題外である。伊藤とて軽々しくお受けすると、周りの者から睨まれる。

夕刻、西郷はお庭番頭と二人で広縁に畏《かしこ》まって控えていた。座敷に殿様が入られた様子で、二人は頭をぬれ縁に擦りつけるようにお辞儀をした。ややあって、

『西郷の他の者は下がっていいよ』

とお声がかかる。

小姓が障子を少し開ける。主君斉彬の直々のお声がかかった。

『西郷、その方の農政の意見書は読んだぞ。追い追い改革して行くつもりじゃ。それはさておき、先ほどの水野の改革をどう思うか。存念を申してみよ』

側で聞いている伊藤は、額から汗が滲んできた。難問である。

『西郷、滅多なことを言うなよ。これは大変なご下問であるぞ』

そう言ってやりたいけれど言うこともならず、膝に置いた手が小刻みに震えてくる。西郷は元より承知で、かねがね天保の改革を打ち出した水野越前守は、尊敬に値する人物であると考えていたし、このご下問こそ自分の器量を計るものであると思うと、体の中から勇猛心が沸き起こり、どっしりと肝が据わって、胸の動悸を静めると、かねてから考えていた自身の意見を率直に、

『恐れながら申し上げます。水野越前守様のご改革は、大変ご立派であったと心得ます。下々の生業、生活、特に農村の事情にまた小商売を営む者のことまで、またご身分に応じた日々のことについてもよくご賢察されておられたればこそ、百七十余ヵ条にわたる、質素倹約の御触

れを出されたものと心得ます。その上で各々身分に応じて生活し、それなりの服装や交際をし、華美に流れぬようになされたことは、時勢を憂えた思い切った改革かと存じ、何ら不都合なることは一つもありません。ただこの改革が時期を失していたことは、かえすがえすも残念なことと思います』

言葉を選び、礼儀を失わずにと心してはいたが、持って生まれた正義感は、言葉を矯《た》めることも飾ることも出来るものではない。それより疾風のように頭を掠めるのは、一徹な父の顔であり、ついであの夜の百姓夫婦の姿となって浮かび、言葉は炎のように吐き出され、体は熱く熱してきた。答え終わって深々と頭を下げ、大きく息をすると、西郷を圧しつけていた強い力が抜けて、あの大きな体に疲れがどっと押し包んできた。

側で聞いていた伊藤は、肩を落として力なく下を向いて奥歯を嚙み締め、嘆息混じりに殿様のみじろぎもせぬ横顔をそっとのぞき見して「まずい」と思った。そのとき、

『西郷、よくぞ申したな。多くの人が水野を疎んずる中で、よくその本質を見通し、自分の意見を述べるとはさすがである。余は今日は良いことを聞いたぞ』

伊藤は耳を疑った。西郷はこの突然の言葉を、天の声、神の声と聞き、胸に突き上げてくる熱いものに、目頭の曇りに耐えるのが精一杯であった。

斉彬は斉彬で心の中で西郷の言葉を反芻《はんすう》し、

『よくぞ申したものじゃ。天保の改革を正当に判断し、余が越前と不仲であるぐらいは知ってもいようが、余を恐れもせずに我が意を吐く者は、島津家に家臣が多いといえども、西郷を措《お》いて他になかろう。大した肝の持ち主じゃ』

『我が意を得たり』

斉彬の喜びはひとかたではない。斉彬は西郷の顔をもっとハッキリ見たくなった。障子は半開きで、あたりはもう薄暗くなっている。

『西郷、近うよれ、面をあげよ。才蔵、障子を開き、灯をいれよ』

西郷は恐る恐る近づき、そろりと顔を上げて殿様の顔を仰ぎ見る。斉彬は西郷の大きな目を、涼やかな眼差しで見つめ返す。

『そちの目はよい。それに澄んでおる。これからもよく勤めよ』

西郷は頭が下がり、上げることは出来ずに平伏したままであった。伊藤は西郷の大胆な発言に、一時はどうなることかと、胸の焼け爛《ただ》れるような思いであったが、胸のすく主君のお言葉を聞いて、一度に肩が軽くなった。この後、伊藤は別室で、

『せごどん、おはんが水野様を立派な方じゃと言ったときは肝を冷やしたぞ。殿様と水野様とは相性が悪く、施政にも批判的であられたのじゃ。おいはおはんを推していた手前、どうなることかと心配し、これでおはんも駄目じゃと観念したが、さすがは殿様じゃ。よかったな。西郷』

手を取り合って喜んだのであった。

西郷は間もなく小姓に抜擢されてからは、藩主斉彬は西郷と二人で話し合う機会が多くなってゆく。七月には主君の増上寺参詣の供を仰せつかった。西郷に対する信任がますます大きくなっていった。

翌安政二年十月には、斉彬は側役竪山利武を通じて西郷に政治資金五十両を与えた。西郷は

大金を前にして家庭の極貧状況がすぐ目に浮かんだが、そんなことには目もくれず、同志の結束と活動のための費用として使っていた。

吉二郎から実家の家計のやりくりも万策尽きたとの報せで、ついに長年住み慣れた下加持屋町の屋敷全部を、鎌田源次郎に永代売り願いを藩に届け出たと報せてきた。

昨年の暮れ、妻のスガが、実家の伊集院家に引き取られ、一方的に離婚させられたとの報せを受けていたが、やはり大所帯と貧乏には勝てなかったのかとの思いであった。

あのときは、西郷といえども一時かなり興奮した。

『いくら辛いからと言って、夫のおいの留守ちゅうに離婚すっとは許せん。妻の実家も何を考えていっのか。留守を見計らって引き取っとは、どげな料簡じゃ』

居ても立っても居られぬくらいに立腹したけれど、怒りが納まってくると、この江戸と薩摩に離れていてはどうしようもなく、妻の実家にもそれなりの理由も考え方もあったのだろう。致し方のないことだと合点して、離婚していった妻よりも、家計を預かって苦労する弟の吉二郎を偲《しの》び、弟妹たちの身の上を気遣っていた。

『先に妹のお琴を嫁入りさせてからの不幸続きを一手に引き受け、続いてお鷹の祝言が重なり、末弟の幸吉（小兵衛）はまだほんの子供で、貧乏といっても並みの貧乏ではなか。その上、この大家族の西郷家の中で、夫のいない妻の苦労は察するが、それよりも辛かったのは吉二郎であったろう。すまぬことであった』

西郷は吉二郎の顔を思い浮かべ、その労苦を思いやった。

安政三年三月、名前を善兵衛から吉兵衛と改名した。

翌年四月十二日、突然、主君斉彬からの呼び出しを受けて斉彬の御前へ伺候すると、密室へ招き入れられた。こんなことは初めてだと驚くと共に、緊張して体を固くしていると、主君斉彬から数々の質問を受けた。初めは恐れ入って平伏していると、

『吉之助、固くならずに思ったまま答えよ』

とのお言葉を賜わって心にゆとりもでき、答える言葉にも窮しなくなって、大きく息をすると、俄かに気息も整い、体じゅうに活力が湧いてきた。次第に言葉を選ぶ余裕も出来てくる。一々、思った通りの答えをもって応じることが出来てくると、自信もついてきた。

斉彬はじっと西郷の顔を見据えながら聞いているかと思えば、目を閉じて思いに耽《ふけ》っている。そうかと思うと突然、別の問い掛けを発してくる。

『殿様はおいの器量を試されている』

そのように思うと、答えも滞《とどこお》りがちになる。額に汗が滲んできた。喉が乾いて大きく唾を飲み込んだ。まさに真剣に立ち向かうほどの勇気を奮って、この長い時間を過ごしたのであった。

『吉之助、今日はこのくらいに致そう』

この主君の言葉を聞いて、精も根も尽き果てたと思った。主君が退出されていざ立とうとするが、体が重くて容易に立てなかったことだけははっきりと覚えていた。長く感じた時間も、約半刻《はんとき》（一時間）であったと後から教えられた。

こんなことが一ヵ月の間に四回も行なわれた。斉彬は西郷に大事を託するに当たって、実に慎重な人物考査をしていたのであった。その後もたびたびお召しがあり、お言葉を賜わり、話し合いをさせられていたが、そのつど、江戸の大名屋敷や幕府要人の許へ使いするようになっ

ていった。斉彬はこの若者が、我が眼鏡に適《かな》った立派な素材であることを確認し、鍛えれば我が手足となって、この胸の中で燃え盛る大志の実現に役立つに違いないと確信し、手元に置いて自分が持っている総てを教えたくなってくるのであった。

教え甲斐があるのだ。打てば響くのだ。こだまして返ってくる。

斉彬は「西郷こそ我が意を継ぐ者である」と人に語ったという。

今日、伝えられる斉彬の考えは、当時の日本国内で攘夷だ尊皇だとかでいがみあっているような狭いものではない。

『清国（中国）を欧米列強がいいように分割する前に、日本が積極的に軍事行動に出るべきである』というものである。

彼は具体的にその戦略も示していた。

『近畿、東海、東山、中国の諸藩はシナ（中国）本土に突入し、九州、四国の諸藩はベトナム方面に進出、北陸、東北の諸藩は満州に向かって行動する』

何とも壮大な計画ではないか。幕府の役人なら卒倒するだろう。勤王の旗を掲げて奔走している天下の志士でも、理解は出来るものではない。

斉彬は早くからイギリスがインドや中国で残忍きわまるやり方で侵略していることを知っていた。早晩、その勢力は東洋へ、そして日本へ及んでくるに違いない。そうなる前にアジアは団結して、これに当たらねばならない。今の清国にはその力はない。今こそ日本は清国を助けて起《た》つべきである、というものである。

この政策を現代の人間がその是非、善悪について軽々しく評価することは出来ない。また、するべき問題でもない。今日とはどだい時代が違うのだ。

主君の壮大なる構想を教えられるたびに、西郷は眼を見張り驚き、体が硬くなり、心は燃えてくる。主君の一つ一つのお言葉が、吐く息が体温が、そのまま旱天《かんてん》を見舞う慈雨が、乾ききった大地に吸い込まれるように、西郷の血となり肉となってゆく。

『かほどに信頼されているのか』

と、思わずにはいられない。主君のお言葉を聞くときは、刀を鍛える際の真っ赤に焼けた鉄のように体が燃え立ってくる。斉彬も、

『鉄は赤いうちに鍛えねばならない』

とばかり指導する。

西郷も叱られても叱られても、ぐいぐいと迫って行く。主君から次々と発せられる現実の難解な政治問題にも、全身をなげうって応えて行こうともがき苦しむことが出来る。激しい叱責に、あるときは落胆し、あるときには胸を張って主張する。

斉彬も目を細めざるを得なくなる。可愛い弟子であり、掌中の玉であった。他の者には、二人の間には主君と家臣といった垣根がないかに見えるのであった。

二人のいる場所は、双方にとってまことに居心地のよい場所となっていた。斉彬は片時も西郷を離さず、二人の話し声はいつまでも続いて、斉彬がキセルの頭を叩く音が響き、稀には笑い声さえ聞こえていた。西郷にすれば、斉彬は神のような太陽のような存在であった。

西郷の人格は、天然の素材から名工による手作りの名品に脱皮してゆくのであった。

藩主としてもっとも得意なことは、人に自慢の出来るほどの家臣を持つことである。斉彬も

三賢侯はもちろん、これはと思う友人知己に見せたくなってくる。斉彬が越前藩主・松平春嶽に宛てて西郷を紹介した有名な書簡がある。

『拙者家来、西郷吉之助と申す男は、独立不羈《どくりつふき》の気性に富んだ怪物ゆえ他の家来を扱うようには参りません』と。（栗本隆一著「西郷隆盛・順逆の軌跡」より）

また、「薩摩にとって唯一無二の宝だ」と、人にも語ったと言われる。

西郷は薩摩藩主の使いとして、諸侯、天下に名立たる学者、諸藩の有力な志士、豪傑を尋ね、その経綸を聞き、また教えられて自らを鍛え、知己を増やし、必然の赴くところ、政治の核心に触れてゆくことになった。

安政元年四月十日、小石川の水戸藩邸に使いし、勤王家の藤田東湖に会い、その後もたびたび東湖を尋ねて、彼の薫陶をうけていた。

『さすが、薩州様の見込みだけのことはある』

東湖や春嶽だけでなく、会う者すべて感嘆しない者はなかったと言われる。

西郷の名はたちまち有名になり、その前途は洋々たるものに見えてきた。自身もそう思ったに違いなかろう。

西郷が江戸に出た翌年、安政二年十二月、薩摩屋敷にいる若侍が、屋敷の庭で相撲に興じていて、相撲好きの西郷はそれに見とれていたとき、越前藩主・松平春嶽侯の懐刀《ふところがたな》といわれる橋本左内が尋ねて来た。西郷がひょいと見ると、色の白い女のような華奢《きゃしゃ》な男が立っていた。

西郷は、

『大したヤツではあるまい』

そのまま待たせて相撲を見ていた。

終わって左内と話し合うことになり、その経綸の素晴らしさ、識見の高さ、確かさに驚くと共に大いに恥じ入り、大きな体を小さくして謝った。こんなときの西郷は、小児がベソをかくような有様で、誰しも許さずにはおけないほどの可愛さがあった。

『橋本先生、お許し頂きたい。大変な失礼をし申した。冷汗三斗でごわす』

両手をついて恐縮した。事実、西郷の額は汗でびっしょり濡れていた。これを見ていた左内は、

『清廉潔白な心が、あの態度となるのであろう。これでは大抵の者はころりと参ってしまう。持って生まれた大器量というものであろう。我が殿も誉めるはずじゃ。薩州侯はさぞかしご満足のことであろう』

改めて西郷の器量に惹かれた。

西郷も少し天狗になっていたようである。左内の帰った後、

『人は見かけによらんものだ。体軀や服装で人を判断すっことは今後、厳に慎まねばならぬ』

深く我が身を恥じ、心に誓った。また自分が天下で先生と仰ぐ人は、藤田東湖と橋本左内であると人に語ったという。

其の三　尊皇攘夷

尊皇の思想は、天皇の古代からの権威に基づいて長く存続していたが、徳川幕府が江戸に開

府されると、幕府の権威にとってもっとも危険であり、かつ源頼朝が幕府を開くにあたって朝廷の権力の及ばぬ鎌倉の地を選んだ先例にならい、京の都より遠く離れた領国の江戸に幕府を開き、より徹底して朝廷の権威、権力の削減をはかった。

朝廷に対する御料を極端に切り下げ、公卿の内実もまた切り下げられ、共に手許不如意になったことはいうまでもない。朝廷、公卿と諸藩の大名たちとの接触もまた危険なこととし、京都へ立ち寄ることや、寄進を禁じたので、長く朝廷、公卿の不遇時代が続いていた。幕府は譜《ふ》代《だい》の有力大名を京都所司代に任命し、厳しくこれを監視監督していた。

磐《ばん》石《じやく》の組織を誇った江戸幕府も、中期以降になると、封建制度の矛盾が目立ってきた。下級武士や庶民の困窮《こんきゆう》がはなはだしくなって、封建体制に対する反省や批判が芽生えてきた。

一方では国史の研究が進歩し、国学が発達して復古主義が台頭してくると、尊皇論は現実的基礎が与えられて、次第に有力な思想となっていった。この尊皇思想は明和四年・西暦一七六七年に起きた山県大弐《やまがただいに》らによる明和事件として政治史の上に登場してくるが、さらに幕末になると、夷狄《いてき》から神国日本を守ろうとする攘夷論と結合し、尊皇攘夷論として、また具体的な目標を持つ政治論として、広く武士階級の政治意識として、捉えられるようになっていった。

そしてこの尊皇攘夷論の本山ともいうべきところが、親藩・徳川御三家の一つである徳川斉昭の水戸藩であった。水戸黄門で名高い水戸家第二代藩主光圀が、「大日本史」を著して朝廷の尊崇を説き、楠木正成の忠誠を尊んで兵庫の湊川に碑を建てて以来、尊皇は水戸藩の精神的支柱となっていた。幕末動乱期の藩主徳川斉昭は、熱心な尊皇攘夷家であり、家臣には尊皇攘夷論の精神的支柱ともいうべき藤田東湖がいて、その門下からは薩摩の西郷隆盛や長州の桂小五郎ほか、各地の勤王の志士がこぞってその教えを受け、幕政を改革しようと奔走しだしていた。

片や江戸では当時としてはもっとも進歩派ともいうべき佐久間象山《さくましょうざん》がいて、西洋の新しい学問塾を開き、砲学、洋式軍学を教授し、開国論を唱えていた。ここには吉田松陰、勝海舟、橋本左内などの俊秀が集まり、それぞれ志を抱いて維新回天の大事業に参画してきていた。

其の四　黒船来航

西暦一八五三年・嘉永六年六月、アメリカのペリー提督が軍艦四隻を率いて伊豆の下田に来航し、アメリカ大統領・フィルモアから、将軍に宛てた日本との国交と通商を求める親書を、浦賀奉行に提出したことは、鎖国攘夷を国是《こくぜ》としてきた日本に大混乱を起こさせた。このときをもって明治維新の始まりとするのが通説となっているといってよい。

ペリーはその後、慌てふためく幕府役人を尻目に、艦隊を率いて浦賀沖に進入して江戸市民を驚かせ、翌年の再来航を約束していったんは去ったが、約束通り安政元年一月には七隻の艦隊を率いて来航し、砲門を陸地に向ける威嚇《いかく》外交で、三月三日、横浜応接所において日米和親条約十二ヵ条の調印を締結した。その後も五月二十五日には伊豆の下田に来航したペリーは、下田追加条約十三ヵ条の調印も済ませた。

幕府がこの交渉のために難渋《なんじゅう》しているちょうどその頃、三月六日に西郷は、参勤交代で江戸の薩摩屋敷に到着したのであった。

当時、幕府は鎖国令を厳守していて、外国との国交や通商は国禁で、攘夷が国法であったが、結局、アメリカの武力を背景にした威嚇外交に屈し、安政三年七月三日、新たにタウンゼント・ハリスが日本総領事となって、新しく通商条約の締結のため、強引に日本側の井上信濃守、岩瀬肥後守と粘り強い交渉に入った。

『井上さん、岩瀬さん、横浜の港に世界の船が自由に出入り出来るようにしなさいよ。貿易は幕府の独り占めで、あなたがたはたくさん儲《もう》かります』

金はいくらでも要《い》る。それさえあれば、幕政にとかく容喙《ようかい》する薩摩や長州の外様大名の横暴も押さえられるし、志士とかいう生意気なヤツらも黙らせることが出来る。

二人の老中にとっては解りすぎるほどのことではあるが、朝廷には冒しがたい権威があって、どうにもならない。

『それはよく解っているが、何分、我が国は鎖国令を布いていて、幕府自ら開国に踏み切ることには反対が多い。特にこれには朝廷の勅許が必要で、それがとても難しい』

それでもハリスはひるまずにその後、二ヵ月にわたり、幕府老中と十数回の討論を重ねて、出来上がった新しい通商条約を提出してきた。その内容は日本にとって屈辱的なものであった。攘夷を国是として幕政を司る当時の老中たちは、頑迷な鎖国論者ばかりであり、特に水戸藩主・徳川斉昭の強硬な反対で、とうてい締結の見込みさえ立たない条約以前の問題とする情勢であった。この時期には、老中井伊直弼でさえ鎖国論者であったのだ。

当然、勤王攘夷の志士も猛烈な反対運動を展開する。

以前に見せつけた黒い不気味な軍艦七隻が砲門を陸地に向けて、いつでも艦砲射撃が出来るぞと構えられたときの日本人の驚きは、とうてい今日想像できるものではない。七、八十門の大砲がこちらを睨んでいる状況は、それだけでも威圧感十分であり、沖に向かって威嚇射撃の砲声を聞いた時には、すでにペリーの術中にはまっていたし、ハリスの恫喝《どうかつ》に似た交渉に悩みぬいていただろう。国法をたてに条約に反対する老中たちも、この威嚇には腰砕けであり、次第に何とか穏便《おんびん》に条約締結の一件をすませたい一心であった。

今も昔も変わらぬ政治家、役人の先送り処方であった。

其の五　当時の民衆の政治感覚

松陰が止むに止まれぬ激情に駆られた幕末の世情、それはアメリカの威容を誇る艦隊に怯《おび》える江戸市民であり、それに対して弱腰にしか応接できぬ幕府役人や老中であり、国力のないのを嘆いた民衆であった。当時、現われた瓦版に、それを見ることが出来る。

これは万延元年頃に流行《はや》った、『ないものづくし』である。

またもないないぜひ（是非）がない。
とかくしもじも（下々）ぜにがない。
ぐわいこくがかり（外国掛）にひまがない。
かうえき（交易）せずともこまらない。
入せん（入船）いしびや（石火矢）たま（弾）がない。

きゃつら（彼奴ら）のわがままとめどがない。
りょしゅくのてらてら（旅宿の寺寺）とく（儲け）がない。
おふれ（お触れ）のおもむき（趣き）そつがない。
こどもにいし（石）をなげさせない。
いじん（異人）のかおにはしるしがない（外国人は皆同じ顔に見えた）。
ほうろく（焙烙）てうれん（調練）かたでない。
ばんこく（万国）みとめたものがない。
よこはまあきんど（横浜商人）もうからない。
日本ふそく（不足）なことはない。
いこくのあとぶねほうず（方図）がない。
のりこむみなとにせき（関）がない。
きどったとうじん（唐人）ひげがない。
このせつ（節）ひとりであるかない。
おしこみ（押し込み強盗）ころしてかまわない。
あめりかふじんはであるかない。
どれがどれだかわからない。

この瓦版を読むと、当時の風俗が判ると共に、民衆は不景気に煽られて、彼らの青息吐息の嘆きが聞こえてきそうである。儲けるのは外国人と幕府ばかりである。

アメリカのペリーが来航したときの風刺狂歌に、

『太平の眠りを醒ます上喜撰（上茶を蒸気船になぞらえたのである）、たった四はいで夜も寝られず』

『なかき御代なまけたぶしのみなめさめ、たしなみあるはここちよきかな』

『アメリカが来ても日本はつつがなし』

などいろいろあるが、これらはすべて一般民衆の作とされているが、作者の中には武士身分の者もいたといわれており、幕府を見限ったのは民衆だけではなかったようだ。

通商条約がいかに不平等であったかは、民間で安政五年六月頃に流行った「ちょぼくれ」（千代ぼくれ）に見ることが出来る。

「ちょぼくれ」とは、江戸時代後半期に至って流行った大道芸の一つで、歌祭文の系統に属し、特に願人坊主《がんにんぼうず》がこれを歌った。口説きの一種である。大坂では講談などの影響から複雑な内容の語り物として歌う「ちょんがれ節」に発展した。法螺貝《ほらがい》に合わせるものを「でろれん祭文」ともいった。共に浪花節の起源となるものである。


やれやれ今度の調印きひて（聞いて）くやしい、六月中には合衆国から二艚の蒸気が、下田の港へ着くとすぐさま、官吏が飛び乗り、度々乗ったで勝手は知ったる江戸の近海、小柴へのりこみ、おどしているうち、オロシヤの渡来に時を得たりと、官吏が言うにはエギリス、フランス、支那に打勝、数百の軍艦勢い強大、今に渡来し、願書を差出しお聞きでなければすぐさま戦争、左様になってはお為に悪い、わっち（私、ここではアメリカ）

にまかして調印なさってお渡しなされば、わるくはしなひ（しない）とおどして、すかしてだましにのせられ、馬鹿の役人元よりこわがるエゲレス、フランス、軍（いくさ）になってはいかぬと、佐倉と上田が諸人をだしぬき、二人に言付調印したのを渡した上にて、二十二日外様に御譜代残らずお城へ揃った上にて渡した書付さまを見やれ、天下の政治が是れで立かへ（たちかえり）、御養子様さえ天下こぞって望だ（望んだ）お方を（おかた）よそになしおき（余所において）、御血筋近ひ（近い）のなんとかのとて、おちいさいのを直した心はにくひ（憎い）じゃねいかい、常の時ならどうでもいいわな、こんな時には子供じゃいけねい（ない）、御発明でも十二や十三、諸人の信仰大将軍にはとてもたたねい（適当でない）、こんなことなら急にきめても何にもならない、国のお為や君のお為をおもふお人はひとりもねいかい（ないのかい）、ものけつらでは政事は出来ぬぞ、オラガようなるいやしいものでも、今度の調印くやしくおもふに、慶長このかた大禄領して妻子を安楽衣食にことたり、十分おごって安く暮らしたご恩を思へば、国のお為や君のお為に死る（死ぬ）命はなんでもないのに、夫を措いて異人にへつらい、機嫌とりとり調印するのは不忠であらふか（あろうか）、不屈だろふか（だろうか）、今となっては応接役人首を切ってもおっつくものかへ、彦根掛川しっかりしねい（しない）といけないところだ、わるくやったら違勅になるぞへ、謀反に成（なる）ぞへ、なぜにご隠居（水戸老公）だまっておひでだ（おいでだ）、日本国中おまへ一人を力と思へば、早く出かけて手際の所望をたのみますぞい。

ここにある条約とは、井伊直弼がハリスと交わした日米通商条約のことである。小柴とは現代の横浜市金沢区の沖合。オロシヤの渡来とは実際にはロシヤのプーチァーチンの来航のことで、六月二十日。佐倉と上田とは佐倉藩主の堀田正睦と上田藩主の松平忠固で共に老中。二人とは井上清直と岩瀬忠震のこと。書付とは条約調印の書類。直したとは地位に据えるということ。十四代将軍徳川慶福は十三歳。彦根は彦根藩主・大老井伊直弼、掛川は掛川藩主・老中太田道醇。ご隠居とは水戸藩主・徳川斉昭のこと。

以上であるが、少し理解しがたい箇所もあろうかと思うけれど、おいおい説明して行くことにする。

これを読むと当時の民衆は、政治の中味はほとんど正確に知っていたようである。何一つ情報を得る手掛かりもメディアもない時代に、どうして政界の裏の事情まで、知ることが出来たのであろうかと不思議な気がする。今日、国民が知る権利を与えられ、各種の情報が手っ取りばやく得ることが出来ると思っているが、実は表面に現われたものだけで、実際には何も知らされていないことに気づくはずである。

たとえば汚職が発覚して国会で問題になったとしても、訳の判らぬ答弁ですまされ、うやむやのうちに過ぎ去っていってしまう。

国民は議員先生や偉い人を介せずに、役人に物事を頼んでも難しい手続きを示されて、『こんな面倒なこととは知らなかった。先生に頼めば金がかかるし諦めるか』と、なることを見越して慇懃な物腰、態度で先送りされてしまう。政治に不信を抱いても不思議ではない。

　国民に知る権利が与えられれば与えられるほど、各界のエライ人には、隠す技術も隠させる巧妙な方法も与えられ、開発されているのではと勘繰りたくなる。

　幕末のこの時期、心ある者は民衆の声も、「ないものづくし」も、「ちょぼくれ」もよく知っていたに違いない。熱い血潮をほとばしらせながら、心ある武士は、じっとこの国の行く末を見守り考えていた。

『今や、士たるもの一命を捨ててこの国を立て直し守らねばならぬ』

第四章――安政の大獄

其の一　幕末の政権抗争

西郷が参勤交代の供をして初めて江戸の薩摩屋敷に入ったのは安政元年三月六日で、この日はペリーが一月十六日に、ふたたび浦賀に七隻の艦隊を率いて来航し、横浜の応接所で日米和親条約の調印をすませた日から、僅かに三日しか経っていない。

この頃から国内では尊皇攘夷を唱える水戸藩主・徳川斉昭の下、勤王の志士と呼ばれる若い武士たちを中心とした活動が、次第に地方の武士たちにも広がり、主に京都や江戸で会合を重ね、憂国の熱情を要路に訴えていたが、それが次第に激しさを増してきていた。

時代を憂えた大名たちもまた、老中筆頭・阿部伊勢守を中心として薩摩藩主・島津斉彬、福井藩主・松平春嶽、土佐藩主・山内容堂、宇和島藩主・伊達宗城のいわゆる幕末の四賢侯と尾張藩主・徳川慶勝父子、水戸藩主・徳川斉昭らの有力大名は、痴呆であり病身の現将軍に代わって、英邁の誉れ高い水戸藩出身の一橋慶喜を次期将軍に推そうと画策していた。

幕府体制の中枢は、優秀な譜代大名の中から選出された老中によって構成され、運営されるのが原則であり、いかに英明で有力大名とはいえ、外様大名は幕政に容喙《ようかい》するなどもってのほかであり、特に尊皇攘夷論を唱え、次期将軍の継嗣問題にまで、干渉することは許せぬと、老中井伊直弼を中心として、次期将軍に紀伊家の徳川慶福を推して、活発な運動を展開し、両派は互いにしのぎを削っていた。

『井伊どのは紀州の若殿を推されているが、まだおん年十三歳じゃ、お若すぎる。それに引きかえ、一橋様は外国の事情にも明るい立派な方で申し分はない。今後の政局多難な折りには、この方でなくては収拾はつかぬ』

阿部老中と島津斉彬らの推す一橋慶喜は、稀に見る英明な資質を備えた人で、徳川御三卿の一人で、資格としても申し分はないが、元をただせば、水戸家の出身で、父親が尊皇攘夷に凝り固まった徳川御三家の水戸藩主・徳川斉昭であり、もしも慶喜が将軍ともなれば、たちまち井伊直弼は大老どころか老中として、幕閣にいることさえ出来なくなる。

井伊直弼としてはこの際、現下の幕政の在り方を正さねばならないのと、水戸家の勢力を幕府から排除せねばという強い使命感を背負っていた。老中会議では、

『各々方、一橋様は英明なお方ではあるが、水戸家の血筋に将軍職を奪われれば、朝廷の勢力が強くなると共に、水戸様や島津や毛利の大名の発言が幕政を左右しかねない。それは直ちに幕府の存在が危ぶまれるということじゃ。わしはこの際、勇断を奮って権現様《ごんげん》(徳川家康)の昔に立ち返らせ、今一度、元の力のある幕府に戻さねばならぬと考えているが、いかがなものであろうか。方々のご意見を承りたい』

このように言い切る井伊に、反論できる老中はいない。

井伊直弼はこのように張り切っていても、慶喜派には先に挙げた各大名の家臣たちが、早くから相互に連携しあって運動を展開していた。たとえば水戸藩の藤田東湖、戸田銀次郎、鵜飼《うがい》吉左衛門、幸吉父子、薩摩藩の西郷吉之助、日下部《くさかべ》伊三次、福井藩の橋本左内、土佐郷士の武市半兵太ら、加えて脱藩して藩籍はないが、自由に活動する地方出身の勤王の志士たちは、各々水戸藩や薩摩藩、長州藩の屋敷に出入りし、ますますその勢力は大きくなり活動も目立ってきていて、慶喜派の大名同様に手強い存在であった。井伊直弼は、

『なんとかせねばならぬ』

毎日そのことばかりに腐心《ふしん》していた。

安政三年八月、駐日総領事に任命されたハリスは日本に着任し、いよいよ本格的に通商条約締結に向けて動きだした。

事態を重く見た斉彬は、阿部伊勢守と謀って、一橋慶喜を次期将軍にするべく、ウルトラ級の策略を練り上げ、間髪を入れずに実行に移した。

まず、島津一門の島津忠剛の娘・敬子《すみこ》を自分の養女とし、ついで近衛忠熙の養女として篤姫と改名させてから、安政三年十二月、痴呆《ちほう》の将軍・家定に嫁がせて、御台所として大奥に入れることに成功した。なんとも手の込んだ策略であるが、これを成功させるべく主君斉彬の手足となって活躍したのが西郷であった。

西郷は薩摩藩江戸屋敷で、斉彬の叔母郁姫の侍女・幾島の局《つぼね》を仲介として、この婚儀の一切を取り仕切った。後に大奥の老女となるほどの幾島の見識の高さは、一介の西郷など眼中にな

い。西郷は主君の命で幾島と会うことになった。もちろん、薩摩藩では事は隠密を要するから、しかるべき屋敷で会うことになった。安政元年のさわやかな風薫る頃であった。西郷は下座に控えて両手をつき、

『拙者、西郷吉之助と申します。よろしくお引き回しのほど願い奉ります』

挨拶してそろりと顔を上げ、お顔を見て驚いた。老女というからかなりのお年かと思ったが、三十過ぎとしか見えない今まで見たこともないような美人であった。

『そなたが西郷殿か。殿様より良しなにとのことであった』

これだけしか言わない。しかし、さすがにこの大事を斉彬から託されるだけあって、言葉にも挙措《きよそ》にも威厳があって、つんとした冷たさの中にも、人を包む優しさも見受けられる。西郷はさても住むところの違う人ではあると感心しつつも、話を進めるためのメドを考える。

幾島は幾島で西郷の人格の瀬踏みをしている。女の男を見る目は厳しい。一目で、

『これが殿様ご自慢の西郷か。体も大きいが懐《ふところ》も大きいようじゃ。殿様が自慢するだけのことはある』と見て、

『そなたはご立派なお体をしておいでで、こうして相対すれば大層な貫禄じゃ。殿さまも大変なお気にいりようである。わらはと今後ともよろしくつきあいのほどを』

言うことにもそつはない。と思えば、白い手を小さな赤い口に当てて、

『よい男じゃ』

微笑む愛敬も忘れない。西郷とて男である、はにかむ思いにならざるを得ない。男女の機微に通じた幾島は、西郷を「初《う》い人」と早くも二人の息の合うのを悟った。

この政略は急を要するだけに、二人の信頼関係がもっとも大切であるが、初めて会ったときから二人の息は合い、事はとんとん拍子に運んで、敬子が斉彬の養女になってから、僅か二年半ほどで、無事、御台所として大奥に納まった。当然、幾島は将軍夫人付き老女となった。

すでに西郷は身分は中小姓でも、島津家の家老クラスの仕事をこなしていたのであった。この政略を成功させた島津斉彬と薩摩藩の実力には、幕府老中たちの驚きもさりながら、もっとも恐れたのは井伊直弼であり、次期将軍に紀伊藩主を推している派であった。この時点で紀伊派は勝算を失い、一橋派は大きくリードしたのであった。井伊直弼は、

『島津こそは我が当面の敵であり、最大のライバルである』

と腹を据えた。

『あれだけの物入りと入念な準備といい、大奥に食い込んでいる薩摩の底力は恐るべきものじゃ。他の大名ではとても真似さえも出来るものではない。それに使いをした西郷とやらいう者も、油断の出来ない奴じゃ。やはり持つべきはよい家臣じゃな』

このときから大老となることを決意し、敏腕の長野主膳や村山たか女を起用して活溌に行動しだしたといって過言ではない。

斉彬の才覚と薩摩藩の財力が、この大仕事を成功させたのであろうが、桁外れの大金をはたいた。近衛家へはもちろん、堂上の諸家への寄進、大奥の老女、上臈、中臈はじめ女中に至るまでの金品の贈物だけでもハンパではない。また敵対する勢力への懐柔《かいじゅう》には、薩摩の隠然たる武力をちらつかせながら、莫大な金を使っての隠密工作であった。

西郷はこの仕事のために何度も江戸と京を往復しなければならなかった。ぼつぼつ捕吏や目

明かしが出没し、いまのところは薩摩藩士には手出しは出来ないようであったが、京の入口である粟田口付近は、通るのが嫌な場所であった。何分、懐中にはいつも大切な書面を忍ばせている。間違っても盗られたり、奪われたりは絶対できない。このときには心利いた供がほしいと思った。いつも同行する者はいるが、もう一つ呼吸が合わない。西郷は国元にいる思慮深い村田新八の顔を思い出しつつ、東奔西走の毎日であった。

一方、大奥へ入った篤姫は才色兼備の女性であり、斉彬からの命令をよく守って必死に努めたけれど、大奥の女性間の力関係は単純ではなく、女性の表裏の変化に悩まされるくらい、うとましいものはない。病弱で痴呆の夫であっても、それなれば余計にいとおしさを覚えるようになってゆく。そして嫁した以上は、徳川家のために尽くすのが本来の務めではないかとのジレンマに悩むようになっていったとしても、不思議ではない。

井伊は、最後は夫・家定の意向に任せるようになってゆくであろう。さすれば痴呆の将軍の言葉を、聞き分けられるただ一人の家臣の一言に、左右されるであろうことを早くも見抜き、活路をそこに見出して、着々と工作にかかった。

其の二　西郷帰国

薩摩藩主として将軍継嗣《けいし》問題について一応の目安をつけ、今後の井伊の出方、暗躍には心引かれながらも、斉彬は後は老中・阿部伊勢守正弘に頼み、江戸滞在の期限も来たので領国薩摩・鹿児島へ帰ることになった。

安政四年春、西郷は三年ぶりで故郷へ帰ってきた。噴煙を上げる桜島の威容を見て、初めてここが故郷だと実感した。陽光を浴びて歩く故郷鹿児島の町は、母の温もりにも似て暖かかった。優しかった母を思い出しつつも、今までと違う自分に感慨を新たにしていた。

西郷にとって今回の江戸滞在は、目まぐるしい変化の中に身を置いた無我夢中の三年であったが、自分でも「変わったな、成長したな」と思えるほどに、大きな出来事の連続であり、環境の激変であった。

第一は、主君の知遇を得て、お側近くに仕えることになり、教えられ鍛えられたこと。

第二は、主君の命令で、現実に政治を動かしている有力大名に使いして、その意見を聞いたり、そのブレーンである学者や家臣、要人とも会って視野を拡げ、教えを乞うことによって時代の趨勢《すうせい》に自分なりの判断が出来てきたこと。

第三は、京都では、朝廷に仕える公卿や堂上諸家の方々とも知己になり、交際の幅が広がり、江戸では、普通、窺《うかが》い知ることの出来ない江戸城大奥にいて、政治の裏を泳ぐ老女、上臈ともつきあい、この世界の容易でない事情も知り得たことなどであった。

お城での用事をすませて、我が家へ帰ってきた兄を見つけた末弟の彦吉（後の小兵衛）は「兄さぁ」と叫んで駆けてきた。その声を聞きつけて、弟妹たちは手を振り小躍りしながら出迎えたが、兄の姿が近づくにつれて、出発のときに見た姿と、あまりにも違う堂々とした様子に戸惑ったのか、はしゃいでいた姿も声も静まり、「兄さぁは変わった。偉くなった」と、緊張の面持ちは隠せず、妹は男兄弟の後に隠れるようにして後ずさった。

「お帰り」と出迎える弟たちの顔に笑みが戻るのがもどかしかった。最初から笑顔で迎えたのは、次弟の吉二郎だけであった。

　元の家は売り払い、今度の家は甲突川を渡った武村上之園にある。借家借地で、広さは元の三倍近くあるという。西郷は、なんだか他人の家へ来たように感じた。

　西郷はみんなに笑顔で応えてから、次弟の吉二郎に、

『留守中、大変お世話になりもした』

　頭を下げた。

　旅の疲れを癒《いや》して一家団欒《だんらん》の夕食となったが、まずは、

「ご先祖様にご報告じゃ」

　と仏壇の前で長い間、小山のように大きな体をみじろぎもさせずに座っていた。終わって、

「兄さぁ、江戸の話を聞かせてたもんせ」

　との、弟たちの問い掛けにも、

「殿様はどんなお人じゃ」

　と、いう妹の西郷をのぞき込むような顔にも、一切無言でやさしく笑っていた。

　夜更《ふ》けて、幼い弟や妹が寝静まると、次弟の吉二郎と話し合った。

『長年住み慣れた下加持屋町の家屋敷とも、お別れになったのじゃな。いろいろと面倒なこつもあったであろうが、おはんにはえらい苦労をかけもした。ゆっして（許して）くいやい』

『なんの、親父どんが借金してやっと家禄を買い戻してくれたけれど、積もり積もる利息や先年からの物入りで、もうどうにもならんごたる有様じゃった。そいでんこん始末になりもして、こちらこそゆっしてくいやんせ』

兄弟二人はお互い顔を見合わせては肩を落とし、西郷は「ふうぅ」と大きく息を吐いて下を向く。吉二郎は、兄のその姿に、責任を負い切れなかった負い目の辛い心のうちを察して、声を励ました。

『兄さぁ、仕方のなかこつじゃ。そいよりおいは兄さぁの出世と働きぶりが頼りじゃ。兄さぁこそ、こげん小さかこつに関わらんで、国事に尽くしてくいやい。おいはこん家を守ってこらで出直して、何とかこれ以上の借金をせぬように頑張りもそ』

西郷は胸に込み上げてくるものがあって、正面から弟の顔を見られなかった。

『すまぬ。こん通りじゃ』

西郷は頭を下げてから向き直り、霞む目で弟を見つめる。吉二郎の目も潤んでいた。二人はひしと手を握りあい、長い間見つめあっていた。国事については誰にも言えないが、今が一番大事なときであり、主君の命を守って奔走する苦労も大変だが、家を守る弟の苦労も並み大抵ではない。おいの苦労より身に迫った苦労と闘う吉二郎を不憫《ふびん》に思った。

ややあって吉二郎は、

『そいより、兄さぁにはこん度《たび》は気の毒なこっじゃった』

『おはんにそう言われては面目ない。あん嫁女《よめじょ》も伊集院家も、おいどもとは家風が違うのでごあんそ。おいは一時は大層腹が立ったが、今はこの通り平気じゃ』

西郷はこの弟にだけは江戸でのことや、主君とのことなど、機密に類する以外の話をひそひそと語って聞かせた。

また差し迫った借金の返済には、自身も奔走したようである。義弟の市来正之丞名義で、藩の製薬方（藩士に対する公的貸金所）から借りてもらっているのはその一例であろう。

西郷は元来、無口であるうえ、最近の身の回りに起こる事柄には、他言できないことが多くてついつい無言になるのであった。その上、兄の礼儀の所作は、常日頃見る、礼儀正しい島津武士の振る舞いとはまた違ったもので、洗練された物腰とでもいうのか、それがごく自然であり、偉ぶった様子や軽薄なところが微塵もない。逢う者すべてを敬するといった風格が身についている。妹たちは、「兄さぁはどうやら我々とは違うところにいる人んごった」と話し合った。弟たちは、「兄さぁは偉くなった」と囁《ささや》いて遠慮がちであった。

西郷は毎日登城して主君の側で仕える。人を遠ざけての密談が多い。自然、帰りは遅くなる。夜分の御呼び出しもある。家庭も休息もあったものではない。文字通り身を挺して、君側に仕えている鹿児島での勤務が続いていた。

其の三　斉彬の密命

斉彬や薩摩藩士が帰国する少し前、安政三年八月、日本総領事として着任したタウンゼント・ハリスは精力的に活動し、翌年二月には先に結んだ下田条約に追加した条約要求書を提出し、五月二十五日には下田追加条約として提出して、これの調印に成功した。これは下田、箱館両港に米国市民を居住させること、領事裁判権を認めることを内容としたものであったが、ハリスの強引な交渉で、日本側の岩瀬肥後守と井上信濃守は押し切られたのである。その後、ハリスは江戸城に赴いて将軍に謁見し、日米通商条約の締結のための交渉を求めて来た。

これに対し、老中阿部伊勢守正弘は拒絶すべきであると主張し、老中筆頭堀田正睦らは許可止むなしの立場を取り対立していたが、ハリスは幕府の内情など知るものかとばかり、強引に押し捲《まく》った。六月、老中阿部伊勢守の急死で反対派もいなくなり、頃合よしとついに通商条約の締結を幕府に要求してきた。

鹿児島に帰った斉彬の毎日は、中央の政治の善後策に明け暮れていた。盛夏も過ぎたある日、西郷がお側近くへ侍ると、いつになく急き込まれた様子で手招きして呼ばれた。こんなことは今までにないことであったが、西郷にはピンと来るものがあった。

『吉之助、驚くな。阿部殿が亡くなられたのじゃ。今年（安政四年）の六月十七日であったという。詳しいことは分からぬが、条約調印にからんで、堀田とかなり激しく対立していたそうな。阿部殿は、ハリスと条約の話には応ずるなと突っぱねたらしい。堀田は妥協して調印しようと、根回しをしていたということじゃ。阿部殿はまだ三十九歳の若さだが、心底疲れておられたのであろう。余がおらずに何の手助けも出来ず、気の毒なことであった』

斉彬の落胆の様子は、滅多に見たことのない眉間《みけん》の縦皺の深さに表われていた。

『吉之助、その方これよりすぐさま江戸へ発《た》て。用件は今から申す。そちの胸に収めて誰にも言うな。秘密であるぞ』

西郷は畏《かしこ》まって耳を澄ませた。

『そちはこれより直ちに江戸へ行け。勢州どの（阿部伊勢守）亡き後は、越前どのが頼りじゃ。万事、春嶽公の意を体して将軍継嗣問題の解決につとめよ』

斉彬は上を向いて考え込み、扇子で風を入れるかと思えばパチンと閉じて沈思し、あれこれ

と細かく指示を与えた。聞いている西郷は、任務の重大さに息を呑み、問い返す余裕もない。ようやく話の間を見つけて、

『殿様、吉之助、身命を投げうって努めますが、何分遠く離れておりますれば、緊急の大事の際にはいかがすればよろしいでしょうか』

このとき、西郷が初めて耳にする主君の厳しい大声が落ちてきた。

『何を申す。余が今までそちに教えたのは何のためじゃ。彼の地へ参ったなら、余の名代として身命を賭して働け。分かったか』

『ははっ、申し訳もございません』

体を縮めて畏まった。

『余の名代』とはと、自分の胸に問いなおし、

『名代とは殿様の代わりということか』

この分かり切った言葉の解釈の整理が出来ると、改めて任務の重大性に、目眩《めまい》さえ覚えながら、新しい強い力がふつふつと沸き上がってくるのであった。

両手を突いたままの西郷に声を落として、

『いずれ余は、井伊と対決するときが来るに違いない。そのときのために京、江戸で地ならしをしておけ』

秘中の秘ともいうべき秘策を教えた。初めて聞く言葉に、驚きと共に任務の重大さにおののきながら、もとより覚悟の西郷は、さらに身内がぴりりと引き締まり、むいた巨眼をさらに大きく見開いたが、心はすでに京と江戸に飛んでいて、その目には畳の目どころか何物も見えな

かった。

『せいぜい体をいたわり、道中、気をつけよ』

斉彬はねぎらいの言葉をかけた。

人がその一生において涙を流すほどの感激に浸れることは、そう何度もあることではない。

一つは人の恩を深く感じたとき、一つは過分の信頼を受けたとき、他にもいろいろあるだろうが、人は感激によって寒気に似た悪寒《おかん》に見舞われ、受けた信頼は責任の重さを自覚して奮い立つものだ。身内を襲う震えは、瞑目し、次第に沸き上がってくる熱情を待たねば止まるものではない。

西郷も生まれて初めて実感する感激に、体の震えは止まらず、どうしたものかと戸惑ううちに、やがて沸き上がってくる熱烈たる闘志によって、次第にかき消され、改めて我が身に忠誠を誓う余裕が生まれてきた。

御前を下がった西郷は供には、心利いた村田新八を連れて行くことにした。重い任務に就いている者にとっては、一家団欒《だんらん》の生活など望むべくもない。家族の者にはすぐ出立すると言っただけで、いつともどこへとも何も言わなかった。ただ前の晩は、久しぶりに酒の用意をせよとだけ言って登城した。誘い出した次弟の吉二郎には、京へ、そして江戸へ行くとだけ言った。遺言のつもりであった。

其の四　安政の大獄

安政四年十月一日、西郷は「徒目付」に抜擢され、同時に鳥預《とりあずかり》・庭方兼務、江戸詰となり、役料二十四俵一斗・四人賄《まかない》の辞令を受けた。

さっそく村田新八と、以前からの若者の集まりが西郷の出府中に結成した誠忠組の同志、薩摩の豪商・森山新蔵をともなって、尊皇、佐幕の両派が暗躍を繰り返し、暗殺の横行する江戸へと急いだ。

「徒目付」とは、本来は城下士の監察がその任務であるが、西郷の場合はそれは名のみである。今日なら軍隊の参謀といった役で、階級でいえば、自衛隊の三尉かようやく二尉ぐらいであろうか。しかし今の西郷にとっては、主君の名代でもあり、京、江戸での実質の指揮官の地位にあるといってよい。

西郷は参勤交代の供で、初めて江戸へ出府したときのことを考えながら歩いた。あのときは江戸へ行ける嬉しさと、何とか主君に見出だされようと必死で、その他には何も考えなくてよかった。今度はこの先に起こる難題に、さしもの西郷も心は重たかった。

『初めはもっと上席に上り、藩政を動かしてみたかと思ったが、今度、殿様から大事を打ち明けられ、大任を帯びての江戸行きは、勇む心と重い心が半々じゃ』

思案をしてもしきれない重い心を振り払うように、供の二人と話を交わしつつ江戸へ向かって足を早めた。若い新八は張り切っていた。

『おいは初めての江戸行きで、嬉しくてたまらん。江戸へ着いたら、どこへでも連れてくいやい。そうすりゃ、ちっとはせごどんのお役に立てもそ』

西郷たちは熊本に行き、細川藩家老・長岡監物と意見を交換している。このとき、同じく徒目付となった大久保正助も同行し、長岡監物に会い話を聞いた。

『監物様、お健《すこ》やかでなによりです。拙者は主君斉彬の命で江戸へ下りますが、これなる大久保は、私と幼い頃よりの心許した友であります。私が不在中に、もしご用が御座いますればこの者にお申しつけ下さい』

と、大久保を紹介した。大久保も長岡の人物にいたく傾倒したようであった。

大久保はここから引き返して、三人は馬関（下関）へ直行し、そこから藩船に乗って江戸に着いたのが十二月六日であった。

まずは江戸の越前藩邸に橋本左内を訪ねて、将軍継嗣問題について協議を重ね、斉彬からの書面を松平春嶽公に上程を依頼した。西郷と橋本は相互に訪問しあい、またあい携えて一橋慶喜を次期将軍に擁立する協議を繰り返していた。ときには越前藩家老の中根雪江も訪れ、秘密の会談は続いた。

水戸藩邸をも訪れ、要路の人々とも面談したが、西郷の見るところ、将軍の御台所として近衛家の養女・敬子を大奥へ上げたときの勢いは、水戸藩にも水戸老公にも感じられなかった。やはり藤田東湖を失い、勤王の精神的支柱を失って、以前から激しかったこの藩を二分する骨肉的な勢力争いはさらに激しくなり、勤王攘夷派が大きく後退していた。水戸老公にいたっては、老中阿部伊勢守をも失ったことが大きく響いているように見受けられた。

藤田東湖をあの世へさらっていったのは、暗殺でもなければ病でもない。安政二年十月二日の夜に起こった大地震で、いったんは外に逃れた東湖であったが、母が邸内にとり残されていると気づき、慌てて駈け戻り、母を小脇に抱いて外へ出ようとしたときに、再度の揺り返しで家の梁の下になり、遂に老母は助かったものの東湖は圧死した。

この地震で水戸の三田といわれた藤田と戸田銀次郎の二人を失った。今また老中阿部正弘を失い、水戸藩の尊皇攘夷派の勢力は大きく後退した。西郷が水戸を訪れたのは、さらに井伊直弼の弾圧が藩主父子に及びそうな情勢であり、水戸藩の尊皇攘夷派は壊滅状態になりつつあるときであった。

斉彬が鹿児島へ帰った頃は、幕府も大奥に薩摩の斉彬の息の掛かった女性が御台所として入り、将軍継嗣問題では大きく水を開けられていた。加えて条約問題では暗礁に乗り上げ、にっちもさっちも行かなくなっているうえ、去年（安政四年）の暮れから越前藩の橋本左内や由利公正が中心となって、京で薩摩、長州、土佐の志士たちが結集し、井伊直弼を討ち取らねばならないとの大陰謀を企てており、今年に入って今まで条約問題に関わっていなかった長州の吉田松陰が開いている松下村塾の塾生たちが、師の唱える、

『幕府の要望する条約は、まったくの国辱的な不平等条約であり、このままでは国家の破綻《はたん》を招きかねない』

との意見に同調して、江戸で遊学していた久坂、中谷らの俊秀が京都に集まり、盛んに条約反対の運動を展開していて、京の世情は二つの大問題がからんで騒然としていた。

その京へ条約問題を早期に締結させるためには、天皇の勅許を得るのが得策と、老中首座堀田正睦が乗り込んで来たのだが、京の事情を知らぬ堀田こそ哀れであった。

そこには、天皇をはじめとする尊皇攘夷派の猛反対が渦巻いていて、はかばかしく事は進展せず、天皇に勅許を奏請するどころか、朝廷からは公卿の手酷い反撃を受けて、安政五年四月

二十一日、ほうほうの体で江戸へ舞い戻り失脚した。

安政五年三月初め、西郷は元は薩摩藩士でありながら、訳あって水戸藩預かりとなっている旧知の日下部伊三次が、水戸老公の腹心の家来たちと、次期将軍に一橋慶喜の擁立《ようりつ》を企てていることを知ることとなった。これは取りもなおさず主君の考えとも一致するところから、将軍夫人敬子に働き掛けて、近衛忠熙公宛ての書を頂き、これを携えて江戸を出発した。京に入って近衛老公に渡し、月照や近衛家の老女・村岡らを通じて内勅降下の運動のために奔走し、二十日には近衛公の返書を持って江戸に帰った。

西郷もこの段階までは江戸と京都を往復して、態勢の挽回に努めていたけれど、安政五年四月二十三日、堀田に代わって井伊直弼が大老となるに及んで形勢はまったく逆転した。

『いよいよ井伊直弼が出て来たか。これは大変なことになった。殿様と井伊との激突になる。橋本の言うように、井伊の首を挙げることも先決じゃが、おいは殿様の上洛の露払いを完全にしなくてはならぬ。うかうかしてられん』

五月に入り、政治情勢は悪化の一途をたどり、もはや一橋慶喜の将軍継嗣どころでは無くなってきた。橋本左内の病気見舞いに行き、橋本から藩主松平春嶽に会うことをすすめられた。

春嶽公からは、

『薩州どのは息災か。ずいぶんと格別のお働きじゃ。お体に気をつけられるよう頼むぞ。さて継嗣問題じゃが、井伊が大老となってはもう無理であろう。次の手を探らねばならぬが、そちもよく考えてくれ。仔細《しさい》はこの書面にしたためてある』

有り難いお言葉を頂き、御前を下がってきた。

春嶽公の薩摩の斉彬公宛ての書を携えて、西郷は鹿児島へ向かった。六月七日、磯の別邸で主君斉彬様に謁し、京、江戸の情勢を報告して、春嶽公の手紙を上程した。

『吉之助か、ずいぶんと活躍してくれているようじゃの。大儀であるぞ。井伊の政治は昔から専制主義じゃ。これでは天下は治まるどころか、ますます荒れ狂うだろう。その方もよくよく身辺に気をつけて励んでくれ』

『水戸藩は藩内が二派に別れて抗争し、もはや手をつけられません。これからは越前公が頼りで御座います。吉之助も、その方向で努力してみるつもりです』

斉彬はすぐさま春嶽公と川路聖謨《としあきら》宛てに手紙を書き、西郷に託した。

西郷は十八日に船で出発し、七月七日、大坂で吉井幸輔と会って意見交換をしたが、そのとき、吉井から江戸の形勢が予想以上に厳しくなっていると知らされた。

一方、井伊大老は安政五年六月十八日、総領事のハリスの、

『近くイギリス、フランスの連合軍が日本を攻撃する』

との進言を老中たちに伝えて動揺させ、翌十九日には独断で日米修交通商条約を締結してしまった。続いて二十日には、諸大名に登城を命じ、条約を説明して承認させたが、今後の対応について意見を求めると、一斉に大老に非難が集中した。越前藩主・春嶽侯が口火を切った。

『井伊どの、通商条約を締結した後でこれを承認せよとは、どだい話が逆ではないか。それで今後の対応をどうするかなどとは、この松平春嶽、お受け致しかねる』

平素穏健な春嶽侯が声を荒げて反駁したのをきっかけに、一斉に座は騒がしくなった。

まず、事態を重く見た水戸老公は、翌日、書状を大老に送って専断を非難し、勅許を重んず

べきであると説いた。続いて二十三日には水戸老公は突然、子の水戸藩主慶篤、また御三家の尾張藩主慶勝と御三卿の田安慶頼、同じく一橋慶喜、それに御三卿出身の越前福井藩主松平春嶽をともなって登城し、ふたたび井伊の調印の専断と朝廷の軽視を非難したのであった。当時の御三家、御三卿の威光は大変なもので、普通の大名や老中ならばこれで屈伏するのであるが、井伊大老はビクともしない。

井伊大老の腹の中は煮え繰り返っているのだが、この場はやんわりと海外の情勢から止むを得ないものであると説いて、一同を引き下がらせたが、煮え繰り返った腹の虫は治まらない。カンカンになって怒り、すぐさま報復の手段を講じて実行した。

ここに「安政の大獄」の序幕が切って落とされた。

まず、六月二十五日には将軍継嗣には紀州藩主徳川斉順の子・徳川慶福を世子とする決定を、江戸城に諸大名を集めて公表した。

翌七月五日には将軍の命令として、水戸老公と福井藩主松平春嶽に謹慎を、水戸藩主・徳川慶篤と一橋慶喜に登城停止を、尾張藩主父子には謹慎を命じた。これで大名クラスの粛正が完了した。

翌日の六日には将軍家定が死去した。

井伊は何事も都合が良すぎる、運が向いてきたと思った。こうなれば井伊は、持ち前の独断専行に事を進める。腕力に任せて強引に政治を引っ張って行く。

井伊直弼は狂っていた。事ここに至る反省をおろそかにし、敵対する者の不実をあばきたて、暴力をもってするのは、真実に対する挑戦である。まさしくその暴挙を見る者には、狂人と写るだろうし、敗北を前にした自暴と見えるだろう。

もとより反対派には、独断専横としか見えない。主義も主張もない暴挙と写るのだ。勢い反対派はよりいっそう緊張し、京を中心に勢力を凝縮《ぎようしゆく》した。

そんな状況を座視している井伊大老ではない。反対する有象無象《うぞうむぞう》を摘発《てきはつ》せよと指令を飛ばす。井伊本人とすれば、幕府の権威を示すべき指令であるが、その指令を実際に忠実に実行する者たち、それは「鬼与力」といわれる渡辺金三郎であり、「ましらの文吉」の異名をもつ目明かしの文吉である。

彼らは殺伐とした時勢にも刺激され、解りやすくいえば、人を痛めて快感を感じる変質者と成り代わる。このどさくさに紛れて、少しでも怪しいとみれば、引っ括《くく》り、奉行所に連れてきて峻烈な拷問にかける。手に負えない者は総て「殺《や》ってしまえ」となってゆく。

京へは井伊の腹心の長野主膳が入って志士の活動、動静を、また井伊直弼の昔の恋人村山たか女をして堂上公卿《どうじようくぎよう》の間へ密偵として入り込ませて探り出す。京都所司代には酒井忠義を任命して、片っ端から反対派の検挙に乗り出した。

彼らはまずは証拠固めから始め、武力を背景に持たない公卿の用人や公家侍、藩籍のない浪人や関わりのある町人たちを片っ端から逮捕していった。

取り調べは女とて容赦はしない荒っぽいやり方で、始めから白洲に引き出し拷問にかける。裸にして敲《たた》く、鞭打つはやさしい方で、三角木を並べた上に座らせて石を抱かせる石抱き責め、水を飲ませ腹いっぱいになると吐き出させ、これを自白するまで繰り返す水責めなど、ありとあらゆる拷問で痛めつけるのであった。連日のように捕縛され、厳しく縛り上げられた者が引かれて行く。江戸も京の市民も震え上がった。

先に井伊直弼を討ち取ろうと計画していた越前の橋本らは、計画が洩れて実行が出来なくなっていたが、吉田松陰はあくまでも自分が中心となって志士十七名を集め、まずは井伊の下で、実際に京で大獄を指導している間部下総守《まなべしもふさのかみ》を、討ち取ろうと計画していた。

この計画には松陰の弟子たちも驚いて、桂小五郎、久坂玄瑞、高杉晋作らは、あまりにも危険であるとして、時期を待つよう説得したが、松陰は嘲笑《あざわら》い

『忠義と申すものは、鬼の留守の間に茶にして飲むようなものでなし』

『久坂、中谷、高杉なども皆、僕と所見違うなり。その分かれるところは、僕は忠義をするつもり、諸友は功業をなすつもり』

厳しく批判した。吉田松陰の意気や知るべしである。井伊こそは日本を毒する大悪人だと極めつけた。

このように江戸はともかく、京都では志士たちの手による爆発寸前の様相を呈していた。

主君からの命令を実行している西郷は、将軍継嗣問題が井伊の方に凱歌が上がり、もはやなすすべもない。

その頃、旧知の日下部伊三次が水戸老公の腹心の家来たちと、水戸藩主はじめ井伊直弼によって謹慎や登城停止の処分を受けた者の罪を朝廷の命によって解いてもらうべく、また一橋慶喜を幼少の将軍補佐役とし、次期の将軍にすることなどの実現を計って運動していたのだが、これは取りもなおさず西郷の考えとも一致するところから、京に上洛してきた日下部と二人で連日活動することになった。

西郷は近衛家やその他の公卿、堂上はもちろん、尊王攘夷派の梅田雲浜や頼三樹三郎らの志士を訪ねて、活潑な行動を起こしていた。この勅諚は、後に朝廷から直接水戸藩へ下されることになって大問題に発展する。

意気投合した西郷は、日下部に主君斉彬の秘策である京へ三千の兵を率いて上洛することを教えた。喜んだのは日下部である。

『せごどん、斉彬様が上洛して井伊に睨みを利かすとなれば、この話は出来たも同然、井伊がもっとも恐ろしいのは島津の殿様じゃからのう』

二人は手を取り合って喜んだ。

其の五　斉彬の死

薩摩で情勢を観望していた斉彬に次々と入ってくる情報は、井伊の独断専行の話ばかりである。元より井伊こそは、我が宿敵と定めてある。いつかは対決せねばならぬのだ。

『井伊直弼の他人の意見を全然聞かぬ仕方というのは、専制ではなくて、もはや常軌を逸した横暴である。今日の条約締結は不平等であることを知りながら、その時よかれの国辱《こくじょく》外交を敢えてし、それに対する意見を抹殺《まっさつ》し、諸大名を謹慎させたり、心ある武士を捕らえるなど、およそ政治を預かる者の為すべきことではない。井伊がそこまで暴力を振るうなら、こちらも力でもって当たるしかない。余はこれより兵を催《もよお》して京に至り、勅命を奉じて井伊の過《あやま》ちを正し、幕政改革をせねばならぬ』

斉彬は非常の決意をもって、薩摩が誇る近代装備の軍隊の調練を実施しだした。主君の壮大なる企てを知った薩南健児の意気はいやが上にも挙がった。彼らは主君の馬前に死するを最大の喜びとし、今こそ関が原の恥を雪《すす》ぐべく、島津武士の武勇を示そうと大歓声をあげて蹶起《けっき》したのであった。その軒昂《けんこう》たる意気込みは、颯爽《さっそう》たる姿の端々にまでに現われて、薩摩軍を一段と強力な軍団に盛り上げていった。

幕府開府以来、徳川幕府に正面切って戦いを挑むという、どこの大大名も為し得なかったことを、これからやろうというのである。保守派の者どもは口々に、

『殿、それはいけません。お止め下さい』と泣き叫び、

『殿は気が狂われたのではないか。何とかせねば』

保守派の者は、今後自分の身の上に降りかかる様々な難儀を、早くも心配しだすばかりで、主君の意図や時代の趨勢（動き）などに配慮しないし、する余裕もない。幕府の力が今も昔も変わらないと思っている者たちには無理もない。

うっかりすれば、お家取り潰しになるかも知れない。そうなると、明日からの生活はどうなるのか。どうしてくれるのか。いつの世でも見る我が身大事の人の姿である。

命を捨てて主君斉彬に忠誠を誓う若者たちは、躍り上がって刀の柄を叩き、口々に薩摩に伝わる示現《じげん》流の気合いの「チェストー」の雄叫びを挙げた。

『おいの一剣で、井伊の素っ首を打ち落としてくれようぞ。関が原の遺恨《いこん》を晴らすときが参ったのじゃ。こんときに出会えっなんて、おいは何と幸せ者ではなかか』

『おいはなんごとあっても一番槍をつけもそ。命はもとより捨てておりもす』

『井伊が幕府の兵を掻き集めて加勢してくれれば、なお面白か戦になりもんそ。薩摩の殿様の下《げ》知《ぢ》に従う兵の強さを見せっのはこのときぞ』

　井伊との戦いは、そのまま幕府との決戦と早合点した若者たちは沸き返り、その勢いはすでに敵を呑んでいたけれど、斉彬はこの者たちの暴発が、思いも掛けぬ不慮の事態を招くとして、西郷の推薦で抜擢した大久保に、若者たちの動静に細かい指示を与えていた。

　時世を転換させるほどの器量と実行力は、誰もが持っているわけではない。時世に迎合した思いつきや、常識を少し出たぐらいの発想やエネルギーでは、すぐに息切れしてしまう。薩摩の財力を背景に、整備された工業力と近代化された軍隊を持ち、斉彬は今後起こってくるであろう事態を、また京や江戸に放った西郷らのもたらす情報を、深い洞察力と決断力をもって分析し、勝算を確信してこの大号令を発した。

　斉彬こそは、大軍を指揮統率できる本当の大将の器を備えていたといえよう。

　薩摩の島津が動けば、幕府にとってもっとも危険な事態が発生することとなる。すなわち、江戸幕府に対して京都朝廷という強固な勢力が誕生し、全国に散在する尊王攘夷の志士たちが争ってその麾下に投じて来ることになり、幕府の権威は失墜《しっつい》し、井伊直弼といえども早々と退陣せねばならない。

　この情報を知ったときの井伊の心の内は、どんなであったろうか。条約問題にしても、将軍継嗣の問題にしても、止むを得ずとは言いながら専制、専横のそしりはまぬがれないが、朝廷を奉ずる薩摩と事を構える愚は避けねばならぬ。薩摩の武力と相対できる藩は、徳川家の武門第一を誇る井伊家といえども太刀打ちできない。戦ってもしも利あらず、徳川譜代の長である井伊家が、外様《とざま》の薩摩の島津家の門前へ馬を繋《つな》ぐ恥辱など考えられもしない。国政を預かる大老としては、国内情勢を考えれば、とても一戦を決意できるような相手でも時機でもない。もっとも手強いヤツが出てきたと、地団駄を踏んで口惜しがったことであろう。

『水戸も憎いが、薩摩はもっと憎い、おのれ斉彬め』

斉彬は出発は八月と定めて連日、近代装備による調練に余念がなかった。暑い最中、陣頭に立っての猛訓練は続けられた。鉄砲も新式なら戦法も違う。一糸乱れぬ陣形を保っての攻撃や散開しての迎撃や攻撃、攻撃すると見せ掛けては退却し、薩摩のお家芸ともいわれる敵の虚をつく戦法など、ありとあらゆる調練に精を出していたが、炎天下の暑さに斉彬は喉の乾きを覚えた。小姓に近くの百姓家から水を取り寄せさせて「ああうまい」と飲んだのである。その晩から下痢とあげくだしが続いて発病から八日目、遂に安政五年七月十五日に死去してしまった。

維新回天の巨星は、遂に墜ちたのである。西郷はまだ知らない。

西郷はその頃、藩屋敷にいては、幕府の手先によってその動向を常に監視されているお尋ね者であったので、宿舎は鍵屋という旅籠《はたご》にしていた。ある夜、あまりの蒸し暑さに、うとうとと半睡の状態であったが、明け方になって深い眠りについた。

ぼんやりした記憶の中で夢を見てうなされた。主君斉彬様が突然、現われたのである。それもいつになく苦しそうな、何事かを訴えるようなお顔であったが、そのうち、いつもの端正なお顔がにこやかな笑顔に変わり、すうっと消えてゆかれた。体に似合わぬ繊細な神経の持ち主の西郷は、そのお顔は淋しそうなものと映った。

『殿、何事でありましょうか』

叫ぼうとするが声が出ない。寝ていては失礼に当たる。正座せねばと焦るのだが、体が動かない。そうこうするうちに「はっ」と気づいて起き上がった。全身から滝のような汗が流れている。

『夢か。そいにしても、殿はおいに何をお申し付けになられたかったのか。遅々として進まぬおいの勤めに、きっとお叱りになられたのじゃ』

西郷は布団《ふとん》の上に座って、この夢が吉か凶かそれが気になって、衣服を着替えて起き上がる気がしない。じっと腕組みして考え込んでいた。

『朝観る夢は正夢という。なんぞ新しいお申し付けがあっのかも知れもはん。一度、藩邸へ行って、お留守居役様に聞いてきもんそ』

さっそく藩邸に出向いたが、書状は何も来ていないという。西郷は京へ来てから今までの自分の行動を丹念に思い出して、遺漏がなかったかを点検してみた。思い当たるものがないままに数日が過ぎていった。胸騒ぎが一段落した頃、西郷が主君・斉彬様の死を知らされたのは、京都屋敷の留守居役からであった。

それは安政五年七月二十七日のことであった。

『西郷、えらいことが起こったのじゃ。驚くな。殿様が亡くなられた』

留守居役の重い口から出る言葉は震えていてはっきりしない。西郷は「今一度」と聞きなおして、やっと主君斉彬様が亡くなられたという言葉を聞いたような気がした。一瞬、息がつまり、心臓が止まるかのような衝撃が走った。顔が引きつり、目の前が暗くなったことと、上役の前でもあるし、取り乱すまいと思ったことだけは覚えているが、それからのことについてははっきりしない。誰に逢ったとも、どの廊下を通って部屋にきたか、それさえ覚えがない。

自分の部屋に居合わせた新八にだけ、

『殿は亡くなられたそうじゃ』

そう言って、長い間、座り込んでいたと新八は言うが、それもはっきりとは記憶がない。

少し意識がはっきりして来ると、無性に故郷鹿児島へ帰りたいと思い、夢中であのときの夢が報せであったのかと、地団駄を踏む思いであった。

『つい先頃、お会いしたばかりではなかか。そんときはお元気であられたのに』

そう思うと、悪い予感がめらめらと立ち上る赤い火のように燃え広がってくる。

「主君、殿様、誰が何を」と、何度も呼び掛けて打ち消している自分を知っている。

「そんな馬鹿な、何かの間違いだ」と思い、つぶやいた。

まず、ありとあらゆる間違いである場合を考えてみた。

飛脚《ひきゃく》が出た後、殿様は蘇生《そせい》されたかも知れない。飛脚の文箱《ふばこ》が途中で井伊家の甲賀者に、偽の書類と差し替えられたかも知れない。殿様は井伊を惑わそうとして、死を装ったのかも知れない。

などと良い方へ良い方へと思案してゆくと、留まるところを知らない。

またふっと不安になって、「待てよ」と思い直してみて、もしこれが本当であったならと考え出すと、最初にピンと頭にひらめいたのは、

『これこそ、お由羅派の者による毒殺に違いない』

と勘繰り、すぐまた、

『保守派の年寄どもが、財政を心配して暗躍したに違いない』

などと現実的な思考を巡らせると、反対派の顔が幾つも幾つも現われては消えてゆく。暗い部屋の中には、悪鬼羅刹《あっきらせつ》が後から後から湧き起こってくるような錯覚に捉われ、居ても立ってもいられなくなる。

とにかく、頭の整理がつかない。同じところを堂々巡りするばかりで、やっと真相を聞くのは近衛様しかいないと、夜中もわきまえずに行くことを決心した。

夜更《ふ》けて新八は呼ばれた。西郷は今日遅く帰ってきて、何も言わずに部屋に閉じこもったままであり、新八も暗澹《あんたん》とした心で今後を心配していたが、

『せごどんは、主君の死を知らされてさすがに憔悴《しょうすい》しているのであろう』

顔を合わせることを遠慮していたのであったが、部屋から出てきたときのその顔は、暗に相違して割合さばさばした表情だった。それを見て新八は明るい目くばせを交わしたのであった。

『新八どん、今宵は近衛さんのところへ行かねばならぬ』

京で活動する西郷の動静を探る気配が、だんだんと露骨になってきている。薩摩藩士には目明かしや捕り方も、滅多に手出しはしなかったのだが、近頃では五月蠅《うるさ》く付き纏《まと》う。

二人は夜更けのことでもあり、辺りを警戒しつつ、不意の抜き打ちに備えて塀や溝の左側に沿って歩く。これはもう癖のようになっている。新八は薩摩藩の定紋の打った提灯を下げて先を行く。近衛家の邸内の大きな楠の木が黒々と聳《そび》えて、あたりはさらに暗くなる。そのとき、つと前に黒い影が見えた。ぬっと出てきたのは、目明かしの文吉であった。

『やい、てめぇは薩摩の西郷じゃろ、命まで取るとは言わないから、懐の中のものを出しな。

近衛さまのお屋敷へ行くのであろうが、ましら（猿）の文吉様はお見通しなんだ』

新八は提灯《ちょうちん》の火をふっと吹き消して、刀の柄に手をやった。

『若いの、危ないことはよしな。もうそこらに捕り方が潜んでいるぜ』

文吉らしいのが、今夜は頂きだとばかり懐手《ふところで》をして余裕で近づいてくる。

新八は素早く後ろに目をやると、もうそこには四、五人の下っ引きが動きだしている。

西郷の方を見ると、これも大きな体を塀の角に張りつけて刀の柄に手を掛けている。

一瞬、裏木戸が開いているのを見つけた新八は、飛ぶように走って西郷の傍《かたわ》らに寄ると、

『先生、こちらへ』と叫ぶなり、開いていた裏門の潜り戸へ、西郷の大きな体を押し込んだ。

続いて新八も転げ込む。二人は胸を撫ぜおろしながら近衛屋敷へ入って、勝手口に廻り、顔馴《な》染《じ》みの門番に新八が小声で、

『西郷です。お取り次ぎを』

まもなく案内の侍が来た。

このところ、近衛家への訪問はほとんど夜分なので、まだ御当主の忠熙公もおられ、側には西郷が近衛家への出入りの際に何かと便宜をはかってくれた、清水寺の成就院の前住職の月照もはべっていた。月照はこの夜分の訪問といい、この男のただならぬ表情から総てを呑み込んでいながら、落ち着かせようとするのか、いつものにこやかな顔で、問いかけてくれた。

『今夜はえらい遅うおすな、大事なことでもおありどすか』

『近衛さま、殿が』

と、だけ言って、大きく一息をつき、

『亡くなられたと聞かされ申したが、信じられませぬ。詳しいことをお聞きしたく、夜分をはばからずに参りました』

続いて、非礼を詫びる言葉を述べようとしても、気持ちが昂《たか》ぶって言いよどんでいると、月照は近衛公に一礼して、

『西郷どの、それはまことじゃ』

はっきりと諭《さと》すように静かに言った。

これを聞いた西郷は胸の中に、熱い熱棒のようなものが突き上げてきて「うっ」と声にならぬ叫びを挙げ、燃えるような巨眼が「かっ」と見開いた。

西郷の眼前を、光り輝く太陽に向かって一陣の疾風《しっぷう》が、地の上に黒い影を残して、次々となりを挙げて飛んで行く。大きな黒い影が走ったと見る間に、太陽の光が閉ざされ、暗い闇に閉ざされた。西郷は自分の疑心に止めが刺されたときに起こる錯覚だと思いながら、体の中心から力が次第に萎《な》えて抜けてゆくのがわかった。

『まことで御座るか』

言いざま顔も上げえず、両手をついて必死に何かに耐えていた。

予期した通り近衛家へは、藩邸よりもなお詳しい情報が入っていた。もう疑う余地はない。早々に辞去するより仕方がない。重い足を引きずるようにして帰ってきた。

『一人にしてくれ』

言うなり、襖《ふすま》を閉めてしまった。取り残された新八は、じっとそこに座り込んで先生の身を気遣《きづか》った。血相がいつもと違う、ひょっとして自尽するかもしれぬ予感がしていた。

「今夜はここで見張ろう」。心はすぐさま決まって廊下に座り、そっと襖の隙から見張っていた。

西郷は暗い部屋の中で一人正座していた。主君に見出されてから今日までの五年間は夢なのか幻なのか。教えられ、叱られ、誉められたときのことが、次々と思い出されてくる。にこやかなお顔、優しいお声、大らかなお振る舞いが、眼前に現われては消え、消えてはまた現われてくる。ここで初めて大粒の涙が、あの巨眼から溢れ落ちてきた。もうどうしても止まらないし、耐えようとて耐えられるものではなかった。

「男は涙を流すものではない」と言うことも、薩摩武士だとの誇りも捨てて泣きに泣いた。声こそ上げなかったが、後から後から押し寄せ出てくる涙に濡れていると、やがて次第に涙も渇《か》れてきて、西郷は早く早く主君のお側へお側へとばかり、頭のなかは主君斉彬様にあの世で仕えようとの意識が、そのまま、「死のう」。あの大きな体、盛り上がった肩が、悲しみに耐えるかのように波打つようにうねっていたが、腰の小刀を鞘ごと抜いて押し戴いた姿を、襖の隙間から見ていた新八が、やにわに飛び込んだ。

『先生、死んではいけません』

言うなり刀を取り上げ、同時に西郷の右腕に縋《すが》りついていた。

『先生、一人で往くのですか。往くときは一緒です』

新八も共に泣きだした。

こうなっては、西郷とて一人で死ぬわけにはいかない。夜の白むまで二人は相抱いて、涙と共に過ごしたのであった。奇しくも二十年後、二人は故郷城山で共に戦死するのである。

第五章——奄美大島

其の一　水戸尊皇派壊滅

西郷は殉死《じゅんし》をもって主君の鴻恩《こうおん》（大恩）に応えようとの決意は堅く、周りの者の説得にも容易に応じなかったが、新八の涙ながらの「死ぬなら一緒」と詰め寄られて止むなく思い留まり、また、僧・月照から、

『主君の鴻恩に報いるために主君の後を追って泉下へ参ることは、臣下としては尤《もっと》もな義ではあるが、それで亡き斉彬公はお喜びになるであろうか。それよりもこの混沌とした世を鎮め、天下万民のためにと活躍された公の意志を継ぐことの方が大切ではないのか』

情理をわけて諭され、西郷もここで初めて自分の浅慮《せんりょ》を恥じて、主君の意志を継ぐ決心をした。

後世、西郷は近代稀に見る偉人、哲人との評価を得ているが、やはり人の子に違いなく、浅慮もあれば、情に流されることも多々あった。生まれながらにして大人物になったのではない。

幾多の蹉跌《さてつ》を踏み越えて行きつもどりつしながら、維新の大業を牽引する人間に育っていったのである。

日下は、日下部伊三次と進めている計画の実現に向かって、日夜、奔走しだしたが、もともと朝廷は幕府に対して強い不満を持っており、その機会を狙っていたので、この運動に理解を示し、勅命を下す気運が熟してきた。

孝明天皇は関白九条尚忠に、条約調印について幕府に厳しく詰問することを命じた。また公卿たちは協議の結果、勅命を幕府だけではなく、水戸藩にも下すことに決定し、天皇もこれに賛成の意向を示された。

勅諚の内容は、

第一に日米修交通商条約が天皇の勅許を得ずして、調印締結されたことはまことに不都合であること。

第二に水戸家、尾張家、越前家に対する処罰は、いかなる理由によるものか理解しがたいこと。

第三に大老、老中は御三家らの意見を十分尊重し、朝廷の意向も汲み、公武一体となって国政にあたること。

などを柱としていた。

これでは井伊大老に対する全面的な批判となる。

七月末になると、勅諚《ちょくじょう》の草案も大体出来上がり、近く水戸藩にも下されることが明らかになってきた。西郷はこれを聞きつけて、月照を尋ねて真実であることを確かめに行くと、月照は西郷を近衛家に案内して、勅諚の草案の写しを見せた。

西郷は、この勅諚を水戸藩に降下する役目を受け持つことは、国事の一端を担い、主君斉彬の遺志を継ぐことにも適《かな》うと考え、即座に水戸藩へ届けることを快諾した。そこで、

『私は水戸藩の内情に明るうごわす。今の水戸藩は、反斉昭派によって押さえこまれておると思われもす。譬え勅諚が下っても、受けるか否かをまずは調べて掛からねば、これはハッキリ言って密勅でごわすから、極秘にして慎重に事を運ばねば大変なことになりもす』

と、相談を持ちかけた。

近衛公も月照ももっともだと同意し、主君に先立たれて意気消沈《しょうちん》していた西郷が、ようやくやる気を起こした様子に安心した。月照は西郷なら適任と思い、

『左大臣様、西郷の申すこともっともと存じます。西郷に水戸様の内情を、とくと調べることを任せてよろしいでしょうか』

『十分、幕府や反斉昭派の者に気づかれぬよう、心して行くがよかろう』

小心な公卿らしく秘密にすることをくどいほど繰り返した。

西郷は村田新八ひとりを連れて江戸へ急行した。暑いさなかの八月七日、江戸の薩摩藩邸に入った。

ここには同じ誠忠組の有村俊斎がいて、俊斎は鹿児島へ帰ったとばかり思っていた西郷が、突然、江戸に現われたことに驚きながらも、西郷の江戸下りの話を聞いて、手分けして活動しだしたが、水戸家に対する監視は意外に厳しく、勅諚を届けることは容易なことではない。なおも探るうち、斉昭の謹慎させられている駒込の邸は、とりわけ厳しく近づくことも出来ない。

しかし、当主の慶篤のいる上屋敷は案外、手薄であるとわかった。

西郷は旧知の水戸家の家老・安島帯刀《あじまたてわき》に会い、自分の来訪の趣旨《しゅし》を説明し、

『安島殿、実は勅諚が水戸藩に下されるならば、お受けできましょうか』

と、問うてみたが、

『西郷殿も知っての通り、今は我々老公派は壊滅じゃ。すべてお家大事派によって牛耳られ、幕府からの締め付けはいっそう厳しいものになっている。お志は有り難いが、如何とも出来ない。そこもとも斉彬様が亡くなられて同様のこととお察し申し上げるが、お互いくれぐれも慎重を期さねばなりませんなぁ』

最後は共に慰めの言葉をかわす沈んだ雰囲気の中で、西郷は安島の身を案じて、

『それでは安島殿、拙者は水戸藩邸に入れてもらえなかったとして、内勅（勅諚の写し）は持ち帰ることとしもす』

『おう、そうして頂ければ有り難い。西郷殿、安島恥ずかしながら、この通りじゃ』

恥ずかしげに頭を下げた。

藩邸に帰った西郷は俊斎に、安島との会談の内容を話し、水戸藩、尾張藩共にその内情は想像以上であると嘆息まじりに語った。

『俊斎、すまんが一つ頼みがある。こん内勅は月照上人から預かったものだが、おいはもう少し江戸にいて、幕府の出方を見極めてから帰りたか思うから、これを上人に返して欲しか、頼まれてくれ。水戸藩のことについては、書面に書いて入れておりもす』

『よし、おいもようやく帰藩の許可が出ていっので、ちょうどよか』

かくして俊斎は京へ、西郷は江戸に残ることになった。

京都で勅諚降下の運動をしていた近衛公や月照、日下部らは、着々と隠密裡に工作を進めて、勅諚はまず水戸藩に下すことに決定し、八月八日、京都留守居役の鵜飼吉左衛門に手渡され、急いで水戸に届けよと命じられた。

吉左衛門は高齢であり病弱なので、子の幸吉が日下部と共に江戸に下った。彼らは西郷からの報告を待たずに出発したのであるが、おそらく水戸藩の内情は大して心配はないだろうと、安心していたのではなかろうか。

この勅諚を巡り、水戸藩は真っ二つに割れて抗争を繰り返すことになった。

藩主や前藩主が幕府の譴責《けんせき》を受けている現在、この勅諚で尊皇派が勢いを盛り返せば、水戸家の存亡に関わるとお家大事派はひしめき、尊皇攘夷派を徹底的に処断していった。このため貴重な人材が失われ、明治維新が終わった段階で、その後に出来た内閣に、水戸藩出身者が一人も名を列《つら》ねることが出来なかった。水戸藩の表向きと内実との状況は、両極端の様相で双方、酷薄無情の制裁を繰り返し、骨肉あい殺しあっていたのである。

勅諚降下は、幕府の権威をいちじるしく失墜させるものであった。井伊の面目は丸潰れである。大老・井伊直弼は烈火のごとく怒り狂った。もはや正常な精神状態ではない。

『勅諚降下の運動に関わった奴らを徹底的に検挙して、重罪に処せ』

との大号令を発し、徹底した弾圧を実行して、世に名高い安政の大獄の本幕が上がった。

西郷の身辺も危うくなってきた。八月二十五日、急いで京へ出発した。間一髪の差で江戸を抜け出たのであった。

其の二　大獄の進行と月照入水《じゅすい》

京に戻った西郷は、折しも江戸の薩摩藩邸にいて、これも間一髪の差で幕府の追求を逃れ、九月七日には上京してきた有馬新七に会い、江戸での最新の情報を聞いた。有馬は誠忠組には入っていないが、学問もあり、西郷も年長者として尊敬し、他の者も兄事している人望家であった。

『近く老中間部下総守が上洛して来るが、奴は条約問題に関して朝廷への説明とはうわべだけで、実は朝廷へ圧力をかけ、片っ端から捕縛《ほばく》に乗り出すのじゃ。西郷、おはんも知っての通り、江戸でもいよいよ危うくなってきた』

江戸の情報を伝え、今後の対策について意見の交換をした。

京に乗り込んだ間部下総守は、九月七日に梅田雲浜を捕らえ、梁川星巌の捕縛に向かったが留守で、代わりに妻を捕らえた。すでに長野主膳や村山たか女らによって志士たちの動静については下調べは出来ており、逃げも隠れも出来ない状態になっている。目をつけられた者の逮捕は時間の問題であった。

西郷はもはや躊躇《ちゅうちょ》すべきときではないと判断し、越前の橋本らとの連携を密にして全国の有志に呼び掛け、江戸と京で義兵を挙げて、井伊直弼はじめそれに連なる奸物を除こうと画策し、折から大坂に滞在中の前前藩主・島津斉興に働きかけて、薩摩藩兵を大坂に留める内密の「お墨付き」を頂いて暗躍していた。だが、総ての計画も順調に進まず、気ばかり焦っているときに、それは京に着いて直ぐの九月十日、西郷は月照を介して近衛公に呼ばれた。

『西郷か、よく戻れたな。京都奉行所は月照をも召し捕るらしい。どこかへしばらく身を隠させてやりたいが、ちょうど奈良に麿《まろ》の知り合いがいる。そこへ送り届けてくれまいか』

『月照上人様にまでとは、幕府も手荒いことをする。分かりました。拙者がかならずお送り申し上げますので、ご心配なく』

と、言ったものの、西郷とて藩邸にいては危険なので、近くの定宿の鍵屋に戻り、俊斎と一しきり思案を巡らせた。

『有村どん、月照さんを奈良へ送れとのことじゃが、おいは奈良は危なかと思うが』

『奈良は京と同じじゃ。しかし、うまく変装すればどうじゃろ』

『変装しても、おいもおはんもお尋ね者じゃ。万一、捕り方に見つかったときはどうする。われらだけでは斬り抜けっのは無理じゃ』

二人の意見はなかなか纏《まと》まらなかったが、とにかく、月照に変装させようと行脚僧《あんぎやそう》のみなりをさせて網代笠《あじろがさ》を被らせたが、格式ある寺の住職としての品格のよさは争えず、とても一椀を乞うて行脚する僧には見えない。これでは無理と判断した俊斎は、

『せごどん、月照様に薩摩の僧になって頂き、おいども二人はその寺侍と言うこつにして、関所ではお師様をお守りして薩摩へ下るのじゃと言い抜ければ如何じゃろ』

『それなら月照様は、京から薩摩へお下りになっと言うこつで、薩摩言葉は必要はなかろ。おいどもは薩摩の者じゃから、怪しまれっこともあるまい。そいがよか』

話は決まって、九月十日の深夜を選んで出発した。

何とか京を出外れて伏見まで来たけれど、辺りが明るくなってくると、至るところに捕吏の姿が目につき、とても奈良は無理と断定したことが正しかったことがハッキリした。

『せごどん、こうなりゃ薩摩まで落ちようではなかか。おはんな我らの大将じゃから、かねての計画を実行せねばないもはん。おいがお連れ申そうではなかか』

『おう、そげんしてくれっか。おいはなんとしてでも、井伊の首を挙げねばなりもはん』

月照は西郷が同行してくれないとわかると、その顔色にありありと不安な表情が広がった。西郷は不信をなじられるような責任感にさいなまれた。

自分の目的のために気は焦り、月照の不安にまで心が及んでいない自分の軽率を恥じた。

『これは上人様のご心配に、十分配慮していなかった拙者の軽率は、申し開きようもごわはん。しかしながら多くの同志との約束もあり、こいを違えることも出来もはん。辛かところでごわす。何とぞご理解してくいやんせ。こいなる有村はおいと古くからの同志で、共に活動して参った信頼のおける者でごわす。道中のことについてもよく知っていっので、心配はないと思いもす。どうか、こん事情ご理解してくいやんせ』

『私は西郷さんと長い間お付き合いして、心の内はよう分かっているからこそ付いてきてますのや。今さら離れるのは不安どす』

西郷は月照の不安の言葉が胸に刺さり、自分の背信を恥じるばかりであった。ただただ頭を下げ、手を合わさんばかりで、大事決行の事情を説明して、ようやくにして納得《なっとく》を得た。かくて月照は、俊斎と船で大坂へ下って行った。

西郷は同志を集めて一挙の手筈を整えようと努力をするが、奉行所の役人が手下を連れて厳しい捜査を繰り返しているので、蛸壺に入った蛸と同様、夜もおちおち出られない。この間にも逮捕は続いて、目を付けられていた者は、ほとんど捕らえられていた。

水戸藩京都留守居役鵜飼吉左衛門とその子の幸吉が捕らえられた。京で辣腕《らつわん》を振るう間部老中は、鬼と噂される与力・渡辺金三郎に命じて片っ端から捕らえ、連日、厳しい拷問を繰り返して自白を強要する。京の町はそのむごい拷問の噂で持ちきりだった。

『昨日捕まったお侍は、両手両足に五寸釘を打ち込まれて吊るされ、鞭打たれてるらしい』

『お武家の妻女が白状しないので、裸にされて縛られ、蛇のうじゃうじゃいる桶に座らされて、悲鳴をあげて泣いていると言うぞ』

嘘やら本当やら、見てきたような話が尾鰭《おひれ》をつけて広がってゆく。

西郷はいよいよ身の危険を感じてきたので、定宿を出て舟で大坂へ入ったが、一足違いで数十人の捕吏がきて、大坂へ向かったと藩邸から報せてきた。

『もう猶予はならぬ。一刻も早く落ち延びなければ』

薩摩藩士の吉井幸輔に頼んで馬関への便船を手配して貰い、夜に紛れて大坂を脱出した。

瀬戸内の港でうまい具合に月照たちの一行に合流した西郷は、追っ手に追われているため、安全を期して夜昼の入れ替わったような忍びの旅を続けた。こんな旅に慣れていない月照は、生きた心地がしないのか、不安げな顔色を隠せない様子であった。

『西郷さん、私はどないなるんやろ。あんじょう（うまい具合に）薩摩へ行けまっしゃろか』

『心配せんでもよか。おいが命に替えてでもお送り申し上げ申そ』

十月一日、馬関に着いた西郷らの一行は、勤王の豪商・白石正一郎の世話になり、その夜は一泊して、翌日には船で九州へ渡ることとしたが、ここで郷里の鹿児島でも、幕府の探索が厳しくなって安心の出来ない状況を耳にした。

『上人さま、鹿児島も安全ではないらしか噂でごわす。拙者はこれより先に鹿児島へ行き、拙者の友人たちと相談して、安全なところを探しますのでお許しくいやんせ』

『致し方のないことやが、それでは何分よろしくな』

西郷は一足早く、月照の受け入れの準備のために、鹿児島へ向かって早々に出立した。月照は不安げな様子で見送っていた。

十月六日、鹿児島に着いた西郷は、斉彬公亡き後の鹿児島は保守派に政権を握られ、状況は一変していることに驚いた。藩では幕府の追求を避けて西郷三助と改名させた。

『これではどうにもならぬ。ここも安心の地ではなか』

内心思案しながらも、大久保はじめ同志たちと心当たりを尋ねてみたが、どこも腰が引けて、いろ良い返事がえられなかった。呆然としながら歩き廻るうち、偶然、有村俊斎と出会った。とっさにむらむらと怒りが噴き上がってきて、怒鳴りつけた。

『あれほど、上人をお守りしてくれと頼んだのを忘れたのか』

俊斎は博多まで来て、国元で起こっている尊皇派に対する風当たりが、意外に厳しいのを知って、月照と関わることの不利を覚って離れたのであった。

西郷は俊斎にしてこれかと、人の心の浅はかさを見る思いであったが、結局、

『頼んだおいが悪かったのだ』

深く反省し、命に代えてでもと引き受けた自分の不実を今さらながら恥じ入ると共に、こう

なれば近衛公や月照との約束を果たさねば武士の信義に悖《もと》ると強い覚悟を決めた。

『上人様はなんとお思いであろうか。信頼していたおいにも愛想をつかされたことであろうし、あれだけ心配いらぬと薦《すす》めた有村に捨てられ、今どこでどうしているのやら、迎えに行かねばならぬが、今さら探しに戻っても、うまい具合に会えるかどうかも疑わしい』

西郷は身をもんで、月照の身の上を気遣った。

『もしも途中で幕府の捕吏に捕らえられたりしたときは、おいは生きていっことは出来もはん。そんときは上人様を探して京へ乗り込んで助けだすか、死ぬしかあるまい』

このままでは月照が無事に薩摩へ入れるか否かも不安であったが、月照一行は博多でうまい具合に、やはり幕府の追求を逃れて逃走中の平野国臣と合流したのであった。

平野は西郷とは旧知の間柄であり、心許せる勤王の志士であった。後に一党を率いて但馬《たじま》の生野で公卿の沢宣嘉を擁して勤王の挙兵をするだけあって、度胸もよければ何事もテキパキとやってのけた。平野の機転で難関の薩摩入りも、小舟で秘かに市来港に上陸し、十一月十日、鹿児島にたどりついた。近衛公から月照の身を依頼されたのが、九月十日だからちょうど二ヵ月かかったことになる。

翌日の十一日、月照は一人で西郷の家へ訪ねてきた。不安な心細い旅を続けてきた月照は、西郷に会って心が安らいだのか、やつれて淋しげな面持ちは隠せないが、笑顔さえ見せながら、道中のこと、これからのことを語りあった。西郷はひたすら頭を下げて謝った。

『非常時のこととはいえ、心細く淋しい思いをさせ、辛い慣れない旅をさせて申し訳ごわはん。はるばるここまでお越し下さった以上、私もご安心出来っようにお計らいしもす』

と、答えるより仕方がなかった。

西郷は必死になって藩の重臣らを訪ねて、月照の身の安全を計るように懇願したが、いっこうに埒が明かない。いよいよこれが最後だと、帰国直後に月照のことを相談した心許せる旧知の家老・新納駿河《にいのするが》を訪ねて嘆願したときは、

『先君亡き後は、わしとて保守派の家老たちに睨まれている次第だが、なんとか骨を折ってみよう』

との返事を頼りに、もはや、頼めるところもなく、藁にもすがる思いで新納の家を尋ねたが、

『西郷、気の毒じゃが家老たちの意見はその方は切腹、月照は追放との意見が大勢じゃ。二、三の者は助けようとの意見であっがどうなっことか。もはや諦めてくいやい』

万事休す。帰る足取りは両足が鎖で繋がれたかと思えるほどに重かった。心の中は雪の舞い散る曇空より暗く、寒風が吹き荒んでいた。耳には「信義に悖るな」の叫び声が突き刺さった。

『おいは月照様に対する信義だけは守らねばなりもはん』

うわごとのようにつぶやいて帰ってきた。

十五日になって、西郷は藩庁に呼び出された。裁許係の梁瀬源之進は、

『幕府の捕り手が城下に姿を現わしている。貴殿からの願いもあり匿《かくま》ってやりたいが、こうまで追求が厳しいとどうにもならぬ。月照を日向の法華嶽寺へ潜伏させせよ』

と、言って、すぐにも出立せよと命じた。

このことで共に奔走してくれた大久保と有村俊斎に相談すると、彼らは、

『藩の考えは、他国へ追い出して、これを捕り手に教えて捕縛させせ、藩への累をかわす汚いや

り方に違いなか』

口々に言う。まさしくその通りなので、西郷はここに決心したのであった。

『幕府が月照憎しとするところは、斉彬様の率兵《そっぺい》上洛にあたって、上人が朝廷との間に立って奔走したからであろうが、我が藩とすれば大きな恩義があるのだ。いかに斉彬様がお亡くなりになっているとはいえ、あまりにもひどい仕打ちではなかろうか。古諺にも「窮鳥《きゅうちょう》、懐に入れば猟師もこれを殺さず」とあるではなかか。まして大恩あるたった一人の僧をも、藩の重職は右往左往して匿《かくま》えんとは見下げた性根じゃ。我が身大事も良かけんど、こいでは大事を誤るだろう。我が薩摩藩も水戸藩と大して変わりはなか。嘆かわしいことじゃ』

西郷は信義を守るためには死より他ないと決心を固めて、月照を迎えにいったが、その姿にはどんなに繕《つくろ》っていても悄然とした趣きは隠せないのか、月照も笑顔で迎えてくれたが、心はすでに決するものを秘めた風情はかくせなかった。一緒にいた平野と月照の従僕の重助が座をはずした一寸の隙に、二人はこれからの運命についての短い会話を終えて最期を確かめあった。ゆっくり最期の言葉を交わす時間とてない。見詰めあう目と目、向き合った顔と顔で、すべてを語り、すべてを了解し合った。

『月照さん、もうこん薩摩にも隠れっところはごわはん。どげんしもそ』

『西郷さん、仕方おへんやないか。私はあんたに命を預けてますのや』

さすがの西郷も、この一言に万感胸に迫って巨眼はみるみるうるんだ。

座に戻った二人に、これから日向へ行くことを告げ、旅装を急がせ、裏口から船着場へ歩き、船上の人となった。

十五日の月が上がって海上は白銀色に輝く。静かな風が吹いて、船は滑るように錦江湾の海上を進む。晩秋の海は肌寒く、お互い不安を隠せず、声も湿って沈黙が続いた。西郷は、
『今宵はよか月じゃ、ぐっと一杯空けて温まろうではなかか』
と、誘い掛けた。平野は酒も強く豪気である。詩を吟じて心地よさそうであった。

我が胸の燃ゆる思いにくらぶれば　煙はうすしさくらしま山

この和歌は、このときの作ではないが恋歌として名高い。平野の大らかな純情と友情がいとおしい。

月照は筆を執って、すらすらと懐紙に和歌を書き付け吟じた。

舟人の心つくしに波風の　あやうき中を漕ぞ出でぬる

答ふべき限りは知らじ不知火の　つくしにつくす人の情に

西郷と月照の覚悟は、このとき決まった。西郷は立ち上がり、月明かりに浮き出る薩摩潟の景勝を説明する。煌々《こうこう》と照り輝く月光が錦江湾に降り注いで海上は、すべての無駄を隠した黒白二色で画かれた一幅の名画であった。
『月照さん、左手に見えるのが殿様の別邸の磯御殿、その手前に見えるのは反射櫓のある工場でごわす。右手に聳える桜島の大火柱は見事でごわすな』

噴火の起こった桜島は、天空に巨大な花火が上がったかと思われる火柱が立ち、山の稜線が赤黒い火で燃え立っている。観る間もなく天空に舞い上がった火がこぼれて、山肌に赤い火の滝が流れ落ちる。二人はこの世のものとも思えず、この世を去る最期の送り火を見るような心境でみつめあっていた。

月照も立ち上がって西郷の指差す方を見、そして無心になって説明を聞き、深い思いで見入っていた。二人はしばらく寄り添って無言のままであったが、突然、西郷は月照を固く抱えたまま、高い水音を残して、共に大崎が鼻沖の海中へ落ちていった。

人間が生死の関頭に立ったときの後に起こる一瞬の行動には、説明も解釈もいらないものだ。考え得る万策に対する準備も思考も、すでに尽きている。後に残るのは生か死か、死への決断は一瞬に決まる。

西郷は一度は殉死を覚悟し、思いなおして今ここに生きているが、今さらながら主君の鴻恩の数々に打ち伏していると、次第に主君のおわすあの世とやらが、美しく清らかなところに見えてくる。もう生も死もなく、無念無私の清らかな心境になってゆく。死へ引き込まれてゆく一瞬である。

彼方にこの世とも思えぬ清らかなところが見えてくる。主君・斉彬様はどこにおわすのか。祖父が、父母が、親しい多くの知った亡き人の顔が見える。読経の声が聞こえる。それは月照の唱える読経であったかも知れない。瞬時に死への道へと突き進んだのであろう。

帆柱を背にして重助と話していた平野は、舳先《へさき》の方で「ざぶぅうん」と何やら大きな音が聞こえたので、立ち上がって見廻したところ、今まで話し合っていた西郷と月照の姿が見えない。とっさに身投げだと悟った。

『船頭、身投げだ。船を停めろ。帆を下ろせ』

平野の行動は素ばやかった。おろおろする船頭を叱りつけ、太刀を引き抜くと、さっと帆綱を切り捨てる。船頭の「無茶するな」の声にかまわず、海上を見廻しながら、

『船頭、船を廻せ、重助、海上を探せ』

行き足のついた船はしばらく進んではいたが、やがてくるりと大きく旋回して元の位置へ戻ってくる。月明かりの海上は白く黒く、小さなうねりを返して静まっている。皆、目を皿のようにして見つめ回していた。海の上をねめまわし、矯《た》めつすがめつ見廻し探しても見つからない。舳先へ纜《とも》へと動き回る影も、最初のように動かなくなってきた。失望の色が皆の顔にありありと見えている。

『浮き上がって来ないなぁ。駄目か』

皆その場に座り込んで肩を落とし、船頭は帆綱を切られてぶつぶつ言いながら、綱の繕《つくろ》いに掛かろうと立ち上がったとき、向こうに小さく浮き上がるものを見つけた。

『浮き上がったぞう、伝馬《てんま》（小舟）を降ろせ』

大声で叫んで平野と共に飛び乗り、みるみる近づいて西郷と月照の体を引き上げてきた。

船頭は月照の様子を見て、これはもう手の施しようがないと思ったのか、今度は西郷の胸や口に自分の耳を押しつけて、しきりに首を振っていたが、やにわに西郷の口に指を突っ込み、腹を押さえて水を吐かせた。何度も何度も繰り返した。背の上に自分の尻を乗せて、力を込めて押す。じっと見ていた平野は、

『さすがは船頭じゃ。船人どうしの助け合いとはこれか』

船頭の甲斐甲斐しい働きに見惚れていた。

西郷はかくて一命を取り止めたが、月照も共に浮き上がったけれど、四十六歳を一期として、二首の和歌を残し、安政五年十一月十六日、京より遙か薩南の錦江湾に沈んだ。

曇りなき心の月も薩摩潟　沖の波間にやがて入りぬる
大君のためには何かおしからん　薩摩の迫門に身は沈むとも

西郷の蘇生を知った大久保はじめ誠忠組の者たちは、涙を流して喜び合った。今また月照の辞世の和歌に接し、人の命の尽きるに際して、あまりにも清く潔い心に感動を新たにして深くその冥福を祈った。

西郷は自分だけが蘇生したことを恥じていたたまれず、後を追う決心をしたが、周りの者の必死の説得と見張りによって、それも叶わず、遂に自決を思い留まった。

其の三　西郷の流罪決定

藩庁では西郷の処置について議論が沸騰した。西郷の生死は風前の灯火《ともしび》であった。

『幕府は今に西郷を引き渡せと申し込んでくる。お家を護るためには、幕府へ送るより方法がなかろう』

『何を申す。おはんな関が原の恨みをよも忘れてはおっまい。島津の武門を何とする。井伊の軍門に降る気か。仮にも西郷は先君の寵臣《くみ》ぞ。加えて先君の下命によって働いた功績は大きい。今日、井伊直弼が大老となり、朝廷に与した者たちを捕らえて罰していっが、そいが果たして時に適した行ないと言えっか、世論は二転三転して定まらんときぞ。今後、西郷を必要とするときがきっと来っに違いなか。おいは絶対反対じゃ』

『皆々、もう少し冷静になってものを申せ。幕府の捕り方が、または隠密がここ鹿児島にうようよいるのは必定じゃ。見つかれば何とする。薩摩藩の存廃に関わることぞ』

議論は果てしなく続いたが、幕府に引き渡すのはいかにも武門の家として堪え難い。といって、生かして置くのは外見をはばかる。つまるところは西郷は水死したことにして、名前も変えて島送りにして帰さないようにしようと決定した。

この決定には、西郷を支持する若者たちの堅い団結と助命嘆願が、大きく物を言ったことはもちろんだが、最後の断は、意外にも斉彬公の父の斉興が、西郷は切腹させる方がよいとの重職たちの決定を退けて、命令した。

『西郷は将来、日本の国にとって必要な人物である。生かして何処かへ島流しにせよ』

薩摩藩全体にわたって目を光らす前前藩主の目は曇っていなかった。

藩主の父であり国父である久光といえども、西郷を亡き者としたときには、まず第一には有力藩主間での信用は失墜する。第二には薩摩藩の統率にも支障を来すことは必至であった。

血気の若侍の暴発の危険が予測されていた。

また、久光がしぶしぶながらもこれを許可した最大の理由は、自分の嫡子に家督を譲り、円満に藩内の軋轢《あつれき》を未然に防いだ先君の遺徳を讃えることによって、今後、先君以上に幕政に対して容喙《ようかい》（意見をいう）してゆきたい野望が、西郷を島送りにして一命を保障するとして、代わりに西郷派の取り込みを策し、藩内の統率を謀ったのであった。藩庁からは、

『名を菊地源吾と改め、大島本島にまかり下り、潜居せよ』

との申し渡しがなされた。

これを聞いた誠忠組の若者たち、特に有村俊斎は、

『なるほど命が助かったこっは喜ばしかことじゃが、今後の活動に大将を欠いてはどうにもならん。よって、せごどんは、肥後熊本に逃れて、家老の長岡監物殿に匿《かくま》ってもらい、その後、我々百人ばかり脱藩して京に走り、所司代酒井忠義と間部老中を襲撃し、勢いを集めて井伊の首を挙げようと思うがどげんか』

皆に蹶起《けっき》を迫ったが、西郷は甘いと思い、手段が姑息《こそく》だと断じた。幕府の、いや井伊の薩摩に対する、強硬な姿勢を知らない意見だと直感し、しばらく瞑目《めいもく》してから、

『おはんの意見には同感だが、振り返って今の自分は天命によってなお、命を保っているのでごわす。これは謙虚に受けとめっべきものであっと考えもす。おいは島にあって、時を待つことともす。しかし、おはんと大久保どんとが力を合わせて実行すっなれば、かならず成功すっに違いもさん』

丁重に断わった。

西郷が京を脱出した後、九月七日には橋本左内も捕らえられ、十月七日には斬首されていた。頼三樹三郎も斬首であった。十月二十七日には吉田松陰も、斬首の刑に処せられた。井伊は松陰こそ長州における反井伊の首魁《しゅかい》と見たのであった。初め松陰は、死罪になるなどとは本人も弟子たちも考えておらず、死罪に値する罪科を冒したのではなかったから、本人よりも弟子たちの憤激は察するにあまりあるものがあった。維新後、松陰門下はそれぞれ栄達し、政府の顕官となったが、彼らが下僚に命じて旧幕臣、並びにこれに関わった者たちへの報復を一段と厳しくさせたのはこのためである。

大獄の嵐はなおも吹き荒れて、その他公卿の近臣といわず、大名の家臣といわず、少しでも

疑惑を持たれた者は総て捕らえて、残酷な拷問によって自白を強要し、碌に調べもせずに極刑に処していった。

京と江戸では井伊の弾圧が猖獗《しょうけつ》し（悪いものがはびこること）、留まるところを知らず、多くの志士が殺され、牢の中で呻吟《しんぎん》している頃、西郷も島送りとなって、いよいよ年が明ければ出帆となった。

其の四　奄美大島

西郷は月照と入水したが、奇跡的に一命を取り留めてから約一ヵ月、祖母の実家の四本家で病後を養っていたが、月があけて十二月十四日にはすべての役職は解かれ、晦日《みそか》には菊池源吾と変名し、鹿児島を出帆して山川港に向かった。

西郷の島送りは安政六年一月上旬と決まった。この日はことのほか寒く、みぞれ混じりの風が吹いていた。暗褐色に覆われた空から、灰色の雲が垂れ籠めて、まだ昼には早い時刻だというのに、船着場はたそがれのように暗くさびしい。

送られる西郷は、特に許されて見送る次弟の吉二郎とも、あるいはこれが最期かと思い、お互い込み上げてくるものに、耐えながら立ち尽くしていた。やがて、船は西郷を乗せ、遠い沖まで続く暗い海に向かって滑りだしていった。

船は一昼夜の航海で一月十二日、奄美大島の阿丹崎《あにさき》港に入った。ここから配所である竜郷《たつのごう》村までは約五里（約二十キロメートル）の距離がある。人家もまばらで、甘藷畑の続く淋しいところで、ここで西郷の奄美での流人生活が始まった。

連日、危険と背中合わせの日を送っていた西郷にとって、ここは退屈の場所であり、有りあまる活力と知恵才覚は、流人生活にとっては邪魔そのものでしかなかった。その上、島人は、薩摩の人間に対して限りない怒りと憎悪を示し、特に武士には敵意をあらわに示して、近づこうともしない。まして髭面の大男とくれば、どんな大罪を犯した凶悪人なのかと恐れて、まったくののけ者扱いである。これでは生きて行くのさえ難しい。

『島送りとはよく言うたものじゃ。刀で殺さずとも、日にちが命を縮めっか』

感心している場合ではない。狭い島内では、この噂は瞬時のうちに駆け巡って、誰一人として米の一握り、粥の一杓も恵んでくれる者はいない。流人は生きるのが精一杯だ。

『薩摩の武士は、よほどこん島民を苛《いじ》めたのじゃな。こいは何とかせねばならぬ』

早くも島民の身の上に深い洞察を示すこととなった。

西郷は表面上は島流しの囚人だとはいっても、一応は藩から家禄六石の米が送られ、後には大久保らの運動により、藩主からは家族に所帯難渋とのことで、二十五両の下賜金も支給されてもいて、島送りの罪人とは名のみであった。

西郷は島の見聞役である木場伝内の世話で、村の郷士、竜佐運宅に寄寓していたが、その後、美玉新行の家を間借りして、自炊生活を続けることとなった。たまに便船がついて、大久保や同志の者から最近の情報も寄せられては来るが、流人となった今となっては、どうすることも出来ない。心休めて静かに時を待つより仕方がない。山へ狩りに行ったり、海へ魚釣りに出掛けたり、毎日本を読んだりの生活がいつしか身について行った。

ここでしばらく木場伝内について書いておこう。木場は西郷より十歳年長で、鹿児島で私塾を開き、のち書道教師などをしていたが、西郷や大久保の資質を早くから見抜き、親交を深めていた。一時は久光の側近であった堀仲左衛門とは親戚の間柄であり、維新後は大阪府の大参事になり、最後は宮内権大録に出世した。

西郷が奄美に流されて、この木場に出会ったことは、何としても幸運であった。西郷にはいつも艱難に際して、助力を受ける運が巡り合わさっていたようだ。

奄美大島が島津家の領有になったのは、慶長十四年（西暦一六〇九年）である。ここで甘蔗《サトウキビ》の栽培が始まったのは、その翌年であるといわれる。十八世紀の初めには製糖技術の革新が進み、砂糖は当時としては国内では貴重品であり、薩摩藩としては有力な財源であったので、耕地の開発を奨め、甘藷栽培を積極化し、砂糖増産に本腰を入れるようになった。このため薩摩藩は財政が再建され、幕末動乱期にはその財力を背景に、雄藩として君臨するようになったが、実際に甘藷を栽培する島民にとっては、言語に絶する苛酷な栽培と取り立てが科されたのであった。

たとえば、甘藷の刈り株が高い、すなわち株を残して刈るのは、採れるべき砂糖を残しているることとして咎《とが》められる。出来た砂糖を指先でちょっと舐《な》めただけでも、厳しい鞭打ちの刑に処せられる。品質を等級に分けて粗悪品を作った者には、首枷《かせ》、足枷を嵌《は》めて苦しめる。密売など見つかれば即刻斬首、これに協力した者は厳しい拷問にかけられた上、遠島の刑に処せられる。とにかく、身動きならぬほどに締めつけられていた。

島民たちは、ひとかけらの砂糖も口にすることが出来ず、少しの耕地も見逃さずに甘藷畑とされ、唐芋といわれる薩摩芋を常食として、ソテツでその不足を補う、苦しい生活を余儀なくされていた。「ソテツ地獄」といわれる所以《ゆえん》（理由）であった。

薩摩藩は奄美群島一帯を植民地として支配するため、島人の生活、習慣その他すべてにわたって干渉し、鹿児島本土との差別感を強調していた。

衣類、髪結いの方法はもちろん、苗字は与えられず、たとえ与えたとしても一字名で、一般的な漢字を二つ並べて表現した姓は許されなかった。これは今日でもハッキリ残っている。

二十一世紀ともなれば、各地に残る方言を奄美の誇りとして伝承し、「日本国内での独立国」としての気概と自尊心を大切にして持ち続けて欲しいと思うが、如何なものか。

初めは西郷を「恐ろしい人、大罪人」として、遠くから眺めているだけの島人たちであったが、馴れ親しんで来ると、あの恐ろしげな巨眼も、優しく細めれば幼児も懐《なつ》くほどだ。総てにわたって鷹揚な態度に接していると、限りない包容力があるようにも思えてくる。

西郷とてまだ数え年の三十三歳であり、熱い血潮は人一倍猛々しいものを持っている。島に着いてから、大久保正助（一蔵）、税所喜三左衛門に書き送った手紙に、

『島の嫁女たちの美しきこと、京、大坂などかなふ丈けに無御座候《ござなくそうろう》』

とある。

特に手の甲から先に入れた彫り物の見事さをも書き送っている。奄美大島では昔は女性が十二、三歳になると、手の甲から指先へかけて、入れ墨をする習慣があった。処女の間は右手に、結婚すると左手に針突き《はづ》を施すのである。土地の言い伝えによると、右手の入れ墨は貞操のシンボルで、さまざまな苦難に耐えて生き抜くしるし、左手のは妻としての貞淑《ていしゅく》さ、忍従《にんじゅう》の美

徳を現わしたものだという。

かたちはいろいろあり、簡単な紋様から複雑なものまでとりどりではあるが、高貴な夫人になるほど、込み入った紋様が施されている。奄美の歌に、

夫欲しやも一時（おとふしやもちゅとき）

妻欲しやも一時（とじふしやもちゅとき）

玉はづき欲しやや命かぎり（たまはづきふしやぃのちかぎり）

意味は「女性が男をしたうのも、男性が女を求めるのもすべて一時のものであるが、美しい入れ墨を望む思いは、自分の命にも換えがたいほどのものだ」という。『玉はづき』は島の娘の理想であると共に、男性の憧れでもあった。

わぬやこの島に親はるじ居らぬ

わぬ愛しやしゆる人ど

わ親はるじ

意味は「私はこの島にみよりとてないひとりものだ。その私にとって私を愛してくれる人こそ、親とも肉親ともなる者であろう。どうか孤独な私をいたわり愛して下さい」というものである。

島の方言の意味はよく理解できなかったが、哀愁のこもった旋律は、西郷の心を揺さぶり、愛を求めるその胸は、張り裂けるものがあったろう。

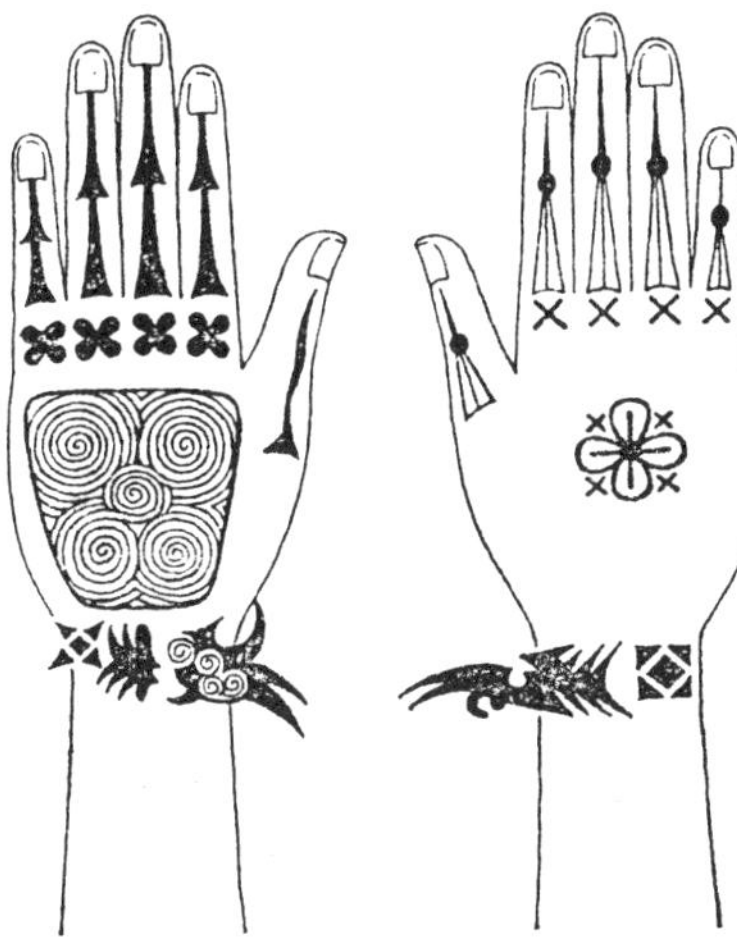

奄美女性の入墨　「日本うら外史」より

月の美しい晩に、浜辺から奄美特有の物悲しい蛇皮線の爪弾きが聞こえてくる。一人聞き入る西郷の心に、深い叙情を誘わずにはおかない調べと聞こえたであろう。それはまた、主君斉彬様に仕えた日々の追慕でもあったろう。

島の生活にも慣れてくると、冬のない黒潮に洗われる南海に住む人の心は、やさしく美しく豊かであることが次第に判ってくる。特に島の女性の、はちきれんばかりの健康美と大らかさには心惹かれたのも、自然の成り行きであった。

西郷はうなぎを捕りに行くみちすがらに娘の家があり、西郷の近くの畠へ唐芋を掘りにくる可愛い娘と、わりない仲になっていったのは、ごく自然のなりゆきであった。娘は同じ部落に住む、竜佐栄志の娘で二十二歳であった。

奄美大島では婚礼を「根引き」または「御前迎《ごぜむ》け」と呼ぶ。焼酎三合に料理を盛る硯蓋を、仲人が娘の家に持参して婚約を結び、さらに親戚の者に頼んで酒、肴を嫁方へ届ける。嫁の方ではこれを親戚一同に振る舞って婚約を披露し、数日後に婿殿が挨拶に出向くのである。この後、大安吉日を選んで挙式の運びとなる。そして儀式用の一切の品々は、婿方から届けるのである。これが奄美大島での婚礼の習慣であった。

西郷は流人の身であり、そんな華やかな挙式は出来ることはない。ごく質素な「三献《さんげん》」と呼ばれる祝いの儀式で三三九度の盃を挙げて、ここに目出たく西郷と娘・愛加那は結ばれたのである。(この項は尾崎秀樹氏の「日本うら外史」より参照)

西郷も鹿児島や京、江戸での活動については、どのように思案を廻らしても、翼でもない限りどうしようもない。拱手傍観《きょうしゅぼうかん》というが、まったく南の島で時世時節の来るのを、待つより仕方がないと諦めて、ならばこの島で妻と共に楽しく暮らそうと覚悟をきめた。

人間は動くより、待つことの方が大切であるし難しい。これに気づくのは失意、すなわち不遇になって初めて分かることなのだ。不遇や失意に陥って、いったんは自暴自棄になるのは止むを得ないことだが、泣きたいほどの失意を味わって、初めて心の底からの悲しみを知り、打ち沈んだ長い時間を経て、本当の自分を見つけ、ここから立ち直るすべは、忍耐と克己心を養って静かに時を待つことだと悟るのだ。

この打ち沈んだ長い時間に耐えて、己れの再起を期する執念の炎を燃やし続けられる者にだけ、幸運がほほ笑みチャンスが与えられる。逃げては幸運は巡ってこない。そこから得たものは、人をも羨ませる愛であったり、輝かしい活動であったりする。

誰しも得意の舞台で華々しい動きを演じてみたい。炎のような啖呵《たんか》と、大向こうを唸らせる大見得を切ってみたいとは思うが、ここに至るまでには、死にたいような失意を味わい、そこから抜け出すための苛酷な修業に励み、来るべきチャンスを待つ努力は、並み大抵のものではない。また、進むことは易しいが、退くことはなお難しい。企業家にしても業容を拡大することは易しいが、これを縮小してなお成績を下げないことの難しさは、今日の不況からの脱却に苦しむ企業を診《み》れば一目瞭然である。

西郷のように、一瞬で戦勢の変わる戦場における指揮に携わる者は、なおいっそう難しい判断を要求され、誤ることは許されない。

いったん進撃にかかった勢いをとめて待たせることの難しさは、何度も実戦を経験した者でも容易ではない。そしてこの「待つ」ことの意義を知るのは、すべて事の終わった後で、苦くも甘くも味わうことなのである。

西郷はこの島で否応なく待つことを余儀なくされ、その辛さを乗り越えてその意義を体得し、許されて国元へ帰ってから、あの大きい体が伸縮するほどに、良くも悪くも味わうのである。奄美での三年二ヵ月の間に待つことの大切さは知ったが、まだその先にある待つ余裕を得るまでには至らなかった。ともあれ、島での単調な生活の中での、焦燥と失意に明け暮れながらも、平和な毎日が無駄でなかったことだけは知ったのであった。

平穏な日々は静かに流れてゆくうち、文久元年一月、長男菊次郎が生まれ、続いて翌年七月、長女菊子をもうけたのであったが、菊子の誕生は、西郷がご赦免になって島を去った後のことであった。西郷の一生のうちで、もっとも平穏無事であったのはこのときであったのではなかろうか。

西郷が奄美へ島送りにされた年は、甘藷はかなり不作であった。新任の代官の相良角兵衛は成績をあげるため、厳しい砂糖の供出を命じ、予想高に達しないのは、百姓たちが匿《かく》しているからだと疑い、捕らえてきては代官所の庭で、見せしめに厳しい拷問に掛けていた。責められる百姓の悲鳴やうめき声が聞こえて、島は恐怖に包まれていた。

『これでもまだ白状しないか。砂糖はどこへ匿した。言わねば妻も同罪じゃによって、二人座らせて拷問にかけるぞ』

家でいる妻は、いつ捕らえられて代官所へ連れて行かれるか、連れて行かれればあの恐ろしい鞭で叩かれたり、石を抱かせられるという。逃げるところもなく、匿《かくま》ってくれる者もいない。いっそ死んでしまおうかと、子を引き寄せて泣いているとの噂がしきりであった。西郷のいる

竜の郷でも、何人かがそんな責め苦にあっていると聞いた西郷は、さっそく名瀬の本役所へ行き、相良に面会を申し入れ、

『相良殿、作柄というものは天候によって増減があろう。作柄も考えてやらないで百姓を締めあげっのは、可哀そうではなかか、許してやってたもんせ』

『西郷殿とか言われたな。貴殿は島へ来て何年になる。作柄がどうのこうのというが、今年の甘藷の出来具合いが、昨年、一昨年と比べてどの程度か知っまいが。言わせてもらえば、貴殿は島送りの罪人じゃ。話にならんわい』

『木で鼻を括《くく》ったごたる返事とはこいでごわすか。ならばおいは事の顚末《てんまつ》を詳しく書面にして藩公に申し上げげっがよかか』

と巨眼を剝いた。

西郷の巨眼に相対して正面から見返すほどの勇気のある者はいない。横を向いた相良は虚勢を張って、

『おう、好きなこつ書いて送ればよか。じゃっどん、おはんな流人じゃちゅうことを忘れてはないもはんぞ』

結局、喧嘩別れとなって帰ってきたのであったが、役人の木場伝内が相良に、

『相良どん、おはんもちとやり過ぎではなかか。西郷は今こそ流人じゃが、先君の寵臣じゃから、藩の要路には知り合いも多か。いつまた帰国して返り咲くやも知れもはん。ここらで百姓どもを牢から出してやってはくれまいか』

やんわりとたしなめられて冷静になり、今後の自分の立場に考えが及ぶと、相良もようやく

合点がゆき許すことにした。すぐに西郷を追い、三拝九拝して謝ったという。それにしても、西郷の悪代官に立ち向かう正義感溢れるこの逸話には胸のすく思いがする。

西郷の人気はこのこと以来、その庶民的な風貌と、どっしりと落ち着いた礼儀正しい日常によって高まるばかりであった。

三年二ヵ月という西郷にとって譬《たと》えようもなく空しい歳月が過ぎて、遂に召喚の書状が届いた。待ちに待った帰国の日が来た。西郷といえども、このときは涙こそ見せなかったものの、胸に突き上げてくる熱いものに震えたに違いない。

帰りの船の中で、西郷はこの島暮らしで得たもの、捨てたものについて考えていた。

月照と投身せずに捕らえられていたとしたら、どうなっていただろうか。おそらく幕府に引き渡されることはないとしても、藩に迷惑がかかるであろうからと、武士なら切腹して累を藩に及ぼさないようにするか、有村の勧めにしたがって、脱藩突出して幕吏と戦って戦死するか、どこかに潜んで時を待っているかなどと思えば、今日の生の有無の判断はつきかねるが、まずは島にいたために、ふたたび国事に奔走できることの幸せを噛みしめた。

この流罪中に吹き荒れた安政の大獄の嵐は、予想だに出来ぬ猛烈なものであったと聞いて、命拾いしたと思い、妻と子と平和に暮らした幸せは得難いことだとは思った。反面、島にいて無為に過ごした月日はいかにも勿体ない。孤島で無為に暮らした時間は、どのように考えても口惜しい。

その口惜しさや無念や焦りが怒りになって、大海原に向かって狂った人のように、吼えたてることしか出来なかった不甲斐なさに、一人泣いたこともあった。最後は諦めて時を待つことにし、静かに浜辺に端座して、遙かに鹿児島に向かって両手を合わせ、主君斉彬様の御霊に拝《はい》跪《き》（ひざまずいておがむ）すると共に、人知れず涙を流した日々が懐かしい。今日、冷静になってみると、

『おいを奄美の島へ送ってくれたのは紛れもなく殿様じゃ。殿様がおいの代わりに先立たれて、おいをあの世から島へ行けと命じられたに違いなか。殿様は生き返って、ふたたびお姿はお見せにならんが、おいをいつも見守ってくれているのじゃ。おいはどげんこつしても、殿様の志を果たさねばないもはん』

との考えに立ち至り、主君斉彬様を心の拠り所とすることによって、自分は護られ、生かされているのだと悟れたのは、望外の宝を手にしたと思った。

西郷は次第に天命の何たるかに、深く思いを沈め、時至らば飛翔すべく自らを鍛え、不動の信念を養うことに心を注ぎたいと、以後、自己鍛練に励んだ。

第六章——西郷復帰

其の一　桜田門外の変

斉彬が亡くなった後、世の中は井伊直弼の安政の大獄の嵐が吹き荒れて、勤王の多くの優秀な武士が捕らえられ、遠島刑や斬首刑に処せられたり、永らく牢に繋《つな》がれて苦しめられていたりと、文字通り暗黒の恐怖時代が続いていた。

西郷が島送りになった翌年の安政七年、元号が代わったのが三月十八日であるから正確には安政七年、通称万延元年三月三日、大老井伊直弼が江戸城桜田門外で水戸藩を脱藩した浪士たちによって討ち取られる大事件が起きた。

安政五年四月二十三日、大老となった井伊直弼は、独断専行の政治力で懸案の日米通商条約の締結、将軍継嗣問題の二つの大問題を片付けてしまった。国内の輿論がいまだ方向が定まらず、幕府の権威も斜陽化しつつあるのを憂えたとはいえ、まったくの抜き打ち的に短時間で処理したこと自体、国内に多くの不満と無理が生ずるのは当然であった。

国事の決定には朝廷の勅許が必要であるが、攘夷を主張して譲らない孝明天皇はじめ勤王の公卿や志士の反対運動が激しく、加えて老練な外交手腕を発揮するアメリカの日本総領事タウンゼント・ハリスは、巧妙な手段を講じて執拗に条約締結を迫ってくる。井伊の苦しい立場も分からないではないが、政治手法がちょっと荒すぎた。

大老・井伊直弼の政治を批判する大名や学者、志士は早くから活動していたが、それに呼応して井伊を倒そう、殺《や》ろうとの血気の暗殺集団が隠密裡に行動を起こしていたのを、井伊大老は先手を打って、安政の大獄といわれる血の粛正を断行して封じたのである。当然、そこには多くの犠牲者が出る、渦巻く不満が爆発する。

井伊の施政に対してもっとも頑強に反対した水戸藩主・徳川斉昭父子及び水戸藩尊皇攘夷派への弾圧は、ことのほか厳しいものであった。藩主父子は閉門または謹慎処分を受け、多くの家臣は処刑された。幕府が直接大名の家臣、それも家老をはじめとする重職の者を捕らえて、牢に繋ぎ、拷問を加えて処刑するなど、水戸藩の名誉も御三家の威信をも、踏み躙《にじ》った弾圧を加えられれば、心ある藩士ならば蹶起して当然であろう。

当時の武士道には「君 辱《はずかし》められれば臣死す」の精神が、幼少の頃より確固と植え付けられていたから、当然と言えば当然の成り行きであった。

水戸藩の尊皇派の生き残りは遂に立ち上がった。眦《まなじり》を決して井伊の首を狙った。彼らは藩に迷惑を及ぼさないように脱藩して行動に入った。この中に薩摩藩士で同じく脱藩して加わった者が二名いる。有村雄介とその弟の有村次左衛門である。有村雄介は、京の朝廷へ斬奸状を届ける役目を帯びていたので、品川で待機していた。

その日、水戸浪士たち十八人は、三々五々、桜田門近くへ姿を変えて集まった。早朝から降りだした雪は次第に激しくなり、あたり一面はみるみる白一色の雪景色となった。

『雛祭りだというのに、この大雪とはどういうことか。まさか、吉良邸討ち入りの赤穂浪士にあやかって、天も我々に味方してくれたのかも知れん』

関鉄之介は、傍らの黒沢忠三郎に囁《ささや》いた。

『我らは決死じゃ。奴らはこの寒さに気をとられて動きも鈍かろう。やるぞ』

武芸に秀でた長身の黒沢は、顎を引いて低い声ではあったが、はっきりと言った。

この一挙の指揮を執る鉄之介は人数を確認し、

『わしが短銃を撃つその銃声を合図に、一斉に切り込もう。抜かるなよ』

低い声ながら最後の「抜かるな」というところでは語気を強めた。これを合図に一斉に持場へと走った。そして井伊の行列を待った。

井伊直弼はこの朝、定刻通り駕籠に乗り、供侍を従えて桜田門に向かった。総勢およそ六十人、隊伍を揃えて進んでくる。待ち構える浪士の顔は、一瞬血の気が引いて青白く引き締まった。体が震え、手足は硬張って動かなくなる。浪士の見つめる目に、行列の駕籠が大きく映り出してくるときには、五体の熱気で顔色が赤く染め上がって、逆上に似た殺気が充満してきていた。

『やるぞ』覚悟の決まる一瞬である。

浪士の目は血走り、奥歯を砕けるほどに噛み締めた。

『おのれ、井伊直弼め』

烈々たる敵愾心《てきがいしん》が沸き上がってくると、今か今かと銃声を待つもどかしさに、駕籠のほかは何も見えず、ただでさえ、雪の朝は物静かであり、何の物音も聞こえない。聞こえてくるのは供侍の雪を踏みしめる「ざくっ、ざくっ」という音だけである。その音が土下座している浪士たちの耳に、切迫する時を報せる合図のように近づいた。

やがて行列の先触れの方で騒ぎが起こった。手筈通りに最初に訴状を差し出す体を装って、先供の徒士《かち》に斬り掛かる任務を負った森五六郎が斬り込んだのであった。続いて佐野竹之介が斬り込んだ。

鉄之介はこれを見届けると同時に、短銃の引き金を引くと銃声が鳴り響いて、十八人は一斉に斬り込んでいった。浪士の一人はおめき声を挙げて、駕籠脇の武士に突進した。不意を衝かれたその武士は、刀の柄に手を掛けたが、「あっ」と声を挙げて後ずさった。柄には雨除けの覆いが掛かっていることに気づいて、眼球が飛び出るほどの恐怖に震える顔で、向き直ったときには、肩口を深く斬り下げられて路上に転がっていた。真っ赤な血潮が吹き出して、白い雪を桜色に染めてゆく。

駕籠脇を守る供侍は、三人か四人であったが、いずれも剣の達者な者ばかりであったが、浪士たちに斬りたてられて、姿が見えなくなっていた。その中の一人であろうか、ようやく太刀を抜き正眼に構えて応戦してきた。浪士の一人が血煙を挙げて倒れるのが見えた。

これを見た有村次左衛門は、路上に転がる死体や体をくの字にしてもがいている者たちを避けながら駈けつけ、太刀を持って向き合った武士に、やにわに躍り上がって脳天に示現流の一撃を加えると、見る間に血飛沫《ちしぶき》があがって、その武士は仰向けざまに倒れていった。有村はそれに構わず持った太刀を、ぶすりと駕籠へ突き刺したと同時に、鈍い人を刺したときに感じる手応えを確かめた。

『しめた』

駕籠の扉を引き開けて、胸を押さえて苦しむ井伊直弼を引き摺《ず》り出し、首に刀を当てるが早いか、さっと一引きすれば、首は胴と離れて、髷《まげ》のもとどりを摑んだ有村の手に残った。井伊の首を打ち落とした有村次左衛門が、刀の先に首を突き刺し凱歌を挙げた。

『元薩摩藩士・有村次左衛門が井伊大老をうちとったぞぅ』

一挙は成功したのである。

この一挙が成功した理由の一つは大雪のため、井伊の駕籠を護る供侍が、刀の柄に雨水よけの覆いをしていて、抜きあわせるのに時間が掛かったといわれるが、最大の理由は暴虐《ぼうぎやく》をもってする井伊の弾圧に対する人々の怨嗟《えんさ》の声が、この一挙に無言の味方をしたのではなかろうか。自然の摂理が過不足なく平等に、こんな形で結末をつけることがよくある。

その当時の世評を正当に判断すれば、今日、井伊直弼を擁護する言説があるけれども、かえって贔屓《ひいき》の引き倒しにしかならないことを銘記すべきである。

ペリー来航を明治維新の第一幕とすれば、桜田門外の変は第二幕であり、その幕引きの意義は、まことに大きいと言わねばならない。ここにこの義挙に参加した十九人の英雄たちの名を連ねて、その栄誉を称賛したい。

岡部三十郎（検視見届役）、斎藤監物（斬奸趣意書を老中に差し出す役）、関鉄之介（襲撃総指揮官）、森五六郎（先陣・一番に先供に斬り掛かる役）、佐野竹之介、大関和七郎、広岡子之次郎、稲田重蔵、森山繁之介、海後磋磯之介〈以上右翼からの攻撃隊員〉、黒沢忠三郎、山口辰之介、杉山弥一郎、増子金八、薄田市五郎、鯉淵要人、広木松之介、有村次左衛門（井伊の首級を挙げた唯一の薩摩藩士）、佐藤鉄三郎（一挙後、水戸藩北郡奉行の金子孫二郎に報告する役）〈以上左翼からの攻撃隊員〉、有村雄介（義挙成功を朝廷に伝える途上、京の手前で捕縛され、鹿児島に送還されて切腹させられる）

其の二　久光上洛

歴代島津家の藩主はすべて聡明で、暗愚《あんぐ》の殿様はいないといわれて久しい。事実、先代の斉彬公は稀に見る名君中の名君であり、その死後、斉彬の遺言によって、薩摩藩主となった島津久光の嫡子・島津忠義はまだ幼君のため、その補佐として実権を握った久光も、多くの大名の中では聡明といわれるほどの人であったが、先代が偉すぎたため評判が今一つパッとしなかった。

とりわけ先々代の斉興が、寵愛《ちょうあい》したお由羅に生ませた子である久光を、嫡子である斉彬を差し置いて、次の薩摩藩主にすべく画策して起きたお由羅騒動と、それによって引き起こされた「高崎くずれ」で、粛正された斉彬派の者たちにとり、斉彬が藩主になってようやく我が世と思ったのも束の間、その死去によって、ふたたび藩政が久光好みの秀才官僚によって握られることに、少なからぬ不満があった。

久光は国父と呼ばれ、藩の実権をにぎり、まずブレーンを一新して故兄斉彬に劣らぬ名声を挙げようと、遠く薩南の地から中央を望んで、虎視《こし》眈々《たんたん》とチャンスを窺《うかが》っていた。

井伊直弼が幕府の権威の復権を目指して打った諸政策は、彼が非業の最期を遂げたことによって総てご破算になり、幕末の政局は大転換を強いられることとなった。井伊大老の死後の幕府の権威は持ち直すどころか、地に落ちるばかりの凋落《ちょうらく》ぶりで、もうこの難局を処理できる実力もなければ人物もいない。

なんとか持ち直そうと、幕府は井伊直弼の勤王派への弾圧政策から、朝廷との協調政策に切り替えた。そこで考え出されたのが「皇女和宮」を将軍家茂の御台所に迎え、公武あい携えてこの難局を乗り切ろうということになった。これが有名な皇妹和宮の降嫁である。

これは井伊直弼が最初に目論《もくろ》んでいたといわれるもので、その目的は、朝廷から和宮を迎え入れて体の良い人質とし、幕府の権威を確固たるものにする狙いであったから、朝廷もその手は食わぬと頑強に反対した。和宮はすでに有栖川熾仁親王と婚約されており、とうてい無理な相談であったが、幕府はすでに政策転換をしており、今後は朝廷と協調することを約束すると懸命に説き、併せて多額の金銀を要路にまいて、遂に成功に漕ぎつけた。

孝明天皇は、

『条約を破棄して、以前の状態に戻すならば考えてみよう』

と、仰せられた。幕府も、かたく約束した。

『十年とは申し上げません。七、八年のうちには、かならず昔に返します』

これが万延元年（西暦一八六〇）九月十八日のことである。そして婚儀は約一年半余の後、文久二年（西暦一八六二）二月十一日、無事執り行なわれ、ここに公武合体が実現した。続いて長州の長井雅楽《ながいうた》が、政策の方向性を明確にした航海遠略策を理論的に纏め上げた。

日本歴史学者の奈良本辰也氏は、航海遠略策について、次のように解説している。

『江戸幕府の初期には、朝廷の権威の利用はもっぱら幕府によってなされたにとどまり、諸藩以下には及ばなかったのである。公武合体論の歴史的形成は、江戸中期に入り、水戸学や国学によって記紀神話がそのまま肯定され、これに大きな意義が見出されたところに始まる。神話によって朝廷ならびに幕府の権威を絶対化し、さらに諸侯の地位をそれに連ね、もって幕藩体制の支配理念の動揺に対処しようとする尊皇敬幕論がその思想的基礎になっている。幕末安政期に至って、それが強力な政治的活動となって現われた公武合体運動によって鎖国攘夷の方針を変え、開国進取の線で公武合体、国内一和を計ろうとするもので、出発点はまず幕藩体制の強化と幕府補強にあり、弱体化した幕府支配機構を朝廷の権威と雄藩の実力によって改造し、内外情勢の切迫、とくに下級志士層の王政復古の方向へと傾斜する尊皇攘夷運動に対処しようとするところに目的があった』

分かりやすく言えば、

『有力大名は幕府を助けておおいに外国と商売をし、西洋の優れた文物を取り入れ、このためには大船を造って貿易を盛んにし、国力をつけてから外敵に当たろう』

と、いうことである。

長井雅楽は、この航海遠略策をまずは藩主毛利敬親に建白し、改めて藩議として採用され、藩主の代理として上洛し、堂上、公卿の間に遊説した。ついで江戸に出府して、老中久世広周、安藤信正の同意を得て、佐幕開国派のイデオロギーとなった。

老中久世・安藤政権はこの案を諒として、この案の実行に取り掛かり、幕府の人気も権威も持ち直してきた。

長州藩の航海遠略策で長州藩はもちろん、佐幕派の人気は高まるばかりである。

『毛利の殿様は凄い。御家中には偉い家来をたくさん召し抱えているらしいぞ』

こんな人気を聞かされた薩摩の殿様久光は、じっとしていられない。桜田門外の変からすでに二年も経っている。以前、誠忠組の者どもが大挙脱藩して井伊直弼を討ち取ろうとの計画を知ったとき、「その時が至れば藩を挙げて起つ」との約束を実行するときが来たと、さっそく抜擢した側近中の利け者・大久保を呼んで、

『一蔵、いよいよ薩摩も起たねばならん。余は故兄の遺志の実現に乗り出す覚悟じゃ。早々に手配し、長州に負けぬ策略を案出して、我が島津の威力を見せつけっぞ』

大久保は家老の小松帯刀をリーダーと仰ぎ、小納戸役の中山尚之介、知恵者の堀仲左衛門らが頭を集めて策を練った。出来上がった案はつまるところ、先君斉彬の、大兵力を率いて京に軍を進め、朝廷から勅諚を頂いて幕府に改革を迫る策であった。

長井の航海遠略策とはよく似ているようだが、根本に大きな違いがある。斉彬の策は朝廷を中心として幕府に改革を迫るものであり、長井の策は幕府が朝廷と融和して有力大名と連携して難局に臨むもので、大変な違いがある。

久光の腹心であり知恵者の堀は、長井の策に心酔していて、薩摩が編み出した策よりも、長州の航海遠略策の方が優れていると考えていた。いったん先入観として定着した考えは、すぐには変えられるものではない。国父の久光には、長州の航海遠略策に準じて、朝廷に働き掛け、

さらに幕府を動かし、次いで朝廷との融和を計るという玉虫色で説明した。

この政策を推し進めれば、その立役者としての堀の功績は絶大である。堀は長井と同じく自身の立身出世と世評の栄達を願ったといわれても仕方がない。

これではまるきり薩摩の策は見えて来ない。三年半も前ならば、斉彬の立てたこの策も輝かしいものであったが、今では下層武士階級からの勢力が強くなり、この改革案では彼らの不満を収めきれない。

徹底した攘夷主義の久光は、この色褪《あ》せた改革案を最上とし、あわよくば長州の策を横取りして、薩摩の策を先行させる名案として大満悦であった。

『よきに計らえ』

改革案は作成されたが、これは長井の公武合体策でもなければ、斉彬の意志を進める大改革でもない。斉彬の策を実際に推し進めて行けば、根本にある倒幕開国論へと進展して行くものであるが、肝心の久光は、極端な攘夷派で、あわよくば自分が藩主となり、長井の公武合体策を横取りして、幕政に参与して行きたいのが本心であった。

故兄のように、朝廷にも幕閣にも大器を認められた信用度があれば、また話は違ってくるが、久光は狭量で覇権主義で、外見を気にする世間知らずのお坊っちゃんでしかない。したがって秀才の大久保や堀などには目が行くが、薩摩藩全体の統率には、未だしの感はまぬがれない。

大久保や堀が久光の側近となってからは、若者を中心に結成されていた誠忠組も二派に別れて、西郷を盟主と仰いで、先君の遺志を継ぐ下層武士団で結成する本流派の動静は、また違った行動を取るようになってゆく。

長州の中でも、長井雅楽の案には、井伊直弼によって処刑された吉田松陰の優秀な弟子たちの頑強な抵抗がある。幕府や大名にとっては、まことに耳障《ざわ》りの良いものではあるが、安政の大獄によって多くの同志を失い、折あらば幕府を倒し、師の開国論の実現を目指して猛運動をしている者たちにしてみれば、

『胡麻すりめが、今頃、何を寝呆《ぼ》けたことをいうのか。時代錯誤《さくご》もはなはだしい』

怒り狂った。寄り寄り集まって知恵を絞り、長井の建白の中に朝廷をそしる言葉があると指摘されたのを機に、

『長井を殺《や》ろう、消《け》してしまえ』

と、いきりたったが、間もなく、長井が藩主より帰国謹慎を命じられ、翌年には自刃を命じられて幕は閉じた。航海遠略策は色褪《あ》せた。

この当時の世論は混沌としていて、国勢の先行きは容易に掴み切れない晦冥《かいめい》時代であったから、朝廷を巡って志士たちの行動も、今日は勤王、明日は佐幕そのものであった。

兄斉彬の喪が明けて、久光が自分も故兄の遺志を継いで、天下に乗り出そうと目論むと共に、薩摩藩の実権を握って自分のブレーンの一新をはかった。新しく抜擢された者は大久保一蔵、中山尚之介、堀仲左衛門と大久保が推薦した小松帯刀らの開明派であった。彼らはすでに久光の手足となって活動していたから、諸準備は整って、いよいよ久光は自己の抱く思想をもち、この難局をリードしようと動きだした。

関係方面に対する準備工作として、小納戸役に抜擢された堀を江戸へ出発させ、これも新たに側役に抜擢された中山と小納戸役の大久保を交互に京に派遣して、朝廷の権威を回復させ、

同時に幕政を一新すべく薩摩藩としての執るべき方策を、まずは親戚筋の近衛家父子に詳しく説明させた。（注・側役とは薩摩の官房長官、小納戸役とは副官房長官くらいか）

近衛父子は使者の口上を聞きながら、言外に久光は藩主でもないのに、先代藩主斉彬と同格の態度で臨んでいると見抜いて不快になった。口には出さないが、

『身分をわきまえなはれ。ここは天子様に仕える近衛家でっせ』

近衛公は会おうともしないで、子の近衛忠房を応対に出した。忠房卿は、

『薩摩はんは、大層えらい張り切りですけど、今はそんな時期やおへんえ』

言葉はやんわりとではあるが、キッパリと断わってしまった。腹の底では、

『あんたは薩摩では一番えらいお方かも知れまへんが、京の都では一介の無位無官の田舎の殿さんやないか。天皇はんになんぞもの申そう思うたら、いろいろと手順やら厄介なことがおますのや。幕府かて黙ってまへんで、そこらもよく考えて出直したらどないや』

全然相手にしていない。

帰って報告に来た二人の上に、大雷を落とした久光であったが、どうなるものでもない。早くも朝廷工作で暗礁に乗り上げてしまった。目から火が出るほどに叱られた二人は、どのように考えても、ここは西郷に任せるより仕方がないと決断した。久光の前に出た大久保は、切腹覚悟で、

『国父様、何とぞ、菊地（西郷）めを島より呼び寄せられるようお願い申し上げます』

畳に頭をこすりつけて懇願したが、横を向いた久光はなかなか返事をしない。啣《くわ》えたキセルの銀の吸い口を、噛みにじるばかりの口惜しさであったが、遂に許しを出した。

其の三　西郷、奄美大島より帰る

ざっとこのような理由から、西郷は島から呼び戻されることとなった。船が鹿児島の山川港に着いたのは文久二年（西暦一八六二年）二月十二日であった。三年二ヵ月の月日が経っている。港にはところどころから噴き上げる地熱の湯気と共に、はや春らしさが漂っていた。

西郷は復帰を喜びはしたが、気負っていた。自分の政局を見る目に自信を持っていた。当然、実権を握る久光や、その帷幕《いばく》はもともとは誠忠組の同志でありながら、主君斉彬様の死去後に変心していったヤツらとしか思っていないから、すべてに角が立つ。

政治の表舞台から離れてはいても、西郷の政治勘は少しも錆びてはいない。それどころか島にいても、時たまに入る同志からの情報で、総てを把握していた。鹿児島へ帰った翌十三日、城内で中山、大久保、小松と会い、久光上洛について意見を交換した。西郷は、

『まず忌憚《きたん》のないことを申せば、おいは島帰りで今後の難しかことには自信がなか。そのつもりで聞いてくいやい。久光公のこのたびの御上洛によって、朝廷の威令がどの程度幕府に及ぶか、そのあたりの了解が出来ていもすかな。およそ事を起こすには、事前に種々の工作で内々の話し合いをすませておくのは、この種の仕事の常道ではなかか』

聞かされればもっともな話ながら、目から鼻へ抜けるほどの知恵者の中山もたじたじである。聞いている大久保は唸った。

『さすがは先君の名代として、京や江戸で貴顕紳士と深くつきあい、それらの人々の考えや得

失までも知り抜いていて、とても島帰りとは思えん』

西郷はさらに衝《つ》いてきた。

『もしも、幕府が朝廷の命に従わぬときには、あるいは一戦に及ぶかも知れもはん。そん場合、我が藩は直ちに京の朝廷を守るため、京都所司代を駆逐し、彦根藩の兵力に備えねばなるまいが、その戦略、準備は万全でごわすか』

三人は開いた口が塞がらない。茫然とするばかりである。さらに西郷はたたみかけた。

『幕府にも意地もあれば知恵者もいる。千やそこらの兵力の薩摩を叩くのは今だとばかり、外国勢力と結んで、軍艦を大坂の海へ差し向けてきた場合にはどげんすっど』

秀才をもって任じている者にとって、ここまでやられると、自尊心が傷つけられて、かえって反対に廻る者が出来てくる。久光の側近ナンバーワンの中山や堀は、胸が悪くなって横を向いた。片や西郷と初対面の小松は家老職にあるが、もともとは西郷を良く知らず大して評価していなかったが、目を見張る思いで、上下の差を忘れて、この男に心底敬服してしまっていた。

また大久保は、西郷が斉彬からマンツーマンで教え鍛えられたことに限りない羨望を感じ、

『おいも斉彬公に西郷のように厳しく鍛えられたかった。それにしても、先君に傾倒したせごどんは、久光公や我らに対してずいぶんとむくれている。島で無為に暮らした月日が惜しまれてならぬのだろう』

まじまじと、以前と違う西郷の顔を見た。

西郷は大久保にだけは胸の内を明かした。

『一蔵どん、こんな雑な計画では、こん上洛はしくじりでごわすぞ。おはんもお分かりであろ

うが、京では以前から諸国の志士が集まって、騒動を繰り返している。何を企んでいるやら分かりもはん。このまま久光公が上洛すれば、暴発するのは時間の問題じゃ。加えて公卿の半分はどちらに転ぶやら、口では勤王じゃ言っても、腹の底は金で動く。まずは京に行って、朝廷工作をしっかりしておくことが肝要ぞ』

『なあ、せごどん、久光公は、そいは西郷が先君の時代に地ならしは出来ている。後は西郷に先払いをさせ、自分が乗り込めば、万事うまくゆくの一点張りじゃ。おはんの言うこつはおいにはよう分かっが、久光公はお聞き入れにならん。困っていもす』

二人の意志は、見つめ会うだけで分かるといわれるほどの仲であるが、前途を考えれば考えるほど、しんみりと落ち込むばかりであった。

大久保は今度の上洛の首尾について、早くも危惧《きぐ》を感じ、西郷に久光に直接説明するよう勧めた。西郷は久光とはお由羅騒動以来、犬猿の仲である。久光にとっては第一に西郷の人気が気に入らない。島から帰った西郷はすぐに菊池源吾、別名・西郷三助から大島三右衛門と改名させられていた。

『吉之助めは自分の人気をかさにきて、幅を利かしすぎる。目障りな奴じゃ』

とにかく久光は、西郷の名前を聞くだけで肩肘《かたひじ》が張る。大きくて強い相手に出会って、毛を逆立てて吠えたてる犬のような自分だと、感じたくなくとも、彼奴と会えば自分を圧する気迫に圧倒される。いまいましさが思わず「ちぃっ」と叫ばせてしまう。

また西郷は直接、言葉を頂いたり、返答を申し上げたりはしたことはないが、主君・斉彬様に比べれば、天地の差があると確信していて、国父だ、主君だとは露ほども思っていない。思い出せば家督を譲るに当たっての秘話も知っている。

斉彬は在世中、西郷にだけは、自分がもしも亡くなったときは、久光の嫡子を次の藩主として、藩主が幼少であれば、久光が後見するのがよいと言ったとき、西郷は極力反対したけれども、これだけは誰が何と言おうと変わらないと断言し、

『その方の言うことはよく解るが、これからは薩摩だけのことを考えている時代ではないのだ。日本国のことを考えねばならぬときである。まずは、薩摩でいらぬ争いを避けることがもっとも大切であるぞ』

と、諭《さと》されて西郷は了解したのであったが、公表するのは待ってほしいと申し入れ、聞き届けられた誰も知らない経緯《いきさつ》も知っている。

事実、久光は斉彬の死の床にあって初めて遺言されたのであった。主君という感覚には程遠いのだ。

御前にまかり出た西郷は、下座に座って深々と平伏した。久光は脇息《きょうそく》にもたれて横を向いてキセルで煙草を吹かしていた。じろりと西郷を見て、主君から拝領の島津家の紋所の入った羽織が目についた。「ふん」と白目を流した。キセルの吸い口に力がこもる。

『そちが大島（西郷）か。存念を申してみよ』

『恐れながら申し上げもす。御上洛に当たってはまず、雄藩の諸賢侯と事前によく打ち合わせ、万全の対策を立てた上で、幕府に当たるのが良策かと存じもす。今度の御上洛は準備いまだ整わず、時期尚早であると思いもす』

西郷としては精一杯、言葉を選び、誠意をもって諫言《かんげん》したのであった。

久光は至極もっともな意見だと思ったが、ウマの会わない者同志というのは、あくまでも打ち解けない。島から帰してやったのに、ずけずけ思ったことを遠慮なく言うヤツじゃと腹は立つが、さりとて、これだけ理路整然とした論理を展開されると、言い返すことも出来ない。久光は不快になった。

西郷はこのとき、久光は聞く耳を持っていないと直感した。遣り切れない気持ちが久光に向かって小声で「地五郎」と言わせてしまった。

『よし、分かった。下がれ』

西郷の「地五郎」(田舎者)と言った言葉を、聞き漏らす久光ではないが、すぐに西郷にこう言ったと怒るほどバカではない。すぐさま側近の堀に噛みついた。訳もなく叱られた堀は、むくれて西郷とも溝が出来て以来、不仲になってゆく。

かくして上洛は、予定の二月二十五日から三月十六日に延期された。久光は忌ま忌ましいがふたたび西郷を呼び出して、上洛に当たって当面の方策について諮問した。西郷は、

『されば、次善の策として京にはお寄り遊ばされず、海路、直接江戸に入り、おそらく、京に屯する浪士どもによって引き起こされるであろう騒動に、巻き込まれないようにするのが大切かと存じます』

西郷は、どんなつもりで言ったのか、おそらく浪士たちの目的が、久光の目的とまったく違うことを言外に匂わせたのであろうが、これでは久光の顔を逆撫ぜしたようなものだ。

久光は癇にさわった。

諸国の志士たちが久光の上洛を知って続々と島津の軍に合流してくるのは、自分の人気が高

いためであり、浪士たちも、自分と同じ目的を掲げていると思っているのだが、これもまた自《うぬ》惚《ぼ》れもいいところであろう。

現実には志士たちにとっては、西郷が島から帰って今度の上洛のすべての指揮を執ると考えていた。それは即時代の流れを一気に変える改革に繋がると先読みして、京へと馳せ上って行くのであった。言い換えれば、西郷の人気がいかに絶大であったかの一語に尽きる。

西郷も久光を取り巻く秀才たちの変わり身の速さに嫌気がさしていたし、自身もまた時代の変化に戸惑っていた。

二人の関係は一方が浮かべば、一方が沈むという、どうにも止まらない弥次郎兵衛同様の平衡を保てない関係であった。これに脱藩志士がからんで、結局、三者三様に現実を見る目が違っていたとしか言いようがない。

久光としては彼らを従えて幕政改革の実を挙げ、薩摩の、いや自身の人気を、さらに高めようと目論んでいるこの大切なときに、こう言われては腹の虫が納まらない。さりとて言葉に出せば自分の値打ちを下げ、野心がみすかされる。

『今度の上洛を何と心得る。余は朝廷に対し奉り、故兄同様に、大御心を安んじ奉り、勅諚を頂いて幕政改革に乗り出す覚悟であるぞ。そちは何たる心得違いを致しているのか。京を素通りせよとは。浪人どもの騒動を恐れてなんとする』

久光は胸の内でこう叫んで、腹の底は煮え繰り返っていた。

西郷の言葉の裏には、「あんたでは諸国の志士の活動は押さえられませんよ」と言っているのだが、まるで気がついていない。「こいつは余の命令に従順でない」と取った。

即座にこの意見は一蹴され、西郷の任務は、九州各地の情勢を把握せよとの閑職に追いやってしまった。

西郷もむくれて、足痛と称して指宿温泉へ湯治に行ってしまった。もう破れかぶれの心境であったのだろう。

久光は出発に当たって麾下《きか》将兵に厳命した。

『京には多くの志士と名乗る浪士がいて、不穏の企てがあるやに聞くが、余は公武のために率《そっ》兵《ぺい》東上するのであり、これらの者共とはハッキリ一線を画する。したがって統制を乱し、違反した者には断固たる処置をとる』

これではまったく西郷の受け売りでしかない。

西郷は任務上、三月十日過ぎに出発した。この後、すぐに元の役職に戻されている。

久光は予定どおり十六日に出発した。西郷には馬関（下関）で待てと言いつけた。西郷は九州の情勢を探って、二十二日馬関に着いてみると、久光の上洛を聞いて京へ駈けつける志士、浪士は引っきりなしに通過して行く。

ここで西郷を待っていた旧知の平野国臣は、上方（京、大坂）で進んでいる挙兵計画の全貌を知らせてくれた。

それによると、誠忠組に与していた者のうち、久光に接近した者たちと別れた過激派の有馬新七を中心とする一団が、江戸で老中・安藤信正を、京で関白九条尚忠と所司代酒井忠義らを襲撃する計画を進めているという。

また、九州や長州からも有力な武士が西郷を訪ねてくる。彼らはいずれも長井の航海遠略策に飽き足らず、といって薩摩の改革策の実態もよく知っていない。ただ薩摩が立ち西郷がいるかぎり、きっとやってくれるだろうとの希望に賭ける者ばかりで、むろん倒幕を目的とする決死の勇士たちであった。

諸国から上京する志士たちの思惑を知って、西郷の胸は早鐘を打つような危惧感で、居ても立ってもいられない焦燥に身をもんでいた。目の前に京に集まった志士たちが、血気の志士たちの突然の暴発で、右往左往して立ち往生する無残な状況がハッキリと見えてきた。

『これでは世間は、薩摩が諸国の志士を集めて討幕戦を企てていると見るだろう。それでは幕府は硬化する。これは何としても阻止せねばならない』

西郷は続々と京へ上って行く者たちの暴発を、必死になって押さえた。

『おはんらの心も気持ちもおいにはよう分かいもす。じゃっどん、暴発してはないもはん。おはんらの一挙を実のあっようにすっためには、おいの命はいりもさん。かならず成果の上がっようすっから、おいが手を上げっまで隠忍自重してくいやい』

西郷も決死の覚悟を決めていた。彼らを無駄死にさせてはいけない。

西郷と今後の打ち合わせをすませた志士たちは、続々と京、大坂へと上ってゆく。西郷はこのうち何人が隠忍自重して時を待つのかと案じつつ、平野から聞いた情報によれば、それも心細いことだと気がかりになっていた。とにかく西郷は久光の命令もあり、軍律を守らねばと焦っていたが、今は一刻の猶予も出来ない切所に来ていると判断した。

『愚図愚図しているときではなか。命令違反の罪は一身に受けもそ』

薩摩のこと同志のことを考え、久光を待たずに大坂へ向かって出発した。

ゆるゆると軍を進めてきた久光は、三月二十八日に馬関に着いたが、西郷はすでに大坂へ出発した後だという。久光は烈火のごとく怒り狂った。悪いことに有村俊斎が久光に先行して、上方へ潜行し、諸藩有志の動静を探っていたが、大坂から伏見への船の中でばったりと筑前藩士平野国臣と会って、平野から西郷の近況を聞かされたのであった。

『西郷さんの人気は大したごたる。勤王派の大将じゃ。ああた、志士といい志ある者は、すべて西郷さんの命令で火の玉になって飛び込んでゆきまっしょう』

月照を守って薩摩落ちして以来、西郷に心酔している平野は、かなりの誇張も交えてこうしゃべった。

この言葉を真に受けた俊斎も、また頭は単細胞で出来ている。ありのままに久光に報告した。傍らにいた堀も、西郷には一物を持っている。

『間違い御座いません』

二人は口を揃えた。これを聞くが早いか、久光は厳命した。

『彼奴を捕らえて、島送りにしてしまえ』

かくて西郷はまたしても島送りにされる羽目になった。堀との確執が西郷の島送りを決定的なものとしたのであるが、ここは海音寺潮五郎氏の『敬天愛人・西郷隆盛』に詳しいので、それから引用する。

西郷は馬関では長州藩の他藩応接係である山田亦介と会い、長州藩も薩摩藩の今度の行動に共同歩調を執っていることを知って、内心大いに力強さを感じていた。と同時に、この分では京、大坂では血気の志士たちの暴発も心配であると、すぐ大坂へと出発した。

『京阪の地は密雲空にこめて、雷電の一発を待つばかりに緊迫していた』

と海音寺氏は書いておられる。

ここで西郷は長州藩の留守居役宍戸九郎兵衛と会い、彼から久坂玄瑞に会うことを勧められた。西郷に会った久坂は長井のことに触れて、藩中から長井のような日和見の自己の栄達しか考えない者を出したことは、天下に申し訳がないからと語ったその後で、

『我が藩の長井もですが、貴藩の堀次郎氏も薩摩侯も、全然同意であると申しておられます。長井はこの旨を朝廷への上書に書き乗せています。これは一体どういうことですか』

西郷は驚いた。これはひょっとして、久坂が悔し紛れにどこからか聞き込んで来たことではないのかと疑った。離間中傷は毎度のこの頃である。

『それはまことでごわすか。堀はおいどんの古い同志でごわすが』

『本当です。拙者はその上書の写しを見ています』

西郷は頭を鉄棒で「ぐわぁん」と一撃されたほどの衝撃を受けた。悶々の心を抱いて京都藩邸に入り、旧知の留守居役・本田弥右衛門に会い、久坂から聞いた上書の件を話すと、それなら写しはここにあるというではないか。さっそく見せてもらった。大意は、

『幕府は今まで朝廷に対する処置はよくありませんでしたが、今は幕府も後悔して、改めると申していますゆえ、かならず改めさせます。ついてはこれまで私が申し上げました趣旨により、開国の大国策を確立されて、開港勅許をいたされたく存じます。そうして頂くなら、幕府忠順の意の表明として、直ちに安政大獄における堂上方のご冤罪《えんざい》を解き、諸大名の処罰も解かせましょう。右の説には薩摩藩も全然同意でありますから、この書も薩摩侯と連名をもって差し上

ぐべきところ、急場のことで運びがととのいかねますので、単記にいたしました。くわしくは薩摩の役人堀次郎を召し寄せてお聴き取りいただきたく』

海音寺氏は詳しい資料をもとにここまで調べ上げられている。表現についてはまったく同じではないが、ほぼ趣旨にはのっとったつもりである。

堀は久光に玉虫色に説明したが、それをさらに長井色に染め上げていたのだ。

西郷は怒るよりも長嘆息であった。西郷は堀に会い、上書のことを詰問した。

西郷の気迫には、怒気を含んで当たるべからざる勢いがついている。かっと巨眼を剝いて堀にかみついた。誰であっても西郷に睨みつけられれば、顔を上げ得なかったといわれる眼光と怒りでさらに険しくなった顔で睨みつけられると、堀は赤面し縮み上がった。堀のしどろもどろの弁解など聞く耳もたぬ西郷の無言の圧力の前には、ただおろおろするばかりである。最後に西郷は怒鳴った。

『裏切り者』

お山の大将として常に人を見下していた男が、ひょっこり島帰りの今まで「うすバカ」と蔑んでいたヤツに、完膚《かんぷ》なきまでにやられたのだ。さぞかし頭に来たに違いない。こんなヤツに限って、折あらばと復讐を狙っているのだ。西郷が二度目の島流しに遭ったのは、命令に違背した西郷にも過失があるが、久光の狭量と、堀の陰険な復讐心からであった。

西郷の突出を心配していた大久保は、四月六日、京の事情を説明しようと、引き返してきた西郷と兵庫で会い、西郷が京、大坂で血気の浪士や諸藩の有志が、今まさに暴発しても可笑《おか》しくない状況を、なんとか鎮めようと腐心してきたことを聞いた。薩摩藩のため、国のために誠心誠意尽くしていることに感服し、久光にこれを伝えて取り成そうと考えたが、処分はすでに決まってしまって、どうすることも出来なかった。西郷を島から引っ張り出した大久保も、目通りも叶わなくなっている。

久光の怒るのも無理はない。軍令に対して如何なる理由があろうとも、またどれだけ高い地位にいる者でも、独断専行は許されない。傍《そば》にいたなら、手打ちもいいところである。

西郷もそこは心得ていて、同志のはからいで宇治の万碧楼に潜伏し、ついで大久保の宿で謹慎していた。久光は、大久保と奈良原喜左衛門と海江田（旧姓有村俊斎）の三人で、西郷と同行した村田新八と森山新蔵の三人を預かり、船で鹿児島に送還するよう命令した。山川港についても上陸は許されず、三人は港に停泊している鰹船の中で、処分の言い渡しを待つ身となった。

処分の決定は、約二ヵ月たった六月になってから申し渡された。西郷は徳之島に島送りになった。西郷が許されて奄美大島から帰って僅かに四ヵ月しか経っていない。今度はまったくの罪人として扱われた。

このとき、村田新八も長井雅楽の公武合体策に共鳴していた堀を、西郷が「裏切り者」と一喝したとき、同席していた新八に火鉢をなげつけられたのを根に持たれ、讒訴《ざんそ》されて同じく喜界島へ島送りになった。

森田新蔵はこの鰹船の中で拘留中に、息子の森山新五左衛門が寺田屋事件の際、討っ手に斬られたけれど一命は取り留め生きていたが、上使に抵抗したとの理由で、京都藩邸で切腹を命じられて死んだとの話を聞き、その数日後、自ら命を断った。

其の四　寺田屋事件

西郷はじめ三人は惨憺たる結果に終わったが、さらに薩摩藩を真っ二つにするほどの大事件が起こった。寺田屋事件である。これは西郷が久光の逆鱗《げきりん》に触れて、鹿児島の山川港の船中で拘留中に起こったことであった。

西郷が大坂、京で薩摩藩の過激派や諸国から集まってきた志士たちの暴発を、押さえるべく奔走していたけれど、肝心の西郷がいなくなると、統率をしてゆく人材がなくなり、暴発は時間の問題となった。

誠忠組も大久保や堀のように久光に接近していった者と、久光を嫌った急進派とに別れていた。血気の若者を纏めて統率して行く人物は、西郷を措《お》いてほかにはいなかった。

有馬新七を首領とする一団は、三々五々藩邸を抜け出し、伏見の船宿寺田屋に集結した。これが藩の探索方の嗅ぎつけるところとなり、久光の耳に入った。たちまち、きりっと額に青筋を立てた久光は、すぐに鎮撫の人数を出立させた。八人であるが、いずれも剣術達者な者たちばかりである。出立に先立って久光は訓示をした。

『よいか。始めは懇々と諭してやれ。しかし、それでも応じないときは、止むをえん。臨機の処置をとれ。あくまでも始めは諭すのだぞ』

これなら言うことを聞かないなら、斬ってもよいぞと執れる命令である。急進派にしても、これだけの剣術達者が揃って来るからには、腕ずくであると解釈する。果たして結果はそうなった。

鎮撫を仰せつかったのは、大久保派の鈴木勇右衛門、奈良原喜八郎、江夏仲左衛門、道島五郎兵衛、山口金之進、鈴木昌之助、大山格之助、森岡清左衛門の八人で、いずれも武芸自慢の剣客ばかりである。中でも大山は当時、天下無敵といわれた島田虎之助と立ち合って折紙をつけられたほどの、無類の示現《じげん》流居合い抜きの使い手であった。

彼らは文久二年四月二十三日、四人ずつ二手に別れて寺田屋へ急行した。もし有馬らが出発した後、行き違いのことを考えて二手に別れた。寺田屋に先に着いたのは、奈良原、道島、江夏、森岡の四人であった。彼らは首領の有馬新七を呼び出し、柴山愛次郎、田中謙助、橋口壮助の首謀格の四人と話し合いをすることになった。

久光の命を受けた奈良原らは、君命に従えと諄々と諭した。

『我が藩の準備も万端に整って、久光公も、おはんらをお召しじゃ。お出でなされ』

有馬新七は、

『我々はすでに前《さき》の青蓮院宮のお召しを受けていもす。そいをすませてから参る』

無茶だとは知りながらもこう突っぱねた。

出発を控えて酒も入り、気分も昂ぶっている。いわゆる、行き足のついた船を、停めることは誰にでも出来ることではない。売り言葉に買い言葉が応酬されてくる。

『宮のお召しが大切か、君命が大切か、そげんこつが解らんおはんらではなかろ』

『宮のお召しは、畏《かしこ》くも上ご一人のお召しぞ』

奈良原は、堪忍もここまでだと思った。

『おいたちは、上意討ちにせよとのご命令を受けて参っていっぞ。それでもか』

たまりかねた道島は重ねて叫んだ。

『どげんでも聞いてくれんのか』

『くどい』

田中がどなり返すや否や、鎮撫派の道島五郎兵衛がいきなり抜刀して、田中謙助に斬りつけた。田中は眉間を割られてどうと倒れた。山口金之進は示現流の使い手である。袈裟がけに、柴山に抜く手も見せずに斬り込んだ。柴山の首は肩口から離れて前に落ちた。有馬はすかさず刀を抜いて道島に斬りつけたが、道島も剛の者で二人は数合渡り合ったが、有馬の刀が鍔もとから折れた。仕方なく有馬は道島に抱きついた。二人が抱き合って揉み合っているところへ、橋口壮助の弟、吉之丞が駈けつけてきた。有馬に助太刀しようと身構えたが、抱き合っているのでためらっていた。このとき、有馬は叫んだ。

『おいごと突け。早く突け』

止むなく目をつぶって、有馬の背中から突き刺し、二人を串刺しにした。階下での騒ぎはかなり大きかったけれども、二階にいる者たちには聞こえなかった。ようやく何が騒がしいのかと降りてきた弟子丸龍助は、下で身構えていた大山格之助の居合抜きの一撃で、腰を斬られてどうと転げ落ちた。大山はこの中の一番の達人である。立ち上がった弟子丸は、果敢に戦ったが間もなく息絶えた。

続いて降りてきた橋口伝蔵も、大山に足を斬られたが、剣に自信のある橋口は片足で闘った。この間に、鈴木勇右衛門の横びんを薙ぎ落とし、耳を斬り落とした。橋口はなおも奮闘したが、遂に斬り死にした。続いて降りてきた西田直五郎は、下から突き出された槍で突き刺されて転落したが、奮戦し乱刃の中で斬り死にした。これでも二階にいる連中は気がつかない。

ちょうど、これから降りようと階段の上の踊り場にいる柴山龍五郎を見つけた奈良原は、

『龍五郎どん、待て、上意じゃ。おはんらの意見を、久光公に申し上げよ。久光公はお聞き入れ下さっぞ。聞かんようなら薩摩藩は終わりじゃ。日本もなかぞ』

柴山は奈良原とは親しい友人だが、柴山はしばらく降りて行くのをためらっていた。奈良原は、乱闘で血の海となった階下に突ッ立って、柴山を見上げていたが、その顔は返り血を浴びて阿修羅のようであった。やにわに両刀を投げ捨て、もろ肌脱ぎとなって手を合わせた。

『頼む。とにもかくにも頼む。止めてくれ。この通りじゃ』

こうして命を預けて頼まれれば、柴山も斬ることは出来ない。奈良原は皆の前に座り、

『有馬さぁとは話し合いがつかず、上意討ちにないもしたが、味方同士で殺し合いはもう沢山じゃ。どうか君命に従って、久光公にわけを言ってくいやんせ』

柴山は皆と相談すると言って二階に上がったが、なかなか意見が纏らないのか降りてこない。二階には血気の若者がいることは確かだ。意見が別れて決闘ともなれば、被害はまだまだ拡大するのを心配した奈良原は、階下の奥座敷にいた田中河内介と真木和泉守を呼び出した。惨劇の後を見て驚いた二人は、奈良原から事情を聞いて、説得に乗り出した。

真木は雄弁家であり、かつこの一挙の指導者でもある。整然と説いて意見は纏まり、この場は一旦恭順して、再起を計ることとなった。

これが有名な寺田屋事件の大略である。なぜこんな大事件が、同じ藩内の武士たちの間で、

それもこの間まで、誠忠組の同志であった者たちや親しい間柄の友人たちで、血で血を洗う惨劇が行なわれたのであろうか。

最大の原因は、久光が発した命令がすでに穏便性に欠けていたことであった。惨劇の後とはいえ、真木の説得で一応は収まった事実からも、他に方法があったのではと思える。

時代の方向性が定まらず、久光自身の功名心ばかりが先行し、刀に賭けてでもといった殺伐とした時勢の中では、久光の統率力では、初めから如何とも出来なかったとしか言えない。久光の人気は、この事件で大きく下落したが、本人は全然気づいていない。

これを収められるのは、よほどの包容力のある者でなくては、収め切れるものではない。つまるところは西郷を欠いていたのがこの結果となった。果たして、西郷がいたなら、この惨劇が起こらなかったとは言い切れないが、少なくとも、こんな悲惨な結果にはなっていなかったであろうと思われる。だとすれば、久光の狭量と側近たちの責任も重大である。もちろん、大久保とてその責めはまぬがれない。

また、この後始末のつけ方はまさに最低であった。薩摩藩の恥を天下に曝《さら》した。

すなわち田中河内介父子、その甥の千葉郁太郎、島原浪人中村主計、秋月藩士海賀宮門、それに青木頼母の六人は、朝廷の命により薩摩藩が預かることとなり、事件関係の薩摩藩士二十一人と共に、船で鹿児島へ送ることにしたが、薩摩藩は六人を途中の海上で斬殺して、死骸を海へ投げ込んだのである。

おそらく、怒りで前後の見境を失った久光の命令に違いなく、それを暗にそそのかしたのは側近の中山らであろう。そしてその殺害を、同じく送り帰される薩摩藩士に命じたのである。

これこそ豆を煎《い》るに豆がらをもってする非道をあえてしたことであった。

これではまるで狂っているとしか言いようがない。主君に忠義のつもりで、暗に目付や横目にほのめかして、実行させた者は、すでに人間の心を失っている。もし主君の命を受けた中山にしても、上司の中山からの命令であっても、共に諫言をするのが当然であり、他に幾らでも方法があったであろう。特に田中河内介は中山大納言家の家臣であり、この一事からも久光の時勢眼の乏しさ、朝廷に対する尊崇の念の希薄さが知れるというものだ。

これでは井伊直弼のしたこととまったく同じとしか言いようがない。すべては時代の見通しの出来ない久光の覇権欲と、それに連なる功名欲に駆られた小人輩の愚挙であった。

久光は薩摩藩の統率はおろか、天下に恥を曝してさらに上洛の途につくのである。これを機に鉄の団結を誇った誠忠組も、真っ二つに割れ、島津久光を頭に頂く大久保派と西郷を盟主と仰ぐ派とに別れて行くことになった。

其の五　久光、江戸へ

京に入った久光は、朝廷に平身低頭して尊皇攘夷の志を披瀝し、勅使として大原重徳を奉じて江戸に下った。文久二年五月二十二日のことである。寺田屋事件の後、目まぐるしく変化する情勢の中で、約一ヵ月も京で滞在せねばならなかった事情から察すると、久光も朝廷工作にはかなりの苦心をしたのであろう。

久光は、それでも意気揚々と兵の半数は京に残し、残り五百の兵を率いて、勅使を守って江戸へ向かっている自分に酔い痴れていた。確かにこれは天下の耳目を集めさせる快挙に違いない。久光は藩主でもなければもちろん、譜代の大名でもない。参勤交代の行列以外は、大兵を率いて江戸へ行くことは厳禁である。まして他国の領土を通行することは出来ない定めを、幕政改革の勅諚を得て、江戸幕府に改革を迫ることを大義名分として掲げることによって堂々と上洛を果たしたことは、何としても大事件であり、久光にすれば快挙であった。

しかし、幕府方では久光の目論みは、すべて筒抜けになっていた。暗号は解読されていたのであるから、何とも締まりのないことであった。

『薩摩の久光は藩主でもないのに、表面は尊皇攘夷を掲げているが、本心は幕府の開国策によって沖縄を通じての密貿易の利益が半減し、これではならじと朝廷の攘夷熱をあおって、幕府の開国策を牽制し、世情の動揺につけこみ、幕府に取って代わるつもりである』

幕府もこれと分かっていながら、薩摩の盛んな武力の前には、無力の幕府では手の施しようがなかった。

久光は幕府に対して、大原卿より勅使派遣の趣旨の説明を行なわせた。解り易くいえば、

一、将軍は諸大名を引き連れて上洛し、朝廷と共に現在の困難な状況についてよく相談し、攘夷を実行して泰平の世にしよう。

一、五ヵ国の大藩の藩主を五大老とし、これに国政を執らせることにしよう。

一、一橋慶喜を将軍の後見職とし、松平慶永（春嶽）を大老職に任じて幕府を補佐せしめ、土佐の山内容堂を政事顧問にすること。

幕府は第一と第二の策には全然相手にしないし、話し合える問題でもない。幕府の根幹にか

かわるのである。大原は、第三の策こそがもっとも大切だから、この策の実現に全力を尽くせと命じられていた。しかし、幕府は松平慶永の大老職には応じただけで、他は全然相手にしなかった。第一、外様の土佐藩主を幕府の要職に就けることは、断じて受け入れられない。

これでは久光の顔は丸潰れである。癇すじ立てて怒鳴る久光に、大久保はじめ首脳は知恵を絞った。結局、島津の血気盛んな武威に頼るしかないとなったが、さりとて兵を動かすわけにもゆかない。大久保は一計を案じて提案した。

『剣の達者な者たちを、老中たちが下城してくる時刻に、我々は薩摩藩の供頭であるが、老中方の退庁の様子を、後学のために参観していると申し立て、頑強にねばる。さすれば老中たちも恐れをなして、あるいはこの策を取り上げるかも知れない』

まったく漫画のような目論みであったが、これが的中したのであるから、幕府老中とて腰抜けもいいところであった。かくて久光は大原の望む策を取りつけて大役を果たした。

この帰りの文久二年八月二十一日、生麦《なまむぎ》事件を起こして薩摩の人気をさらに悪くしながらも、そんなことにも気がつかぬ久光は、意気揚々と西に向かって上洛の旅を続けて京に入った。

薩摩藩の人気も、薩摩の国父としての久光の人気もこれだけ、大掛かりな仕事を成し遂げたわりに上がるどころか、悪くなる一方であった。以前から暗殺、強盗が横行する京の町はひっそりと寂《さび》れるばかりであったのに加えて、寺田屋の事件以来、さらに京の町は物騒な事件が起こり、薩摩の人気は悪くなるばかりであった。

朝廷では久光に再度の上洛を促した。京の町の平静を取り戻せということだ。久光は文久三年三月四日、船で鹿児島を出発し、十四日には京に着いた。さっそく、近衛邸で中川宮、関白鷹司輔熙、一橋慶喜、山内容堂と会い、自分の持つ政治論を展開した。

『京の町が騒がしいのは、朝廷が幕府の意見を選択せず、浮浪志士どもの言説を信用するのは間違いで軽率である。これらの志士に与《くみ》する公卿を排除し、所司代は不逞志士の取り締まりを厳重にすべきである』

もう何年も前に使い古した理論を恥ずかしげもなく開陳した。これは暗に長州藩とそれにつながる急進派の公卿を厳しく非難したことになる。座にいる人々は、おそらくあまりの身勝手で時代遅れの発言に呆れ果てたことであろう。この噂は一気に広がり、京の町での薩摩の人気はさらに急激に下がった。

それでなくとも、桜田門外で井伊直弼が討ち取られて以来、井伊の手先となって暗躍した者どもに対する報復で、文久二年から三年間の間に百十件の暗殺事件が起こっている。そのほとんどは京を中心に行なわれているのだ。これに乗じて勤王の志士と称する輩の横行で、町家に押し入って金品を強要する、その他の狼藉が頻繁に行なわれていた。

京の治安が極度に悪くなっている矢先に、これに追い打ちを掛けるような薩摩の殿様の暴言で、新撰組をはじめとする所司代配下が、志士に対する取り締まりを強化して怒号と剣戟《けんげき》の響きは連夜、京の闇を引き裂いていた。

久光はいたたまれずに、僅か四日いただけで早々に帰国した。馬鹿を天下に曝したのであった。

第七章――沖永良部島

其の一　徳之島

西郷は徳之島に、村田は喜界島に流されることになった。西郷は村田に向かって、

『新八どん、おいはまた島流しになったが、今度はおはんにまで迷惑を掛けてしもうてすまんことです。この通りじゃ』

深々とお辞儀をした。

『先生、おいこそ短慮なことをしたと思いもす。気になさらんでくいやんせ』

『いやいや、お互い命は助かったのでごわすによって、体を大切にしてまた働けっときがきっと来もすから、それまでしばらくのお別れでごわす』

西郷はこう言って、若い新八を励ました。

西郷が罪を得たことで、弟吉二郎と小兵衛は遠慮（出勤差し止め）、信吾（後の従道）は寺田屋事件に関わった罪で謹慎（家より外へは出られないこと）処分となり、西郷家の知行高及び家

財没収となったが、知行高は売約済みで実害がなかったけれど、残された家族の悲惨な生活だけが残った。

船は文久二年六月十日、鹿児島を出発し、山川港を出たのが十四日、途中、風に流されて屋久島で風待ちを余儀なくされ、奄美大島の西古見に着いたのが六月三十日、ここでも風待ちして七月五日頃、鹿児島から四百八十キロ南西の徳之島に到着し、岡前《おかぜん》という村に落ち着いた。

今度は実質的な遠島刑で、初めは上陸した湾屋港の直道宅の流人小屋に滞在させられていたが、岡前の総横目（警察の元締め）琉仲為が、自分の家の近くの岡前部落へ宿替えすることをすすめてくれた。

琉仲為は、この島へ流されてくる総ての罪人の取り締まりで、彼らの性質、島での行動などは一目で分かるのだが、鹿児島の本庁から送られてきた差配書と、琉氏の見た西郷観とは大きく違った。

『この西郷という男は、途方もない悪人じゃとあるが、わしにはそうは見えん。何かの間違いで、他人の罪を被ったか、讒訴《ざんそ》されたのではなかろうか。この男は罪を犯すような者ではない。わしの目に狂いはない』

『この（くん）西郷という（西郷ち、いゅん）男（いんが）は（や）途方もない（ちゅうなみはじりとん）悪人（わるもん）じゃと（ち）あるが（あぁしが）、わし（わん）には（ねんや）そう（うっせぇ）は（や）見えん（にゃらん）。何（ぬ）かの（かぬ）間違いで（まちげぇどやんぬ）、他人（ちゅう）の（ぬ）かの（かぬ）罪を被ったか（罪かぶたか）讒訴（わるぐとせんばねえむん、わるぐとせいあんちうんちゅうねんいち）されたのではなかろうか（なたむんあらんかや）、この男は（くんいんがや）罪を（わるぐと）犯すような（しゅん）者（ちゅう）ではない（やあらん）わしの（わぁ）目に（みぃなん）狂いはない（まちげやねん）』

永年、島送りの罪人を扱っている琉氏は、西郷をしばらくは流人小屋に留め置いたが、七日ほどして松田勝伝方へ移らせた。

この島では、琉仲為によくしてもらっていたらしく、琉家の子孫である岡本正吉方に、西郷の直筆といわれる書が残っている。それには次のように書かれてある。

永日飛鶴を愛す
春水四沢に満つ（以下略）

徳之島は奄美では数少ない水田が広がり、水の豊富な米の獲れる島で、季節には渡り鳥が飛来する。中でも鶴が田に舞い降りた長閑《のどか》かな美しい景色は、しばし罪人であることも忘れさせたのであろうか。

島には旧知の島代官付役・中原万兵衛がいてくれたことが西郷には幸いした。本来、罪人にはその日から生きてゆくための苦労が始まる。まず武士なら扶持（年俸）は取り上げられて、その日からの暮らしに困る。中原の扱いで、何とか生活できるメドがついた。また、下役にもよく言い含めてくれていた。

中でも総横目といえば、流人の監視、刑の執行を実際に取り締まる役人であり、本来なら鹿児島の藩庁からの達しは、今回の場合相当厳しいもので、罪人を受け取り、取り締まる方でも、最初は刑の厳しさを知らしめるためにも、相当苛酷な取り扱いで臨むのが普通である。だが、一応、自分の監視の目の届く場所へ移し、その後の取り扱いについては、いたって寛大なものであった。

最初からこのような厚遇を以てしたのは、中原の指示もさることながら、琉氏の人間性にもよるだろうし、西郷の服罪の態度が実に潔《いさぎよ》かったのと、自然と備わる人徳がそうさせたのではないかと思える。

永い抑留生活を強いられた後では、大男であり、垢染《あかじ》みた衣服、延び放題の髪の毛や頬髭《ほほひげ》のままの顔つきや態度には、罪人としてのうらぶれたものがあって当然だが、西郷は非常に謙虚な態度であったし、悪びれた様子や尊大な態度は微塵《みじん》もなかった。西郷をして、このように潔く服罪させたのは、自身の罪の意識もさりながら、有馬新七ほかの多くの犠牲者に対する贖罪《しょくざい》(罪ほろぼし)に、心が苛《さいな》まれていたことにもよるだろう。

西郷はこのとき、三十六歳で人間としてももっとも輝く頃であったから、持って生まれた資質と幾多の人生遍歴が、自然と人を魅きつける挙措《きょそ》動作に現われて、一目で高邁な人格者として迫ってくる。琉氏も引き込まれるように接したのかも知れない。

また中原を通じて、西郷が名君の誉れ高い斉彬の寵臣《ちょうしん》であったと知らせられれば、一種の貴人として迎えたのではなかろうか。だが、西郷の心の中では彼らに対する慚愧《ざんき》で、身の置きどころもないくらいであったのだ。

この頃、西郷が徳之島に来ていると知った奄美大島にいる妻の愛加那は、

『お父さんが徳之島にきていると聞きました。わたしゃ何としても行かねばならぬ』

『お父さんが(あぁじやが)徳之島に(とくのしまかぁち)来ていると(ちゅんち)聞きました。(きいちい)わたしゃ(わんや)何としても(いきゃしんば)行かねば(いかんば)ならぬ(なら

ん）』

と決心して、まずは父に打ち明けると、

『行くのはよいが波は高いぞ。乳飲み子を連れての船旅は辛かろう』

『行くのはよいが（いきやゆたはしが）波は高いぞ。（なみやたぁはんぞ）乳飲み子を（ちぬみぐわ）連れて（そぅて）の（ぬ）船旅は（ふねぬたびや）辛かろう（くぇはんじやろう）』

『お父さんに菊子を会わせられるのは今しかない。どうしても行く』

『お父さんに（あぁじやねん）菊子を会わせられるのは（菊子をおぉさゆしや）今しかない（なあしかねん）。どうしても行く（いきゅしぃんば行きぃ）』

私は徳之島町教育委員会の社会教育課長の安田さんに、徳之島の方言では、琉仲為さんや愛加那さんの言葉はどんなになるのかと、問い合わせたところ、町役場のある亀津と琉氏のいた岡前との距離は大して離れていないのだが、方言とそのニュアンスに少し違いがあるとのことで、正確を期して、そこにお住まいの小林豊彦さんに翻訳を依頼された。

小林さんは丁寧に、私の文章を島の方言に翻訳されて、音声の調子が判ればなおよかれと、テープに吹き込まれて送って下さった。私はこの行き届いたご親切に涙の出るほど感激した。島言葉を補足したので、よく味わって欲しい。じっと文字をたどってゆくと、日本語のルーツに出会ったようで、深い味わいと島人の優しさが伝わってくる。

愛加那は海上百余キロの隔たりも何のその、長男の菊次郎と、西郷が赦免されて奄美から去った後、生まれたばかりの菊子と共に、船酔いにむせぶ二人の子を両脇にしっかとかかえて、はるばる徳之島に訪ねて来た。文久二年八月二十六日であった。

ぼつぼつ季節風の近づく南海の波浪は、決して穏やかとはいえない。当時の風任せの、さして大きくはない船での往来は、女子供にはきつかったことであろう。まして幼女を連れての船旅は心細く、愛加那にすれば、死をも厭《いと》わぬ覚悟の船出であったと思うと、愛加那の夫を慕うひたむきな愛情が伝わってくる。

家臣として精一杯努めた挙句、心ならずも主君の意図に逆らって罪を得た傷心の西郷は、人に対する信頼を失って乾き切っていた心に、この健気な妻の愛情が津波となって押し寄せた。予期せぬ突然の妻子の出現に、西郷の喜びは一方ではない。飢えた心が癒《いや》され、干涸《ひから》びていた涙が、どっと両眼から溢れ出てきた。涙で曇った目に、大きくなった菊次郎が二重三重に重なり、涙を拭って頬ずりして抱き締めた。言葉は胸のつかえに遮《さえぎ》られて、なかなか出てこなかったが、ようやく、

『菊次郎、肩車してやるぞ』

わが子を肩車にした西郷は、「豚の子どんがきた」と背負って歩き回ったという。

菊子は母に抱かれていたが、この小さい命が自分の血脈を伝えてくれるのかと思うと、菊次郎とはまた違った愛情が湧いてくる。母の手から柔らかい体を受け取ると、ただもう抱きかかえて、しげしげと小さい顔に見入るばかりであった。それを目のあたりにする愛加那は喜びで、つらい船旅の苦労も一時に消し飛んだ。

『ああ、命懸けで、あの波濤《はとう》を乗り切って、ここまで来た甲斐があった。嬉しい。もう私はこの人を離しはしない。どれだけ貧しくとも、親子四人で暮らしてゆく』

愛加那は島人が西郷夫婦親子が再会し、一緒に暮らせることを祝って、催してくれた祝宴の

楽しい会話や、蛇皮線や太鼓の音に併せた島唄を夢心地で聞いていた。何よりも菊次郎を自分の膝に座らせてどっしり構えた夫が、まぶしく見えて胸がこみあげた。

宴たけなわとなった頃、中原万兵衛が俯《うつむ》き加減に入ってきて、何事か言いそびれた様子に、琉氏は盃を差し出しながら、

『万兵衛どん、まあここへ来て一杯やりなはらんか』

顔を上げた、万兵衛は言いにくそうにして、

『実は藩庁から厳しい御沙汰が来たのでごわす』

と、言って、御沙汰書を見せた。琉氏の顔が次第に険しくなってゆく。

『この御沙汰は大ごとでごわす。沖永良部島への遠島替えの御沙汰じゃ。これは酷かことでごわす。昔よりこん島に流されて、生きて帰った者は少なかと言われもす』

西郷は切腹の御沙汰が下ったかと思ったけれども、もとより死は覚悟の上であり、今度の御沙汰では、一命はどうやら取り留めたことを知って、迷うことなく、譬《たと》え厳しい配所暮らしであっても、妻や子のため、何とか生き抜いてみようと決心した。こんな切所《せつしょ》に差し掛かったときの西郷は、まことに潔く、総てを成り行きに任せて動じない。

思い出すともなく、若い頃から幕府の捕吏の追求を、幾度かかわしてきたことが、この間のことのように頭を過《よぎ》る。間一髪、危機を擦り抜けたことも幾度かあった。誰かの加護があったとしか思えない。父母の霊なのか。それとも主君斉彬様なのか。

『殿様に違いない。おいには殿様が見守ってくれている』

この思いは、岩礁に佇立して岩の隙間隙間に隈なく根づいて、水分を絶やさず、緑を保って

風雨に耐える松のように厳然と生きついている。もはや信仰といってよい。

『おいは殿様を辱《はずか》しめることは出来んのでごわす』

これがこの男をさらに男らしく潔くさせる。

『決まったことは仕方ごわはん。おはん方にはこげん良くして頂いて、お礼の仕様もごわはん。せいぜい体をいとうて生きて行こう思いもす』

中原はこの西郷の潔い態度に感服すると共に、妻子のことも考えて出発を四、五日延ばしてくれた。

愛加那は二人の子を連れて、奄美へ帰るより仕方がない。愛加那の悲嘆に暮れる姿は、見るも哀れであった。七、八日の後、二人の子を連れ、泣きながら波立つ沖へと船出して、奄美へと帰っていった。

中原は西郷のためにいろいろと都合をつけて、結局、船出したのは閏《うるう》八月十四日であった。

西郷は七月五日に徳之島に到着し、閏八月十四日にここを発っているから、六十七日間滞在したことになる。

（註）閏とは閏年のことで、太陽暦では一年は365・343195日、太陰暦（月暦）では一ヵ月は29・53059日となる。そのために三年に一回、八年に三回、十一年に四回、閏月を入れて調整した。

（百科事典より）

其の二　地獄の島

西郷にはあらかじめ見せなかったが、護送の条件は厳重を極めた厳しいものであった。船牢は頑丈な木で造られた四尺四方の狭さで、正座するのがやっとである。

旧軍隊の営倉（部隊内の留置所）は正座するのがやっとの広さしかなく、立つことも横になることも出来ないものであったが、これはまさにそれに近い。

西郷はこの窮屈《きゅうくつ》な牢に入れられたときに、久光や堀や中山、有村の顔が次々と浮かび、言い知れぬ憎悪と軽蔑感で胸が悪くなったが、直ぐまた思い直して、

『いやいや、このような目に遭うというのも、おいにも至らぬところがあったのじゃ。奄美に島送りにされたときに、しっかり悔いの残らぬように修行しておけばよいものを、人を恨み悲運に嘆いてばかりいたのが、間違いであったのだ。おいの不徳の致すところじゃ。聞けば久光公は徳之島への配流《はいる》では気に入らず、死の次に厳しいといわれる沖永良部島送りを直々に命令されたとか、もはや生死は神のみぞ知り給うだけであろう。しばらくの命をじっと見詰めて、悔いの残らぬようにせねばなっまい』

沖永良部島は、徳之島からは海上五十六キロ南西に浮かぶ島で、丸一日の航程であるが、南海のうねりは大きく、船は前後左右に揺れ動く。護送役の龍氏は徳之島の代官から、「船の中では牢の中に入れなくともよい」と言われているので、「自由にせよ」と言ってくれたが、西郷はこの寛大な取り計らいに感謝しても、甘受しようとはしなかった。ただただ、罪に服し、犠牲者に詫びる心が一杯で、狭い牢の中に入って端座していた。

狭い牢の中では身動きもままならず、船酔いに悩まされた。船酔いが続くと、胃のなかが空になるまで嘔吐《おうと》を繰り返す。眩暈《めまい》と頭痛の苦しさに加えて糞便もままならず、その悪臭に悩ま

されながら、狭い牢の中では横になることも出来ず、ぐったりと死んだような姿になっていた。ようやく島に着いても、島の牢が出来るまでは、揺れる船牢の中に放置されていた。船酔いは陸に上がれば嘘のように回復するが、揺れる船の中ではなおも続く。

十六日にはやっと引き出されて、新しい牢に入れられることになった。島の役人が衰弱した西郷のために馬を用意してくれていたが、西郷は、

『おいは罪人で牢に入れられてしまえば、もういつ土を踏めっか分かりもはん。これが最期になっかも知れもはん、歩かせてくいやんせ』

礼を言い、深々とお辞儀をした。西郷は刑の厳しいのを肌で感じていたのか、これが最期だとの思いに強くは言ったものの、それは子供がふっと、夕暮れになって辻道で行方に迷って味わう淋しさに似た寂寥《せきりょう》感に襲われた。どの道もたそがれの気配が迫って、怖さにさいなまれて母を呼ぶ悲しい泣き声を聞いたような気がした。さすがの西郷もやはり人の子に違いなく、胸が迫って目には涙が溢れてきた。

牢のある和泊に着くと、代官・黒葛原源助は、「酒の用意がしてある」と言ってくれたけれど、丁寧に断わり、牢番にも「鍵は忘れないように」と頼んだともいう。おそらく西郷は、同じ死ぬのなら綺麗に死のうと覚悟を決めていたようで、その後も土持政照が、あまりの粗末な食事なのを心配して、ときにご馳走を届けたが、西郷は、

『お志は有り難かが、おいしい食物をたくさん食べた者の死に顔は見苦しかと言われ、まずい物を食べていた者の死に顔は綺麗だと言われっから、せめて、死に顔だけは綺麗にしたいと思いもす。どうかおいの無理をお聞き届けてくいやい』

と、言ったと、島には今も伝わっている。

今度の牢は二坪ほどの広さで半分は板で仕切って厠《かわや》とし、後の半分で寝起きをせねばならない。床は竹を縄で編んで造った粗末なもので、座り心地、寝心地の悪さは言語につくせぬものであった。

牢の四方は総て厳重な牢格子で囲われてあり、屋根があるだけの粗末なものであった。体一つがようやく出入り出来る出入口があるだけで、戸もなければ壁もないまったくの吹き曝しであった。この島では牢に入れられるほどの流罪人は稀であるという。そのため徳之島と違って、この島の牢役人の態度も取り扱いも厳しいものであった。

島役所の囲いの外れに造られた牢に入れられ、耳を澄ますと、すぐ近くから潮騒が聞こえ、正座した心に落ち着きが戻ってきた。しばらくして日が昇ってくると、経験したこともない真夏の厳しい太陽が容赦なく照りつけてきた。鹿児島とは格段に違う暑気で、じりじりと肌を焼き、日光の直射を受けると眩暈さえ催す。早くも西郷は覚悟した。

『これは厳しいところだ。よほどの覚悟をしなくては、生きて行くことはでけんぞ』

西郷は牢内に端座して、この牢内での過ごし方を考えた。

南の島は夜明けが早い。夜明けと共に携えてきた書物を読み出して、日が高くなり暑気が増してくると休むこととし、夕刻になって日が翳《かげ》りはじめる頃から、ふたたび読書に熱中することとした。灯火が許されず、夜は来し方を顧み、自分の生き方を反省し、思索し批判する毎日にすることを心掛けた。

そう思って、今までの自分の所業《しょぎょう》を反省していると、一つとして満足できるものがない。

『おいはよくもここまで、のうのうと生きて来たもんよ。馬鹿な男じゃ』

反省することばかりであった。こんなとき、無性に過ごした時間が惜しくなってくる。

『あのときはこうしておけばよかった。このときはもっと待てばよかった』

居ても立っても居られない後悔と焦燥に襲われることがある。

『奄美ではこいつに敗けたのだ。今度はもう決して敗けられんぞ』

『おそらく、この牢から出して貰《もら》えっことはあっまいが、もしもそんな佳い日が巡って来たときに、うろたえっことのないようにしておかねばならん』

このような境地に立ち至って一日一日を過ごしていたが、牢生活は苛酷を極めた。

西郷がこの島へ送られて来たのは八月の暑い盛りであった。日中の太陽の熱さは、お日さまの恵みなどととうてい思えるものではなく、肌を焼く熱射は、火あぶり刑としか思えぬ苦しみを加えてくる。風呂に入ることも許されず、夜になると体じゅうが痒《かゆ》くなってくる。朝になってよく見ると、着物の衿といわず、総ての縫い目にしらみがずっと張りついていた。のみがぴょんぴょんと跳ねている。のみ、しらみは、よい居場所が出来たとばかりに住み着いて、夜昼分かたず肌を嚙んで痛めつけてくる。

夕刻からは、蚊の大群の集中攻撃を受けねばならない。夕暮れどき、遠くで聞こえるお寺の鐘の余韻に似た音が迫って所嫌わず刺してくる。

虻《あぶ》は人と糞尿の臭いに誘われて昼でも遠慮せず、着物の上からでも刺しては血を吸う。牢内にある便所は土を掘っただけの粗末なもので、その糞尿の臭いは猛烈な悪臭のために、金蠅はここぞとばかり集まって乱舞を繰り返して五月蠅《うるさ》い。本などおちおち読めるものではない。

覚悟を決めていた西郷であったが、取るに足らぬと思っていた悪臭や、蚊や蚤に嚙まれてのたうち回る自分が哀れであった。

それにもまして辛いのは、喉の渇きであった。南国のこととて夏には、雨は一日に一度は降ってくれるが、吹き降りでもない限り、雨水は喉を潤してくれない。雨垂れは手の届かないところでしとしとと落ちるのが恨めしい。

ある晩、風が出てきたと思って海を見ると、白波が立っている。見る間に風が強くなり、波飛沫《しぶき》が飛び込んで来た。着物はすぐずぶ濡れになる。本を入れた行李だけは持参の油紙で巻いた。頰に何か当たったようだ。よく見ると、海岸の砂に交じって小石が飛び込んできたのだ。

はや三日目にして大風の洗礼を受け、自然の偉大さにひれ伏した。

南国奄美の風雨は烈しい。その上、この島には台風が多く直撃する。台風は毎度のように豪雨をともなってやってくる。そんなとき、牢の中では水びたしで、あたかも滝水を浴びるようであった。夏はほどよい水浴びで風呂代わりであるが、台風の来る四、五日前から高波が和泊湾に押し寄せて、牢の南と東に横たわる大岩、小岩に打ちあたり、飛び散る海水と波しぶきは牢の中へも飛び込んでくる。

風速が三十、四十メートルともなってくると、北東から吹きつける台風は、海水だけではなく砂も小石も一緒になって飛び込み、体に当たって皮膚から血が滲《にじ》むこともしばしばであった。それが三日も四日も続くことも稀ではない。

夏の今でも、雨水に濡れたまま座っていると寒くて体が震える。冬は強い北西風が吹いてかなり寒く、雨をともなうときは避けるところがない。寒さにぶるぶる震えながら、じっと座り続けるより仕方がないのだ。風邪などひいて病気になれば、死はすぐそこにやってくる。

『これは聞きしにまさる苛酷な刑じゃ。よほど心を引き締めんば』

覚悟の上にも覚悟を決めて、この仕打ちは罪人として当然のことだと割り切ることで、心の整理をつけた。

『夏の日差しが熱いのは当然じゃ。のみやしらみに嚙まれれば痒《かゆ》いのも道理、喉の渇きの辛いのも自然の摂理ではなかか。そげなこつは枝葉末節の小事であっぞ』

西郷は粗食に慣れていたが、ここでの食事は冷えた麦飯に焼き塩を振り掛けただけの、食事というより犬も食わない餌であった。初めは「なんの」と思っていたが、これが西郷を苦しめ、弱らせてゆくもっとも強力な責め苦になった。

『おいは今、水嵩《みずかさ》の増した流れの速い濁水《だくすい》の中にいっごたるものじゃ。この濁水に溺れて埋没すれば、何も残らないではなかか。この濁水こそ已れを磨く尊い砥石《といし》じゃ、どげな宝石も磨かずば光っまい。おいはこん濁水の中にいる間に、清く光り輝く玉となっのだ』

こう覚悟を決めて、四六時ちゅう続く苦しみに真っ正面から対決した。この強い意志をもって逆境に立ち向かうと決心すれば、大自然の責め苦にも慣れてきて、金蠅の舞う五月蠅《うるさ》さも、蚤やしらみや蚊の攻撃にも耐えて、持参した「韓非子」「近思録」「桜鳴館遺草」「通鑑綱目」などの書物を読み耽《ふけ》り、思索し続けることもたやすくなった。

しかしながら、連日の苛酷な仕打ちに、次第に体力が消耗されてくるのは防ぎようがない。この牢へ入れられたときから、まだ半月にしかならないが、衰弱は日増しに昂じて、体は痩せ衰えるばかりであった。

親から貰った頑健な栄養を蓄えた肥満体と、神とも仰ぐ主君斉彬様の加護を信じる強固な精神力で、彼を生き長らえさせていたのだが、それにも限界があると悟った。

仏教では死者があの世でもっとも求めるものは、極楽といわれるところにいて、数多くの上善人（善行を積んだ人・至高の人）と一所にいることであるといわれる。阿弥陀経には「倶会一所」と書かれてある。西郷にとって主君といる場所こそ「倶会一所」なのであった。

『もう一度、主君斉彬様と会って、あの楽しかったときを持ちたい。あの場所が恋しい』

もしも死んであの世へ行けば、主君にもお会いすることが出来る。大恩ある主君にお会いしたときに、何とお詫びしようか。それを思うと辛い。おいは、努力精進して一個の人間として高い人格を得て、殿様に、

『西郷、さすがじゃ。見事な男ぶりよのう。余の目に狂いはなかったな』

と、言ってもらえなければ、死んでも死に切れない。幸いにして命があれば、小事にかかわらず大事をなす人間にならねばならぬ。

『まだ死ねぬ』

西郷は生死をかけて、小事を捨て大事をなせる人間を目指して精進した。精一杯の根性を振り絞って努力した。

『昔の高僧は、寒中に氷を割って滝に打たれ、生死を超越して修行したというではなかか。彼らは自ら求めて難行苦行に身を挺して、諸人の幸せを祈って命懸けの行を続けたのであろう。その内には自らを甘やかせる弱い心も起きてくっはずであろうが、その女々しい心を自ら断ち切り、自らに鞭を与えて行を続け、もって己れに克《か》つ心を養ったのだろう。一見弱々しく見え

る僧侶に比べれば、自分に加えられっ苦行はまだ生易しい。この難行を続けさせったために、監視の役人も就いていてくれる。ともすれば、弱くなっ心を戒めてくれっ牢格子も頑丈に造られてある。要するに難行をさせて貰っていっのであり、自ら求めてしていっのではない。まだまだ修行は足らないのだ』

まったく倒錯《とうさく》した考えに立たなければ、生き延びることは出来ないと自分を励まし耐えた。

『言うなればおいはこの修行のために、多くの手を患わしていっようなものじゃ。有り難かと思うべきじゃ。僧らのうちには、修行で死んでいった者もいただろう。幸い生き延びた者たちは、仏の加護を、身をもって体得した者だけに与えられた命であったと、知ったに違いなか。おいとは大きに違うのじゃ。僧らはそれを悟りとも、悔悟ともいうのであれば、おいもそれを会得してから死のうではなかか。それも成さずに死ぬのは、敵に後を見せっのと同じじゃ。白刃を見て逃げっぶざまだけはすっまい』

西郷は求道を志したのであった。西郷は哲人のごとき武人であり、政治家であったのは、このときの修行が基になっている。彼の名声が今日に至るも、色褪せないのは実はここにあると思う。

この頃、西郷のつくった詩がある。

雨は斜風を帯びて敗紗を叩く
子規は血に啼き冤を訴えて譁《かまびす》し
今宵吟誦す離騒の賦
南竄の愁懐百倍加わる

西郷はこの日々の生活を、僧たちの荒行として取り組んだ。

衣服は破れ、髪は伸び、髭は生え放題、体は痩せ細って、目だけが爛々《らんらん》と輝いていた。

思い起こせば主君斉彬様に見出されて、下級藩士の田舎武士が鍛えられ、教えられて、なんとか一人前の侍になったと自分では思っていたが、実はほんの赤ん坊であったのだ。そんな自分は妬《ねた》まれてもいたろうし、折あらばと隙を窺《うかが》っていたヤツもいたことは確かだ。

この世界は暗躍の世界であって当然だ。主君のため、薩摩藩のためと、自分では粉骨砕身の働きをしているつもりでも、反対派にとっては目障《ざわ》りであろう。最大の庇護者である主君が亡くなれば、今まで陽の当たる場所にいた者ほど、不遇な場所に追いやられる。幕府の追求をかわすために奄美へ島流しにされたのを、不足に思ったのは自分の浅慮でしかない。久光公と対立し、堀や中山をうまく使いこなせず、敵に回したのは、我ながら浅ましい限りだ。

『前の奄美大島では、おいは一体何をしていたのか。無念じゃ、残念じゃと、他人ばかりを責めて、自分を責めっことを忘れていたではなかか。情けなか』

西郷にとって、奄美の生活が無為に過ごした時間だと思えて何度も悔やんだ。

今にして藤田東湖先生の言葉が思い出される。

『小人ほど才芸ありて用便なれば、用ひざればならぬもの也。さりとて長官に据え重職を授くれば、かならず邦家を覆すもの也。決して上には立てられぬものぞ』

在りし日の東湖先生の風姿を偲び、自らの腿《もも》を鞭打った。

西郷が体の変調に気づいたのは、ほぼ一ヵ月ほどした頃であった。自分の体がぐんと小さくなった、脚が細くなったと思ったときだった。正座しても尻が痛くて長続きしない。そう思って尻を押さえてみて愕然とした。尻の肉が落ちて小さくなっている。すねの骨が大きく出張っている。西郷は行儀作法は正しく崩したことがないが、それにも耐えられなくなってきた。もはや死期も近いと思った。

其の三　天

土持政照はときどき見回りに行くが、西郷は常に正座を崩さず、会えば常に「ご苦労さまです」と挨拶し、丁寧にお辞儀をする。それが一日として一回として欠かしたことがない。挙措《きよそ》動作にどことなく威厳があって清々しい。

『こんな人が悪いことをするはずがない。一体、どんな罪でここへ流されて来たのだろうか』

『こんな（はなゃぬ）人が（ちゅーぬ）悪い（わるさぬ）ことを（くとぅ）する（しゅーぬ）はずがない（はじはなん）。一体（いちゃし）どんな（いちゃにゃぬ）罪で（ちみし）ここへ（まーち）流されて（ながさてィ）来たのだろうか（きちゃんがねや）』

ところで、徳之島とこの島はわずかに離れているだけだが、これほどにまで方言が違うのかとの思いで書いてみたので、読み合わせてみてほしい。

衰弱してゆく西郷を見兼ねて、見張りの役人に小粒（心付け）をひねって見ぬふりをさせ、飲み水や風雨を凌《しの》ぐ笠を差し入れた。また、西郷は辞退して受け取らなかったが、緊急のときにと拍子木《ひようしぎ》を用意してくれた。

西郷は土持のこの暖かい心に両手を合わせ、心の中に溢れ出る涙の洪水の中に、人の恩義の二文字を沈めた。

『生きっも死ぬっも天じゃ。自然の定めっところじゃ。おいはあんお人に生かされている。ならばどげんして、あんお方がおいに情けを掛けてくっのか。おいは人の情けに対してどぎゃんすれば返せっのか』

人は人の情けを受けて初めて目覚め、恩と義理を感じそれを知る。それを物で返すのはたやすい。形に現わせぬ情けは、やはり形で現わせぬ恩と義理で返さなければならない。

牢獄で呻吟し、返せる何物も持たない西郷は苦しみ、新たな難問を得て奮い立った。

『おいは罪人じゃ。そして許されっこつは万に一つもなか身の上ぞ。命とて風前の灯のごっある。どげんせよと言うのか。これは難しかことになったものだ』

綺麗に死にたいと願っていた西郷であったが、髭面のこの汚い体はどうしようもない。されば人目にはどう映ろうとも、心を綺麗にせねばなるまい。この思いはやがて、自分の心にとりついて離れない私欲を取り去らねばならぬと、その方に精神を傾注させた。

『どうすりゃ、この欲が離れてくれっとか』

自省を繰り返し、思索の毎日を送っているだけでは、同じところの堂々巡りでしかない。それではならぬと、反省を懺悔につなげた。

懺悔を繰り返し、普通なら我慢が出来ない諸々の苦痛も、小事として乗り越えられはしたが、肝心な欲心が離れてくれない。しばらくは目標が見えず、まったく五里霧中の中をさ迷っていた。いっそ死んでしまいたいと思ったが、それなら死ぬことも欲ではないのか。もちろん、生きていたい欲は強い。

『生きっも欲、死もまた欲か。人は死ねばあの世とやらへ行くという。この世でも生死を超えれば生きながらにして、あの世にいっのと同じことではなかか。ならば私欲を取り去って、清い綺麗な心になり、諸人に幸せを贈れっ人間になっこつが、何物も持たないおいにとって大事ではなかか。大事とはそういうことだ』

仏教では、大千世界が無数に集まって宇宙を構成する。その世界の根底は虚空《こくう》によって支えられ、その上に風輪、水輪、地輪が順次重なり、地輪の上には燦然たる無垢の姿で屹立する、観るも厳かな須弥山《しゅみせん》が聳《そび》え、それを中心にして七つの金山がとりまき、その山と山の間には大海が取り囲み、善い行為の結果によって、報いられた果報、またはすぐれた徳性の充満する八《はち》功徳水《くどくすい》が湛《たた》えられている。この辺りをいわゆる、極楽浄土という。

この極楽浄土にはいるためには、平素の懺悔がもっとも重要であるといわれる。強い懺悔の時には、毛穴や目から血が出るといわれ、中位の懺悔では毛穴から熱汗が流れ、劣った懺悔のときでも全身に微熱があり、目より涙が流れるという。

昔、唐の高僧・玄奘《げんじょう》は仏教の奥義を極めようと、インドを目指して旅をした。アフガニスタンからインドへ向かう途中、崑崙《こんろん》山脈に佇立する白銀に輝く山塊を仰ぎ、その無垢の白さを拝跪《はいき》すると共に、

『あの白さと峻厳なる威容こそは、心清き者には仏陀の招きであり、心悪しき者を峻拒《しゅんきょ》してあい入れぬといわれる極楽浄土があの辺りにあるのだろう。ならばあの輝く高峰は須弥山であろうか』

玄奘はこのとき、人間の目指す目標がどこにあるのかを悟ったのではなかろうか。

西郷が無参和尚の下で座禅に励んでいるとき、

『仏教では懺悔が大切である。懺悔とは悔い改めることとあるが、ただ単に悔い改めているだけでは何にもならない。己れの恥ずべきことを深く追求して懺悔することが大切じゃ』

和尚の言葉が思い出された。

西郷はいずれ残り少ない命なら、せめて血の出るような懺悔を重ねて、四季を通じて白銀に覆われる須弥山を拝するところに行きたい。生きながらにして、煩悩に苦しまないで安心していられるという、涅槃《ねはん》の境地に辿り着きたいと思った。

ここにおいて西郷は、懺悔とはとの疑問に突き当たった。

自分の過去の所業を悔いれば、目から涙が流れ、所業に恥じれば全身が熱くなってくる。恥ずかしさに、毛穴から熱い汗の流れたことも経験はした。

初めて橋本左内と会ったときの冷汗三斗の経験は今も恥ずかしいが、血の出るような懺悔の経験がない。どうすりぁそんな懺悔が出来るのか。

『我々の命は、体の隅々にまで及んでいるっ血管によって、栄養が運ばれて生かされていもす。あの細い血管一つが不具合でも生活に支障を来す。ならばどげん小さな行ないでも、その懺悔を疎《おろそ》かには出来んぞ。おいは今までそげん深く深く隅々まで、及ぶかぎりの懺悔の努力を重ねたであろうか。ないではなかか。たった今から始めようぞ、さすれば毛細血管も裂けて、毛穴や目から血が流れるかも知れない』

西郷は勇気を奮って、新たな懺悔に取り組んだ。

西郷は仏教の奥義はともかく、自分の命の長くないことを悟ると、人の一生は自然の定めるところでどうしようもなく、自然の運行に任せるより仕方がないと、ひたすら来し方を深く懺悔していると、次第に自分も含めて総ての過去の清算が出来てきた。今までと違った洞察力が出来てくる。すべてが次第にはっきりと見えてきた。

『過去をよく知る者は、よく未来をも知っと言うが、おいは未来を見っ必要のない身ではなか。そのこと自体も欲であろう。まずは過去を清算し、すべてを捨てて欲を取り払うのだ。欲に邪魔されては、見えっものまで見えなくなってしまう』

人間は千差万別で一人一人、顔も違えば心も違う。考えていることはまったく分からないものだ。それぞれ自分勝手な意見を吐いて言いつのる。迷う者は心が揺れ動き、行動もそれに合わせて試行錯誤を繰り返す。試行錯誤しているうちはよいが、本来、人間は弱いもので安易な方向へ奔《はし》りやすい。

人間の命も運命も、共に自らの力ではどうなるものでもない。総ては「天」すなわち自然に任せるより仕方のないことだと思う。欲を捨て、物事の根本を迷わず堅持していれば、綺麗な心になって死ねるだろう。

西郷は無私無欲な人間になるために、厳しい懺悔を繰り返していた。

『懺悔とは慚愧《ざんき》じゃ。自惚れや虚栄を取り去り、己れの過去を深く恥じて、人様の前に恥を曝け出すことじゃ。今のこのおいの恥ずかしげな様がまさにそれじゃ』

西郷は勇気を奮って懺悔を繰り返し、連日の苦しみに耐えに耐えた。

『まずは過去のすべてを清算し、己れの過去の言行について深く厳しく追求し、手心を加えてはならぬ。これはえらいことになった』

西郷はこの島へ来てからの試練は苦しかったが、これから始まる苦難はさらに厳しい苦難として、これに立ち向かう決意を新たにした。

『この苦難に立ち向かうには、克己と忍耐とがなくてはどうにもならぬ。この二つをともなって揃って初めて真人間になれる。よしっ』

書物で、あるいは人から教えられて悟れる人はまずいない。そんな悟りは、実際の場面では何の役にも立たないものだ。苦労して探し求めた道は金輪際忘れないのと同じく、体に心に刻み込んで会得したものは、生きた考えであり悟りである。これはよほどの邪心のないお人好しで、度量の大きな者でなければ得られない。

西郷は大の字のつくバカか、お人好しであったのかも知れない。大人物といわれるほどの人は、外見にはそのように見えるのかも知れない。

『西郷遺訓』に曰く、

『道は天地自然のものなるゆえ、講学の道は敬天愛人を目的とし、身を修するに克己を以て終始せよ。己れに克つの極功は、「意なし必なし固なし我なし」と言へり。総じて人は己れに克つを以て成り、自らを愛するを以て敗るるぞ』

また言う。

『道は天地自然のものにして、人はこれを行なふものなれば、天を敬するを目的とす。天は人も我も同一に愛し給ふゆえ、我を愛する心を以て人を愛する也』

『人を相手にせず、天を相手にせよ。天を相手にして己れを尽くし人を咎めず、我が誠の足らざるを尋ぬべし』

ついに西郷は、幾多の高僧たちが到達し得た悟りの境地に向かっていた。

苛酷な苦難と求道が二月あまり続いて、体はすでに病に冒され、生命はあるかなきか、大風を前にして揺らぐ蠟燭《ろうそく》の火であった。そのようにして夢遊のうちに彷徨《さまよ》っているとき、

『西郷、西郷』

呼ぶような声が聞こえる。

西郷はきっと主君の御呼びであろうと、何とか居ずまいを正し平伏せねばなるまい、いやしたように思って薄目を開けると、そこにはこの島の素封家《そほうか》の土持政照が立っているのを確認したが、すぐまた瞼が重くなって見えなくなった。

おそらく西郷は死線をさ迷っていたのだろう。土持の呼び掛けによって、この世に呼び返されたに違いない。

土持は、この島では最高の役職である与人《よにん》（村長）と間切横目（郷中監察役）とに任ぜられていて、毎日、西郷の状況を見回っていたが、西郷に対する取り扱いがあまりにも苛酷に過ぎるのを見兼ねて、牢には何度も足を運んで慰めていた。だが、このままではこの人は死ぬに違いない。それにしても、一言の愚痴《ぐち》も不平も言わず、ただ黙々として読書に励み、刑に服しているのは尋常な覚悟ではない。犯した罪は、どんなものかよくは知らないが、この人に限って人を殺《あや》めたり、陥れたりするようなお人には見えない。

『よし、わしはなんとしてでもこの人を助けるぞ』

『よし（ゆくァん）、わしは（わーが）何として（いちャなぬく）でも（とゥしーむ）この（ふぬ）人を（ちュー）助けるぞ（たしきんど）』

こう心に決めると、在番所に何度も出向いて嘆願した。

『西郷殿の牢屋を新しく建て直したいと思いますので、何とかお許しを頂きたい』

『西郷殿の（さいごうさんが）牢屋を（ろーや）新しく（みーさ）建て直したいと（たてィのーさでィ）思いますので（むーとゥしが）、何とか（どーか）お許し（ゆるち）頂きたい（たぼり）』

と、掛け合い、費用は全部自分が出す。牢格子は今よりも頑丈なものにする。見張りの方たちのお休みの場所も拵《こしら》えると、役人に都合のよい様々な条件を提示し、さらに賄賂を贈ってとうとう許可を取りつけたのであった。役人も、

『藩庁からの指図には、単に厳重な囲いをせよとあって、くわしい指示はないのだから、その方の申すようにすっならば差し支えはなかろう』

遂に許可が下りたので、土持は直ぐに役所の近くに家を建て、厳重な牢格子で家の回りを囲み、役人にとやかく言わせないものに仕上げた。しかし家のなかは壁があり、雨戸があり、部屋も幾つかある立派なものであった。

西郷の着ているものはすでにぼろ切れとしか思えないほどに破れ、汗と垢で全身から発する悪臭に包まれていた。髪や髭は伸び放題で、あの巨眼だけが窪《くぼ》んだ眼窩《がんか》の中で、さらに大きく輝いていた。あの盛り上がった肩、太い脚、腕は観る影もなく痩せ細っていたし、正座したときの盛り上がった両膝も肉は落ち、脛ばかりが骨張って、まるで生きた骸骨であった。

土持は何人もの人に手伝わせ、歩けない西郷を戸板に乗せて家に運び、髭を剃り、髪を整え、風呂に入れ、衣服を着けさせ、牢の一室に寝かせて、役人の目を盗んで看護した。

約二ヵ月余にわたって生死の境を彷徨っていたことになる。

『よいか、すぐさまお食事を沢山差し上げてはいかん。衰弱した体に合うように見計らって、ぼつぼつ増やしてゆくのじゃぞ』

『よいか（ゆくァえ）、すぐさま（ちゅとぅきぬまーに）お食事を（かみむん）沢山（ふーさ）差し上げてはいかん（おいしんなよ）。衰弱した（ゆわとぅぬ）体に（みーに）見合うように（みおーち）見計らって（みはからてィ）、ぼちぼち（よいよい）増やし（ふやがらしュぬ）て（くとぅ）ゆくのじゃぞ（しりよ）』

土持は付き切りで女たちを指揮し、自身も甲斐甲斐しく世話をした。その甲斐あって、西郷の体は見る間に良くなり、元のあの堂々たる姿に戻ることが出来たのであった。こうして、またも間一髪の差で生死の境を乗り越えたのであった。

土持政照この時、二十八歳であった。

同じ奄美でも、島々の方言にはそれぞれ言葉も違えば、アクセントもニュアンスも違うようだ。私は沖永良部島の和泊町の教育委員会に問い合わせたところ、そこの生涯学習課長の永吉敏人さんが島言葉に訳してくれた。これを読むと日本人が、南から黒潮に乗って島伝いに九州へと来たことがよくわかり、そのたおやかな言葉は、まさに日本すなわち和の国のルーツを偲ばせる。またご親切にも町で発刊している「えらぶの西郷さん」と「郷土の先人に学ぶ」（第四集）を贈って下さった。紙上を借りて厚く御礼を申し上げる次第である。

さて、話を元へ戻そう。

西郷がこの間に作った彼の詩がある。

朝《あした》に恩遇を蒙り夕べに焚坑《ふんこう》せらる

人生の浮沈晦明《かいめい》に似たり
たとひ光をめぐらさずとも葵《あおひ》は日に向ふ
もし運をひらくなくとも意《こころ》は誠を推さん
洛陽の知己みな鬼となり　南嶼の俘囚ひとり生を窃《ぬす》む
生死何ぞ疑はん　天の付与なるを
願わくは魂魄をとどめて　皇城を護らん

私は西郷の人格は、このときに完成したと思っている。何百年に一人出るか出ないかといわれるような大器量は、何度も言うが一朝一夕に出来上がったものではない。

西郷の家系は遠祖は南朝の忠臣・菊池武光氏であるといわれる。武光より数世の孫に太郎正隆という武将がいて、これが菊池郡増永城に拠って、西郷を名乗ったのが西郷家の始祖であるといわれる。西郷家は元禄年間まで、今の熊本県菊池郡七城村西郷に住んだが、西郷九兵衛のときになって島津家に仕えた。それから九代目にあたる吉兵衛が隆盛の父なのである。したがって薩摩ではよそ者といわれていたという。知る限りの先祖には格別の知恵者も武芸達者も見当らない。僅かに何代か前の先祖に相撲の強者がいたらしいことぐらいであるまいか。父の妻は同藩の椎原権兵衛のむすめ満佐《まさ》である。満佐は近所の人から、

『この人がもし男なら、ご家老様にもなりそうな人だ』

と言われていた。（この箇所は『えらぶの西郷さん』より参照）

父は正直吉兵衛と言われた真面目人間で、西郷は二人の良いところをすべて受け継いで生まれ出たのであろうか。吉兵衛・満佐夫婦は四男三女の子持ちで、西郷はその長男であった。

西郷はよほどの突然変異の生まれであろうかと思ったが、大人物はそんな解釈だけで生まれて来るものではない。おそらく遠い先祖から流れる血脈を受け継いで、この世の要請によって生まれ出たに違いない。大岩石を割って湧きだしてくる清水のように、動乱の世に必要にして十分な素材と、育つに足る資質と機会を与えられて、生まれ出たとしか考えられない。

幾多の変遷を経て今、流人として南海の孤島・沖永良部島にあって、西郷は生死の境の彷徨《ほうこう》を終えつつも、なお来し方を顧み、往く方に思いを致して深い思索に取り組んでいた。

もはや、以前のように、中央に出て活躍できる日など来ることはあるまいが、島の優しい人情にほだされ、篤志の人に助けられて一命を拾った今は、この島の人となり、叶わぬまでも形のある恩返しをせずばなるまい。

西郷は一島人として生きようと決心しつつも、どうすればそれが叶うのかと煩悶する。人間の命も運勢も共に、自らの力ではどうなるものではない。あの月照とあい携えて錦江湾に投身したときには、平野国臣の機転と船頭の必死の介護で助けられ、今度は土持政照の義侠心のお陰で一命を取り留めたことを思い合わせると、自分が生き残っていられるのは、

『天はここの島人たちへの恩返しもさりながら、今まで十年の歳月を費やして、尽くしてきた日本のために働くことで、より大きく報恩の誠を尽くせ。それが大事であるぞ。そのためにお前を生かしたのである』

との声がごく自然に聞こえてきた。

『自分には主君斉彬様のお加護がついていて、かならず成就《じょうじゅ》させてくれる。また、この愚鈍なおいを生かしてくれた多くの人々に尽くさねばならぬ』

主君に対する信仰と共に、多くの人々のために、決然と生き抜いて激動の地に立ち帰り、ふたたび国事に邁進せねばならぬと心に誓った。

沖永良部島で生死を賭けて得た境地は、生死はすでに眼中になく、命もいらず、名もいらず、官位も金もいらぬ大人物へと押し上げていった。

土持の義侠心が、西郷の心を打ち、この後二人は義兄弟の盟約を結ぶことになるのであるが、考えてみれば不思議としか言いようがないほどの邂逅であり結実であろう。動乱の時期としても、滅多にあることではない。島に残った土持は、その後の西郷を知って、おそらく天の配剤《はいざい》の妙に身を震わせての喜びよりも、懼《おそ》れを感じたのではなかろうか。

土持はその後の煌《きら》めくような西郷の活躍を伝え聞いて、島でのことはあれは一体、夢であったのか、幻なのかと、不思議な世界の実存に恐怖したことであろう。

西郷の人格は、一皮も二皮も剝けて大きく成長した。牢格子から外へは出ることは出来ないが、島人たちは、誰一人として恐れる者はいなくなった。観る人、会う人、ことごとくなつくのであった。なつくことは、次第になにやら知れない惹《ひ》かれるもの、それは徳望とでもいうものであろうか、自然と敬慕していくようになる。島役人もそうなら、島の子供たちもそうなってゆく。ついに子供らの教育を依頼されるようになっていった。塾を開いてくれとの希望が増えてきた。土持が島役所に願いを立てると、

『教育はつまるところ、薩摩藩のためでもあるのだからよかろう』

とうとう西郷塾が出来上がった。

西郷は私心を去れ、克己心を養えと力説した。その方法として、皆平等にして生きよ。それ

は少しの物でも分け合い、弱い者、年下の者を可愛がれ。辛い仕事は進んで自分から行なえ。といった身近なことから、実地に率先して教えたという。今でも沖永良部島では、西郷を深く崇拝する気風が廃《すた》れていないといわれる。

其の四　西郷召喚

西郷が島で流人生活を送っている時期、中央政界は激動につぐ激動で揺れていた。

長州の長井雅楽が航海遠略策を唱え、この公武合体策が朝廷と幕府に受け入れられて長州藩の人気が一気に上がり、今にも幕末の政界をリードするかに見えたとき、薩摩藩主・島津久光も負けてはならじと、自ら兵力を率いて朝命を擁して幕府に改革を迫った。薩摩藩も巻き返し、朝廷を「玉」と見立てて、幕府と共に卍巴に絡み合って丁々発止のつば迫り合いを演じていた。

一方、井伊大老暗殺事件以来、暗殺、殺傷事件が多発して血なまぐさい世相となっていたが、これを取り締まる幕府は、会津藩を京都守護職の任につかせて、新撰組と共に不逞浪人、志士の弾圧に乗り出していた。

文久二年八月、横浜付近の生麦村で薩摩藩の行列を横切ろうとしたイギリス人二人を殺傷するいわゆる「生麦事件」があり、その翌年の文久三年五月十日には、朝廷の攘夷宣言の日と共に、長州藩が下関海峡を通過する英、米、仏、蘭四国の艦船を砲撃したが、反撃に出た四国艦隊に、一時上陸占領される事件が起こった。薩摩でも英国艦隊が先の生麦事件の談判のため、錦江湾に来航したが、意見の食い違いで決裂し、艦砲射撃を加え、藩船三隻を拿捕《だほ》して焼いたので、薩摩の砲台も応戦する事件が起こった。

長州藩は京都朝廷での地歩を確実なものにするため、天皇が神武天皇陵、春日神社に祈願をこめられ、大和に行幸になり、御親征の軍議をめぐらされると発表した。実はここで討幕の旗揚げをしようと目論むものであった。策謀の中心はやはり真木和泉らであったが、天皇には真意を奏上していない。何も御存じないのであった。

大和挙兵を聞いた長州藩の急進派はもちろん、浪人志士らの興奮は頂点に達した。早くも土佐の吉村虎太郎、那須信吾、藤本鉄石、松本圭堂らは、前の侍従・中山忠光を擁して大和へ向かった。これらの人たちは義軍を募り、五條で天誅組を組織し、代官所を襲って代官鈴木源内を斬り、討幕の先鋒として旗揚げをした。

驚いたのは京都守護職を預かる会津藩で、さっそく、天皇に大和行幸の真意を説明する。天皇は計画の真相を知って驚かれ、即座に中止が発せられた。御所を警護していた長州藩は、その任を解かれ、長州藩と共に朝廷を牛耳っていた公卿も、同時に追放されることとなった。これが有名な八・一八政変であり、七卿都落ちである。

朝廷という「玉」を巡って、薩摩と長州は幕府を挟んで、デッドヒートは烈しさを増していたが、機会を狙っていた薩摩藩が、長州藩に代わってその任に就いたことはいうまでもない。ここから長州藩や浪人志士たちは、薩賊会姦と叫んで、両藩の関係は捻《ねじ》れに捻れてゆく。京ではにわかに豹変した薩摩藩の人気は、さらに悪くなるばかりであった。

薩摩藩は会津藩と手を組んだが、同床異夢、考えていることはまったく違う。薩摩藩の目指すところは倒幕であり、会津藩は徳川親藩であり、もちろん佐幕である。しかし、このまま推移すれば、薩摩藩の立場は、会津藩のそれと同調せざるを得なくなる。

『困った。どげんすっぞ』

京での薩摩の評判の悪さに比べて、長州藩の評判はうなぎ登りであった。薩摩藩士の肩身は次第次第に狭くなってゆく。これでは早晩、何か悪いことが起こってくるに違いない。これを打開するのは今、沖永良部島にいる西郷を呼び返すより方法はない。

久光の側近も堀や中山は遠ざけられ、今では大久保と小松の二人だけとなってしまい、二人は密着し過ぎていて、西郷赦免を久光に訴えられない。久光の怒りが目に見えていて恐ろしい。ならばと、今度はお気にいりの高崎佐太郎、高崎五六と伊地知正治が皆を代表にして嘆願した。三人を引見した久光は返事をしない。ぷいと横を向いて、キセルで煙草を吹かすばかりである。三人はここを先途と声を励まして訴えた。伊地知は、

『お聞き入れなくば、我々一同切腹して果てる所存であります』

それでもなかなかよい返事をしない。一同は平伏して頭を上げず、粘りに粘った。とうとう久光は折れて、

『大守様がよしと仰せになれば、余に異存はない』

それからは、長々と家臣の上に立って藩内を取り纏めてゆくについての心得を説き、自分の立場を、勿体ぶって申し聞かせて許可をおろした。このときもキセルの銀の吸い口に歯形が入っているほどの口惜しさであった。

かくて西郷は、ふたたび中央政界に雄飛することになった。赦免の藩の軍艦・胡蝶丸には、友人の吉井幸輔が使者として乗っており、西郷の弟の慎吾も来ていた。吉井から赦免に至る経

緯を聞き、感激性で涙脆《もろ》い西郷は、溢れる涙を分厚い手で押さえてその労を謝した。西郷は、村田新八のことを一日として忘れてはいなかったので、

『新八どんは、ご赦免になったでごわすか』

と、尋ねた。吉井は何も聞いていないと答えると、

『そりぁいかん。新八どんは、おいの巻き添えを食って流されたのじゃ。おいだけが帰るわけにはいきもはん。喜界島へ寄って、新八どんも連れて帰りもそ。責任はおいが全部持ちもそ』

西郷の喜びを、みんな平等にしようとの心が人々の心を打った。

夜は告別の宴を張って、島の人々との別れを惜しんだ。西郷は土持政照に斉彬から拝領した羽織(本と共に大切に油紙で巻いていた)と詩を書いて贈った。

別離、夢のごとくまた雲のごとし
去らんと欲し還《また》来り涙紛々
獄裡の仁恩、謝するに語なし
遠く煙波を淩いで君を思ふに痩せん

これほど恩を感じ、清い人柄を愛し、別離の悲しさをうたった詩を私は知らない。誰にもそれぞれ別離はある。もちろん、私にもある。その差の大小は別として私は涙を禁じることはできなかった。

年号が替わった元治元年二月二十三日、一年七ヵ月いたこの島を後にし、途中、奄美へ寄って三泊四日を妻子と過ごした。これが西郷と愛加那との永遠の別れになった。

喜界島で新八を乗せて、二月二十八日の朝、無事に鹿児島に帰り着いた。

第八章――薩賊会姦

其の一　軍賦役

西郷は沖永良部島から帰ってきたが、吉井から聞かされていた今後の政局について、どうすればと言ったビジョンもなければ、もちろん気負いなどさらさなかった。生きて帰ってきた恥ずかしさで、身のすくむ思いの方が強かった。西郷の前に立ちはだかる任務は、荒波をも跳ね返して微動だにしない金剛の絶壁に似た、困難な政局であることを自覚すると、それなればこそ余計に身が竦《すく》むのであった。

『こん大切な時期に薩摩藩の梶取りをせよとは、島帰りのおいには荷が重すぎる』

これが正直な西郷の胸のうちであった。

鹿児島では西郷を盟主と仰ぐ誠忠組の硬派の面々は歓喜して迎えてくれたけれど、薩摩藩の実権を握る久光との今後を考えると、心から彼らの前で笑顔を見せられなかった。

京にいて難しい政局に直面して身動きのとれない挫折を味わった、国父島津久光の心はさらに複雑であった。

今では腹心であった小納戸役の堀も、側役の中山も見掛けによらぬ度胸なしで、薩摩の尚武の気風を心得ない者として閑職へ追いやってしまっている。薩摩で育ち、薩摩武士の伝統を重んずる久光には、今や頼れる者は大久保一蔵と、やや劣るが大久保が推薦して家老に据えた小松帯刀の二人だけになっている。

確かに今度、島から帰った西郷は、大物であり信頼するに足る者ではあるが、もう一つ面白くない存在であった。正直言って人気が高すぎてこちらが霞んでしまう。

『ちぃ』

久光は唇を噛み、腕を組んで目をつむった。と同時に西郷のあの巨眼が、ぎょろりとこちらを向いて映った。強い意志を秘めたものおじしない顔が迫って、怯《おび》えに似た肌寒さを振り払うかのように咳払いをした。

小姓はびくっとして、はや両手をついて身構えている。

『くそっ。アイツがいなければどうにもならんとは』

不意に大久保を呼びつけたくなった。

『一蔵を呼べ』

御前に出た大久保は、久光の魂胆ぐらいは、赤子の泣き声ですべてを判別できる母親くらいに知り抜いている。

『国父様には火急に何用でありましょうか』

『西郷はまだ京へ来ておらぬのか。余は二年余もの間、見ぬ者にくどくどと話をすることは好かぬ。その方より然るべく経緯を説明しておけ』

『ははぁ』大久保は大仰に畏れ入ったふうを装って退席した。

『西郷の扱いをおいに任せるっとは、ご自身の会いたくないお気持ちはよく分かっが、頭の悪いお方ではないだけに、おいもこいからはちと難しかことになっかも知れもはん』

大久保ほどの切れ者になると、どんな難役でも幾通りにも使い切るが、二人の仲立ちは簡単ではない。

『こりぁ、せごどんも島でちと変わったであろうが、今度は気張ってもらわんならん』

文久三年二月二十日に元治と改元されて、その二十二日に沖永良部島に西郷赦免の報せを乗せた藩船・胡蝶丸が着いて、西郷を乗せ、鹿児島の山川港に着いたのが二十八日、月が変わって三月四日には鹿児島を発ち、京の薩摩藩邸に着いたのが十四日であった。

京の東山の料亭・翠紅館では、同志たちは盛んな歓迎会を催してくれた。西郷もいささか酔ったようである。さしもの盛会の宴も終わりに近づいた頃、小女が来て、

『別室で大久保はんがお呼びどすえ』

西郷が行くと、大久保は酒も飲まずに待っていた。

『せごどん、話は分かっておりもそうが、おはんと久光公とのことじゃ。久光公もこの京にいて、朝廷や諸侯と交わって行くことの難しさ、勤王、佐幕と奔走する志士たちの扱い、我が薩摩の尚武の武士どもの意見を一つに纏めて行くことの難しさを、ご自身が朝廷や有力な諸侯との交渉を体験してみて、初めてお分かりでごわす。それに今度の寺田屋の事件や横浜での英人殺傷事件にからんで、京での薩摩の人気の悪さも身に沁みてお分かりじゃ。横浜の事件は相手

にも落ち度はあろうが、今後のイギリスとの交渉では、藩論はまたもや真っ二つになっかも知れもはん。そこでじゃ、おいが君側にいてうまくやっから、おはんは京にいなくてはならんから、おいとの連絡をよく取り合って行かねばなりもはん。言いたかこつはこいだけでごわす』

大久保は、じっと西郷の目を見つめたまま、無表情に言うべき言葉を言い切った。

『一蔵どんもご苦労なこってす。よう分かりもした。今度はうまくやりもそ』

西郷の巨眼は、大久保への深いねぎらいと、深慮遠謀において知略第一の大久保こそ、今後、自分にもっとも必要なものであるとする信頼と、素直に自分の非をも認めた真情を表わして、大久保の目をみつめていた。

大久保は、これからの薩摩藩を纏めて、維新を推し進めるためにもっとも必要なのは、統率力のある大将であり、それはたぐいまれな人望と決断力を持つ西郷を措《お》いて他にはいない。とてもこれだけは自分の及ぶところではないと、これまた少年の昔に返って、細くて小さい澄み切った光を湛《たた》えた両眼で、西郷の今にも人を魅きこむような温もりのある慈眼と、見開けば誰もがその威圧にひれ伏すという漆黒の輝きを放つ両眼をみつめていた。

西郷と大久保は僅かな言葉で理解し合い、ここに両雄の握手がなされた。

一時は久光の側近となって、誠忠組から離れていった大久保に対して、西郷は決して良い感情を抱いていなかったけれども、その懸念も杞憂《きゆう》に過ぎないと確信した。

ふたたび言うが、二人の結盟はここになり、維新への重い扉が開かれようとしていた。

おもむろに口を開いた大久保は、

『ここに困ったことがありもす。そいはどうも公の改革は幕府の改革にあり、幕府を存続させて、やがて自ら将軍におなりになりたかお考えなのでごわす』

『一蔵どん、そいはいかん。そいでは世の中が治まりもはん』

『じゃろ。ここが難しかところでごわす。われらはその公の家臣を使うて事を進めんならん。幕府が倒れっ時期はもうすぐそこじゃ。おはんにそれをやってもらわんならん。言うなれば、久光公を操る手品師でごわす』

大きな太い腕を組んで考え込んでいた西郷も、

『よし、やりもそ。おいも一世一代の手品師になろうかい』

と、言って初めて笑った。よほど可笑《おか》しかったのか、声を殺して上を向いてまた笑った。

大久保は西郷のいない間の出来事を、細かく分析して語った。さすがは大久保だと感心する話が次々と出る。

大久保は藩内の人間模様については何も語らない。いずれ今後は西郷の腹の中に治まらざるを得ないと西郷に預けている。それより対長州、対幕府、対他藩についての情報は正確であり、推察には一分の狂いもない。大久保は八・一八事件について詳細に語った。

『井伊直弼の襲撃以来、京は井伊の手先となって、勤王の志士を痛めつけた者などを、「天誅じゃ、血祭りじゃ」と言うて暗殺の巷となっていた。そこへ薩摩藩の同士討ちである寺田屋の一件で、薩摩藩の人気はガタ落ちじゃ。それでも公は、大原卿を奉じて幕府に改革を申し入れ、事は成ったと意気揚々と京に帰られる道すがら、イギリス人を殺傷したのが、今から一年半前の文久二年八月二十一日。怒ったイギリスが艦隊を薩摩に派遣して戦争になったのは、おはんも知っての通り、去年の七月二日じゃ。皆は勝った勝ったと気勢を挙げたが、こりゃ我が藩の完全な敗北でごわす。どだい武器が違う。もう攘夷などと吠えてっ時とは違うのでごわす。そいを公はまだよくお分かりにならん。

長州も同じように攘夷じゃと騒いでいっが、京での人気は上々でごわす。これは判官贔屓《びいき》だけではごわはん。薩摩の人気というより久光公の人気が悪すぎっのでごわす。久光公はご自分の野望のために、ご意見もそのときに合わせてくるくる変わる。それをご自分では大変な手腕じゃとお思いらしいが、諸侯にとっては鼻つまみもんじゃ。志士たちに至っては、味噌滓《みそっかす》に扱《こ》き下ろして話にならんのでごわす』

ここまで一気に言って、大久保は肩を落とした。西郷も大久保の苦労を察して、

「おいにはとても出来ることではなか」

膝のうえに置いた大久保のこぶしが、いらだたしげに丸めたり開いたりするのを辛い気持ちで眺めていた。

しばらくして大久保は話を続けた。

『長州は京ではさんざん暴れちょっのに、人気はいっこうに衰えん。長州人は京ではよく遊びよく散ずる。いうなれば上得意さんというわけでごわしょう。おいはこんな子供じみた人気などと思っていたが、侮れないものがあっと感じている。薩摩も京での人気には配慮せずばやってゆけもはん。薩摩は昔から武骨一点張りで、人気などには配慮をせん。町の人気は侮れん、世を映す鏡じゃ。そんこつを知らずに、公はご機嫌ななめでごわす。

それというのも、京都守護職の会津藩が後ろ盾になって、新撰組を使って長州の攘夷の志士を捕らえ、厳しい拷問に掛けたり、斬ったりして暴れ回っていもす。久光公も長州を追い落と

し、長州に代わって御所の警護を引き受け、薩摩の人気も上げようと、八・一八の変では会津と組んで、長州を都落ちさせたが、人気は裏目に出て、またまたがた落ちじゃ。会津と同じ目で見られているのでごわす。これをうまい具合に薩摩の人気を盛り上げたいのが、公のお考えではあるが、今のままではにっちもさっちもゆかんことが分かって、やっ気をなくしておられっのじゃ。それでしぶしぶおはんを許すことになったというのが、あらかたの事情でごわす。おいはおはんが頼りじゃ。もう失敗は出来もはん』

大久保の面上のこめかみがひくひくと動いて、薩摩藩の朝廷での信頼と、京の人気の回復とを西郷に託して決死の気迫が漲《みなぎ》っていた。

西郷は大久保に、対久光工作について全幅の信頼を預けた。

『よう分かりもした。おいは一蔵どんが頼りじゃ』

大久保も同じであった。

『おいはせごどんが頼りじゃ』

しばらくして久光からお召があり、新しく部所が決まり、その責任者が任命された。

藩主名代として三男の島津図書、家老は小松帯刀、軍賦役は西郷吉之助、軍役奉行は伊地知正治（龍右衛門）、頭取は吉井幸輔と決まった。

四月八日には一代新番になり、十四日には小納戸頭取・役料米四十八俵を受けた。

大久保は側役として家老の小松と君側にあって、西郷の活動がスムースに進めるように久光の梶を取る。西郷は京の薩摩軍の総指揮官として、政治と軍事の実権を一手に握る。戦術家の伊地知は、西郷の指令で軍の指揮を執る。諸役の取り締まりには、西郷とは特に気心の合う吉井がおさまって、薩摩藩の不動の布陣が完成した。

元治元年四月十八日、久光は京での政局の収拾は武力だけではどうにもならず、世論を味方につけることの容易でないのを悟って鹿児島へ帰った。

おぼっちゃんでお山の大将でいたい人では、とてもいられるところではない。自身も悔やしいけれど、越前藩主松平春嶽、土佐藩主山内容堂、御三卿一橋慶喜らの人々には太刀打ちが出来ないことを悟ったのだろう。

小松帯刀は京に残り、大久保は随従して薩摩へ下った。このとき、西郷は今後行なわれるであろう会津藩との交渉において、西郷の赦免にもっとも努力を払ってくれた、久光お気に入りの高崎佐太郎と高崎五六には、今後、会津との間を、不縁に持ち込んで行くわけを話して了解をとり、久光に随従させて帰国してもらった。

西郷は幕府は早晩倒れるであろうが、そうなるまでまだ幾つもの険しい山、坂がある。現在、会津と薩摩は長州を追い落とし、ガッチリと手を組んでいるが、いずれ会津藩とも手を切らねばと考えてもいる。だが、知らず知らずのうちに疎遠になっているのが理想である。この秘策のために日夜、あれこれと腐心しているのであった。

政治と軍事の両面を預かる者としては、何よりも総ての内情に精通しなければ、次々と起こってくる事態に的確に対処できない。密偵、隠密を放って諸藩の情勢を把握することに努力をしているが、中でも長州藩の動きには目を放せない。

誰が良いであろうか。滅多な者にこの任務を任すわけにはゆかない。なまじ頭が良かったりして自分で変に気を回したり、先走ったことをしたりする者は、この際もっとも危険である。

あれこれと思案を続けているうちに、

『そうだ、これは半次郎がよい』

思わず膝を打った。

ある日、西郷は中村半次郎を呼び出した。

『先生、何かご用でごわすか』

『おはんは、未だに尊皇攘夷論を唱えておいでかな』

『もちろんでごわす。おいの剣は異人を斬ったためのもんでごわす』

『なら長州の方々とは気も合い、話も通りもそ。じゃっどん、薩摩では長州の攘夷とはちと趣きが違うのじゃ。それはくどくど説明もいらんじゃろ。ちょいと長州へ行ってたもらんか』

『長州の方々とは、今も昵懇《じっこん》にお付き合いさせて貰っていもすが、それを隠して間者になれと言うのでごわすなら御免じゃ。おいの性分に合いもさん』

『なら余計都合がよか。おはんの性分と攘夷論でまくしたてたら、薩摩を追われて長州へ身を寄せたとしても、誰も疑いもさん。今からおはんは薩摩藩とは縁切りじゃ。さっさと長州へ行きなされ』

暗にここまで言われれば、いくら直情径行の半次郎とて判らぬはずはない。まして先生と仰ぐお人の命令である。

『よう判りもした。これから拙者は浪人になりもす。御免』

気の早い男で、はや出立するという。西郷は「ちょっと待て」と引き寄せて、

『長州の様子が気に入らぬように思ったら、いつでん帰ってこい。おいは待っていっぞ。そい

にな、金もいりもそ。体を大切にせい』

西郷は、かつて主君斉彬様に送り出されたときを思い出して、半次郎を送り出した。元より半次郎は西郷には命を預けている。

『おいは先生のために命を賭けて働くぞ』

感激性の半次郎は、半分泣きべそをかきながら長州へと向かった。

実際のところ、中村半次郎といえば、京洛の巷では誰知らぬ者もいない剣の達人である。抜き打ちざまに人を斬る凄腕は、剣客の多い新撰組や見廻組の猛者とも、互角かそれ以上の剣勢を誇っている。中村がやると決めれば歩きながら、呼吸も歩度も乱さずに、斬り伏せたといわれるほどの使い手であったらしい。人呼んで「人斬り半次郎」とあだなされた。この半次郎はこの後も、西郷の命を受けて危険な隠密の役を何度も引き受けた。

其の二　池田屋事件

ペリーが下田に来航して日本国内が、開国じゃ、攘夷じゃと大騒ぎとなり、勤王佐幕の志士が入り乱れて東奔西走し、はじめは京や江戸近郊の庶民までもが、今に世の中は大きく引っ繰り返ると言う噂がそれからそれへと伝わり、聞き伝えた人々の噂が次第に全国に蔓延していった。

噂は当然、尾鰭をつけて大きくなって行くもの、それが真実とも嘘とも、半信半疑ながらも一般民衆の真実を知る直感はみくびれないもので、「ちょぼくれ」などに見られるように、かなり正確に知っていた。

全国の武士たちも、恒例の参勤交代で江戸に出向き、一定期間滞在しているうちに、尊皇攘夷、佐幕開国の両論が、世論の中心になっていることはよく知っていたが、幕府が倒れ、開国して異人がこの国に入ってくる、などと考えている者は、幕府を畏れかしこむ長い間の教育と習慣で誰も本気にしていなかったが、それでもそれに関心を持つ者は、武士はもちろん、一般民衆の中にも次第に増えてきていた。

『大きな声では言えないがよ、公方様も大大名の殿様も、懐具合はからっきしの素寒貧《すかんぴん》らしいぜ。堂島の蔵屋敷にある米は皆、蔵前、札差に抵当として取られているんよ。なんでも殿さんでも、鴻池の番頭に頭が上がらんらしい。それに引き換え、薩摩の殿さんは金ならうなるほど持ってると言うぜ。次の将軍さんは薩摩はんじゃちゅうぜ』

町の噂には戸は立てられない。時代の先行きを読むのは、米の相場で鍛えた大坂商人に叶う者はいない。

また、一口に徳川三百諸侯といっても、ほとんどは三ないし五万石以下であり、とても尊皇を唱えて、徳川宗家に楯突くなどとは考えられもしない。もしもそんな気配を、各地に配備された徳川譜代の親藩や幕府の隠密に知れれば、悪くすると立ちどころにお家断絶、主君は切腹に処せられ家臣の生活が脅かされる。どこの藩でも刻々と変化する世情に、関心を払いながらも、藩主や保守派の老臣たちの意見を尊重してはいたが、ぼつぼつ各地の家老の間では、世の中は変わるかも知れない、いや、変わるであろうと先見の明のある者も増えてきて、小さい藩内でも、密かに時代の先行きに懸念を表わす者が増え始めていた。

『わしらがどれほどつましい生活をしようとも、藩では決まった物入りがいる。そのうち一番大きいのは参勤交代じゃ。もともとは各地の大名が余り裕福にならぬようにとの政策であろうが、五万三千石の当家でも、一万石につき大体七人の供が必要で、うちでは合計三十八人の行列を組まねばならぬ。そのたびに借金では、やりきれないのはわれわれ家臣じゃ。またしても禄の前借りじゃ。なんとかしてくれと言いたいのはこちらじゃ』

　小藩の家老の嘆きの声は高くなるばかりであった。それでも藩内の若手が尊皇攘夷などと言い出すのを押さえねばならず、人には言えないが、

『いっそのこと尊皇の声を挙げたいものじゃ』

先行きは見えても、尊皇の声など挙げられるはずはなく悩みに悩んでいた。

幕府はここにおいて、文久二年八月二十二日、ついに参勤交代の制度を緩和した。廃止したのではなく中止したのである。

　英名をもって鳴る徳川斉昭は、徳川親藩の内でも、もっとも格式のある徳川御三家でありながら、早くから自ら堂々と朝廷を尊崇し、尊皇攘夷論を展開する学者を招き、尊皇派の家臣を厚遇していた。だから薩摩藩や長州藩の若い武士たちや、学問や剣術修業で江戸に出てきて時局に目覚めた者の中には、現在の身分制度に矛盾を感じ、現実に苦しい生活に耐えている今の自分の生活を顧みて、社会の仕組みを変革せねばと真剣に考えていた。

　参勤交代などで地方から江戸へ出府すれば、伝手《つて》を求めて水戸藩を訪れ、尊皇攘夷を唱える学者の藤田東湖らから薫陶《くんとう》を受けて、尊皇攘夷論に傾斜する者が、次第に全国に浸透して行って、地方の各藩内でも、改革派と保守派に別れて意見の対立が起こってきた。藩士の中には脱

藩し、京や江戸に出て各々連絡を取り合っての活動が目立ってきた。加えて世の中は不景気、天変地異が繰り返し起こって、世論が定まらず、人心がますます不安な世相となっている。政治を預かる幕府はじっとしていられない。

『何とかせねばならぬ。このままでは早晩、大変なことが起こってくる。特に長州と薩摩には油断できない』

老中たちの悩みはつきない。幕府は今までにも、何度も改革令を矢継ぎ早に打ち出して、景気の向上、政治の安定を計るが、成功したためしがない。

尊皇攘夷を唱えて活動する志士たちは、かつての幕府の強権も、井伊直弼の死ですでに過去のものとなってしまった今こそ、朝廷を奉じて幕府を改革するか、打ち倒して新しい政権を創るチャンス到来だとばかり、朝廷を「玉」と見立てて、その争奪に、幕府と薩摩藩と長州藩が、卍巴となって暗躍しだしたのは当然の成り行きであった。

まず長州藩が先手を打った。長井の航海遠略策で一躍人気を独占した。負けてはならぬと、今度は薩摩の久光が大兵を率いて上洛するに及んで、薩摩に凱歌は挙がったが、寺田屋事件で世間の人気がなくなった。

頃合よしと、長州藩は幕府が朝廷に約束した攘夷の期限が文久三年五月十日であることから、ちょうどその日、馬関海峡を通行してきた、アメリカ、イギリス、フランス、オランダの四ヵ国の艦船に対して砲撃を開始した。攘夷を実行したことの証明である。冷静になって考えれば、子供でも判断できるような無茶なことではあるが、当時に居合わせぬ我々では理解が出来ない。とにかく、国を揺るがす大事件であったが、長州藩には罪の意識はない。幕府を窮地に陥れることだけしか考えていない行動であった。

一方、京にいる長州藩は、天皇の御所を守護する任についていたので、朝廷を奉じて攘夷の旗を挙げ、あわよくば討幕の軍を挙げようとの大博打を打ったのだが、このときはまだ時期尚早で、会津と薩摩の仕組んだ八・一八政変によって長州は一敗地にまみれて、七卿と共に都落ちをしてしまう。変わって薩摩藩が朝廷側について権力を揮《ふる》いだしたが、佐幕派の重鎮会津藩が食らいついて、これを何とか遠ざけねば「玉」を独占することは出来ない。これは大問題であり、おまけに「玉」である天皇は、攘夷に凝り固まっておられ、幕府寄りである。

西郷の苦心は並み大抵ではない。おまけに国元には厄介な久光が頑張っている。西郷と大久保との書簡の遣り取りは増えるばかりであった。

長州藩は薩摩藩以上に焦っていた。どこの藩でも過激派はいる。長州藩にはそれが特に多かった。それらに接触して隙あらば一旗を挙げようと、各地に散在して活動する知恵者が、それぞれの目論みを持って集まってくる。みな一廉《ひとかど》の人物であり策士である。奥州の清川八郎、福岡の水天宮の神官・真木和泉守、熊本の宮部鼎蔵、土佐の中岡慎太郎らである。

その肥後藩士、熊本の宮部鼎蔵が長州へやってきて、桂小五郎に熱っぽく説いた。

『桂君。長州はこんなことでいいのか。会津といい、薩摩もまさに権勢欲の塊である。彼らは君側を汚し、王政を紊乱《びんらん》させ、もって天下の権を一手に握ろうとする不逞《ふてい》の輩である。一時も早く斬奸《ざんかん》の実をあげ、皇室を安泰たらしめねばならぬ』

この囁《ささや》きは、薩摩の寝返りさえなければ、京の天下はわが藩で押さえていたのにと、歯噛みしていた長州の過激派を刺激した。彼らは三々五々、脱藩して京へと集まってきた。

彼らは先の八・一八の政変で失った勢力を盛り返すべく、そのとき、反対に廻った中川宮はじめ一橋慶喜、会津藩主松平容保を斬って、毛利侯の威信を回復しようと企んだ。そのためには風上から火を放てば、彼らは御所を護らねばならぬ関係上、御所へと駈けつける途上を狙って、これを攻撃し、一挙に事を成就させようと画策した。

京で不逞浪士の動静に神経を尖らせている会津藩や、殺人集団となった観のある新撰組や、京の警察権を握る所司代の役人が知らぬはずがない。

『くさい。どうもあの舛屋に浪人が出入りしすぎる』

新撰組は間髪を入れずに舛屋に踏み込んで、主人の古高俊太郎を引っ括《くく》った。

取り調べるのは、酷薄無情のサディスト土方蔵三である。痛めに痛めつけたが、古高もさるもの商人には化けているが、実はれっきとした尊皇の志厚い公家侍である。どうしても白状しない。業を煮やした土方は、足に五寸釘を打ち込み、百匁蠟燭を立てて火をつけて、拷問したという。古高の自供ですべてが判明し、それが結果として長州の過激派の暴発を押さえ、京を火の海とする計画を未然に救ったとしても、残酷もここまでくれは、狂人と変わるところがない。新撰組副長・土方蔵三の名声のために惜しまれる。

元治元年・一八六四年六月五日、長州の過激派の陰謀の総てを把握した新撰組は、会津と桑名の藩兵三千人の応援を得て、池田屋を取り囲み、新撰組五十人余は手分けして池田屋に集まった志士に斬り込んだ。あらかじめ池田屋には、密偵が番頭に成りすまして入っており、志士の刀を預かって隠していたといわれるから、志士側は一方的に惨殺された。首謀の宮部鼎蔵はもちろん、北副佶磨、淵上郁太郎など名ある優秀な武士が戦死し、藩邸から駈けつけた松陰門下の逸材吉田稔麿も戦死した。

桂小五郎はいったん池田屋に来たけれど、早すぎたため他所へ廻って留守をしていて無事であったが、その後の新撰組の探索の目を逃れて、一時は橋の下の乞食に身をやつし、あるときは丹波の出石で雑貨屋の婿に化けたりと、苦心の時期が続いたのであった。

其の三　禁門の変

西郷は池田屋事件のときは京にいなかったが、事件を知って急ぎ京に来てみて、幕府の長州への対応が今までよりさらに厳しくなっていた。それはハッキリ言って感情的になっていて、これまた前後の見境がなくなっていると感じた。

西郷が復帰してから連日、大小の事件は起こって、島で牢に入れられていたときのような、じっくりと反省したり、思索したりの時間はとても持つことが出来ず、自然と激しい政局の中で揉まれ続けねばならなくなってきた。

『これでは、誰であっても狂ってしまう。幕府も長州も共に狂っていることには気がつくまい。おいは島ではずいぶんと苦労をし、早く逃れたいと思ったが、今では食うことに事欠かないだけで、ここの毎日も島と変わらぬほどの苦しみの中じゃ。が、島で会得した平常心のお陰で、何とか右往左往せずにやってゆけそうじゃ』

島で養った平常心は確固不動そのもので、西郷は自信に満ちた安心感に包まれていた。

『せごどんは島でずいぶんと修行したに違いない。あの落ち着きを見れば、誰であっても安心する。元より大器であったが、謙虚さというのか奥床しいというのか、それが今までよりも一段と増して、平素の礼儀の正しさと共に以前よりぐっと大物になったな』

そんな声が次第に拡がり、回りをより安心させつつあった。

幕府は長州の不穏な企てを探知し、暴発を未然に防いだ新撰組や見廻組の猛者どもの功績を高く賞した。彼らの意気は挙がるばかりであり、また京都町奉行所の役人にも、

『浪人どもの取り締まりはますます厳重にして、手向かう者は斬り捨てよ』

との命令を下しているという。

京から姿を消した長州勢は、こんなことで黙っているはずはない。

長州藩が馬関海峡を通過する外国船を砲撃したのは、幕府が攘夷を宣言したからで、

『間違ったことはしていない』

全然罪の意識はない。

幕府は幕府で各国の外交官が、賠償その他で長州藩に報復措置を要求するのを傍観していて、長州憎しの感情が先にたって、日本のことを考えていない。

一体、幕府は日本人ではないのかと言いたい。

長州が外国に占領され、ここに強力な軍隊が駐留するとなると、あのアヘン戦争後の清国《しんこく》(中国)と同じではないか。

『もし長州が外国艦隊によって襲撃されるような事態になっても、諸藩から援軍などださないように、御沙汰して欲しい』

幕府は朝廷につよく申し入れているという。

『幕府は狂っているわい。幕府の立場も考えも判らぬではなかが、このままでは日本が滅亡する。あの長州のことじゃ。きっと大掛かりな巻き返しをすっに違いなか』

西郷はそう思案し、その対策に腐心していた。

長州人は昔から怜悧な者が多いといわれている。その上、中国全土を切り従えた毛利の伝統と気骨が生きていて、いったん蹶起《けっき》すれば、何をしでかすかわからぬ不気味な力を温存していると、西郷は我が薩摩人のそれと引き比べながら考えていた。

薩摩武士は怜悧とはいえないが武勇にすぐれ、議論を好まず行動をもって意思表示する。良くいえば重厚、悪くとれば腹黒いといわれる。いずれにしても我が藩と長州藩とは水と油であることに変わりはない。かといって、長州のあの勢いはどこから来るのか恐ろしい。

会津や桑名は、幕府べったりでこれは論外であることに変わりはない。

西郷は大久保に総てを書簡に詳しく書いて送った。もちろん、久光が書見するであろうことを予見して、そこは抜かりなくしたためてある。

大久保は彼一流の真面目で几帳面な性格を丸出しにして、いちいち久光に説明し、了解をとる。久光を操る手品師は、京と鹿児島で互いに連絡を取り合って名人芸を演じていた。

西郷という人は外見は、大まかで総てを人に任せて、肝心なところだけはしっかり握って、方向を誤らない人のように見られているが、実際は、実に緻密な考察と、人も驚くほどの先見を持っていて、その予見の正確さは、余人の真似の出来ない能力を携えていた。この能力も、また島でさらに磨きを掛けた無欲無私から来るものであった。

西郷は思案を重ね、思慮の限りを尽くして、薩摩のとるべき方向を見定めた。腕を組み、人を遠ざけて一人沈思していると、聞こえてくるのは、寄せては返す沖永良部島で聞き慣れた潮騒であった。あのときは何を考えていたのか。どんな思いに耽《ふけ》っていたのか。生きたい。帰りたいと思っていたのか。いやいやそうではなかった。

『何事も天の時を待ち、大自然のもたらす機会を逃さず、それは欲を捨てよじゃった』

我が薩摩藩はすべての妄念を捨て、一意天朝さまにお仕えせねばならぬ。

西郷の心は、何事も根本を誤ってはならぬというもので、揺らぐことはない。

西郷の許へは連日、大勢の客が訪れてくる。武士もあれば公卿もくる。自藩の者で心安い友もくる。言説は違っても、いずれも今後の薩摩藩の動きを、察知するためであることに変わりはない。このときには、あの千幻万化に変化する巨眼が大いに役にたった。

ある者はあの慈眼に接して納得し、ある者は鬼神も避けるといわれる眼光に、恐れをなして退散し、ある者は真っすぐ見つめられて畏れいってしまうという具合である。

元来がお人好しで嘘のつけない西郷の苦悩は一方ではない。へたな嘘はすぐばれる。西郷は一人になるとしきりに、

『卍で争ってはどうにもならんが、二つが一つになって、一つに当たれば勝つのは目に見えている。簡単な理屈じゃが時が来るまで、まだ見えて来ない。おいは待つ。皆にも待ってもらう。今こそ克己じゃ。己れを殺して長州に当たるのじゃ』

大事の前の小事と心を鬼にして、八方に対してとぼけていた。

元治元年三月二十七日、遂に大変な事態が起こってきた。あの藤田東湖先生の四男で水戸藩士の藤田小四郎、武田耕雲斎らの一派が、攘夷を唱えて筑波山に旗揚げしたから、近隣の攘夷

浪士が大勢で駈けつけ、猛烈な勢いを誇っていて、討伐に向かった幕府軍も手がつけられないという。西郷は水戸藩内の事情をよく知っているだけに、大きく嘆息した。

『なんで今頃、これで水戸藩もおしまいじゃ』

そんなときに京で池田屋事件が起こった。長州で京でのこの事件を知った長州の血気の武士たちが立ち上がった。

『三千もの兵で長州の武士をなぶり殺しにするとは、およそ侍のすることではない。おのれ会津め、新撰組め、皆殺しにしてやるぞ』

彼らは、大蛇が口から出す、不気味な赤い炎に似た舌のような憎悪の言葉を放って、息巻いていると伝えて来た。

西郷は筑波山に火の手が上がって、兵が割《さ》かれれば京は手薄になる。勝機は今だとするのは、兵を預かる将たる者の兵法の常道である。近いうちにこちらでも何か起こるであろうと予感していた。そんな矢先に中村半次郎が帰ってきた。

『先生、長州は火の玉じゃ。近々三千の兵を率いて京へ攻めてきもす。国司信濃、益田右衛門佐、福原越後の三家老が大将じゃ』

『今度は大仕掛けじゃな』

『なんでも相手は会津で、おいの前じゃから明白には言いもはんが、我が藩も場合によっては踏み潰すと息巻いていもす』

『それでいつ頃こちらへ』

『はや向こうを発っていもす。二、三日のうちには着くでごわしょう』

西郷はさっそく、手配を整え、さらに要所要所に密偵を放った。

長州でも今度の戦さには先ほど、決起して組織された奇兵隊なるものが加わって、ますます勢力を強くしているという。高杉晋作や長州の尊皇派の重鎮である桂小五郎、一時は家老職から遠ざけられていたが、最近復帰した周布政之助らは猛烈に反対していることが分かった。

今度、大兵を上洛させようと仕掛けたのは、三条実美らの公卿と筑前の神官・真木和泉守らであると伝えてきた。西郷は、

『またも真木か。アイツらは力もないのに、口舌一本で事を起こそうとすっ。天下の大事はそげんこつで動くものではなか。真木も真木じゃが、真木らに踊らされっ者も者である。一体、誰であろうか』

今一人の密偵は、今度の戦さの大将は、長州藩切っての剛勇の士である来島又兵衛であると伝えてきた。来島が大将となって、上洛してくるとなると、武力衝突は避けられない。このときばかりは西郷も覚悟を決めた。

『こいは激しい戦いになっぞ。とても会津や桑名の兵では持ちこたえられん。一気に御所へと雪崩《なだれ》込んで来っに違いなか。薩摩藩としても、傍観していっわけにはいきもはん。さて兵の配りは伊知地どんに任せば良かが、会津との駆け引きはちとむつかしか。それにしても、長州には来島を説得すっほどの者がおらんのか』

長州にもその勢力があり、その一人の桂は、京へ潜入して渉外活動によって活路を見出すと、出発して行ったので、残るは高杉と周布だけであった。

お鉢は高杉に廻ってきたが、頑固一徹、武辺で単細胞の来島の頭は硬かった。三日を費やし

て説得した。だが、駄目と知った高杉は、藩公に報告せずに、桂や久坂のいる京の藩邸に入って、対策に熱中していたのだが、いつも女と一緒に豪遊する噂が裏目に出て、

『藩主の命令も聞かずに、京・大坂で勝手なことをしている』

との嫌疑を受けて、とうとう野山獄に入れられたとの報告を受け取った。

西郷の腹はすでに決まっていた。一寸の微動もない。

元治元年六月二十四日、福原越後が兵八百を率いて伏見の藩邸に入った。同じ日、久坂、真木らが浪士軍を率いて京への入口に当たる天王山と対岸の男山八幡に別れて陣を布く。翌日は来島又兵衛が本隊を率いて、嵯峨の天龍寺を占拠して陣を構えた。

陣配りに一点の不備もない見事な布陣である。この布陣で敵の出方に応じて攻めては引き、包んでは押し、引いては敵を死地に誘い込むといった戦法で押してこられたら、たとえ在京の幕府の戦力が六万あるとはいえ、実際に戦意のあるのは会津、桑名と薩摩の合わせて四、五千であるから、夜戦に持ち込み、同士討ちを誘引して混乱させる戦法をとれば、勝敗は予想もつかない混戦になる。

六月二十七日、長州勢は正々堂々と軍を進めてきた。

戦さを知らないお公卿さんたちは震え上がった。禁裡《きんり》守護の大任を任せられている一橋慶喜は、戦闘になった場合、一番頼りになるのは薩摩の武力であるとして、会津藩を通して協力を求めてきた。一橋にしても会津にしても、薩摩の態度に、今一つ信頼が措けないのであるが、かといって薩摩の協力がなければ、この戦の勝敗の行方も占えない。薩摩は居ながらにしてこの戦さの主導権を握ることになった。もとより西郷の思う壺である。

西郷の腹は決まっているが、誰に聞かれても判を押したように、

『今度の戦さは長州と会津の私闘でごわす。薩摩藩としては関わりたくはなか。じゃっどん、朝廷尊崇の態度で貫く覚悟でごわす』

これでは味方するのか、傍観するのか、一橋も会津も不安は隠せない。

薩摩藩内でも、西郷の腹の内が読めずに問い質《ただ》してくる者が後を断たない。西郷はしてやったりの心境であった。敵を欺くにはまず味方を欺かねばならぬ。藩士一同にも同様の意見を述べて、不動の信念であることを示したので、皆の動揺は収まり、西郷の命令に従うことに一決した。

七月十八日、長州勢が動きだした。さっそく、一橋はじめ諸侯が参内して、長州に朝命を伝え、聞き入れなければ、朝敵として討伐せよとの朝命が発せられた。

朝命を受けても西郷は、なるべく長州との正面衝突は避けねばならぬと、慎重に兵を動かした。一橋からは、長州軍の本隊の陣取る嵯峨方面を割り当ててきた。

西郷は嵯峨方面へ出動する部隊に訓示した。

『この戦さは、長州と会津との私闘でごわすこつを忘れてはないもはん。どげん撃ちかけられても、向こうから攻めてこない限り、こちらから仕掛けてはないもはんぞ』

部隊を率いる将には、

『長州はやぶれかぶれの死に物狂いの兵ばかりじゃ。本来、こんな兵と本気で戦う馬鹿がどこにいっか。そん馬鹿は会津に任せよ。手柄を立てようの、首を取ろうのと考えてはならんぞ。兵にもしっかい申しつけてくいやい』

と諭し、そちらへは少しの兵を回しただけで、大部分の兵力は自身が率いて、御所の邸内に陣を布いた。剛勇の来島なら、かならずここまで突入してくると読んでいた。ここでもまた、西郷は兵を集めて訓示した。

『ここへは長州の最強軍が押してくる。大将は長州軍切っての猛将・来島又兵衛どんじゃ。こんお人の戦さはきっかぞ。じゃっどんよか相手じゃ。力の限り戦え。わが薩摩藩の戦さは天子様をお護りすっのがその役目ぞ。ここを破られたら、天子様に忠義を果たせんぞ。おいも死ぬ。おはんらも死んでくれ。生きて薩摩へ帰ると思わんでくいやい』

西郷の巨眼がかっと見開き、朱を注いで部下を睨みつけた。その物凄さに、さしもの薩摩の兵も恐れをなしてしんと静まったが、間もなく誰からともなく声が上がって、大歓声が巻き起こった。それはまさに怒濤が押し寄せ、岩をも砕くほどの出陣の鬨《とき》の声であった。並みいる諸将は、鳥肌さえ立つ思いで感じ入った。

『さすがはせごどんじゃ。兵を率いる真の大将とはこんお方のこっじゃ』

戦法は予想通り七月十九日の夜半になって、長州勢は押し寄せてきた。守備の筑前藩や一橋の兵はひとたまりもなく敗走する。蛤御門を守っていたのは会津勢であったが、来島勢は勢い鋭く攻めたてて、折りよく下立売御門を突破した長州勢は、後から会津兵を攻撃したので、たまらず敗退してしまった。いよいよ主上の在《おわ》す公家門も危うっいとなって、初めて西郷は立ち上がった。

西郷は馬に乗って指揮をしていたが、一気に前線へと乗り入れて行った。どこから見ても一目で西郷だと判る。薩摩の兵は眼を見張った。

『せごどんは死ぬ気じゃ。巨眼《うどめ》さぁは敵に向かって駈けられたぞ。あいでは鉄砲の餌食じゃ。せごどんを死なすな。おいが前を駈けるけん、おはんら続け』

『よしっ、おいも行くぞ』

『おいもじゃ』

兵も将もわれ先にと、雨霰《あられ》と飛んでくる弾丸を物ともせずに突撃した。乱軍の中で刀を抜いて指揮する西郷の姿は、大波を掻き分けて暴れ回る大鯨そのものであった。

長州兵は西郷めがけて狙撃をするが、なかなか当たらない。薩摩の兵も暴れ廻る来島めがけて、盛んに狙撃をし、刀を奮って斬り込みを敢行した。

長州軍の大将・来島の戦いぶりも壮絶なものであった。斬り込んでくる薩摩の兵を刀を奮って跳ねとばし、馬を縦横に走らせ、声を枯らして奮戦する。まさに阿修羅の姿であったが、薩摩兵の狙撃の一弾が来島の腹に命中し落馬した。重傷である。来島は刀を杖にして奮戦していたが、遂に後方へと退いていった。このとき、西郷の脚にも一弾が当たって、思わず落馬したけれど軽傷であったので、続けて指揮を執っていた。

西郷と来島の負傷の差が勝敗の別れ目であった。どちらも勢いにおいて引けをとらず、両軍必死の攻防戦であった。薩摩軍もなんとかもちこたえたというのが兵たちの実感であった。

かくて来島の本隊が崩れだし、続けて諸隊も敗退して、ここにこの戦さは終わった。

松陰門下の久坂玄瑞、寺島忠三郎、入江九一は責任をとって割腹して死んだ。真木和泉守も自殺したが、彼の門人十七人も後を追った。

結局、西郷の執った策が的中し、朝廷での信用は一気に増大した。

国父の久光と藩主の忠義から禁門の戦いでの戦功を賞し、西郷には感状・陣羽織・拵刀定盛が与えられた。

戦後の処理が、これまた心憎い処方であった。市街の半分は兵火によって焼かれたため、西郷は長州軍が残した五百俵の米を救米として供出した。また、捕虜になった長州兵には旅費を与えて、時期をみて帰したという。西郷の一生でもっとも西郷らしい光芒を放った時であった。

このような人間の機微に通じた処方は、誰であっても執ることは出来ない。西郷の人気の秘密である。大久保でも無理であろうし、久光では考えられもしない。

この処置は薩摩に伝わる、戦い利あらず敗れた者をいたわる気風を受けついだものであり、自身の胸の奥深く涙の底に沈めた恩と情けを今、形として表わしたのであろう。それが同時に京の庶民への謝罪として五百俵の米を贈ることにしたのである。

其の四　噂の真偽

もうだいぶ前のことになるが、長州へやった中村半次郎が帰ってきて西郷に、

『先生、長州の高杉晋作というのを知りもはんか』

『松陰先生の弟子で、久坂と並ぶ逸材じゃとは聞いていもすが、会うたことはなか』

『その高杉が文久三年六月七日に、四ヵ国の艦隊が馬関に来て長州藩と戦争になったときに、土百姓や相撲取りやら町人やら、わけのわからんヤツらを集めて、奇兵隊と名づけて武器を持たせて戦ったが、そいつらが強くてよく戦ったらしか。そいでん入隊する者が後を断たんちゅ

うこつでごわす』

西郷は高杉と聞いて思い出した。

『あれは確か、おいが島から帰った年、文久二年の暮れ、そうそう十二月の十二日か、三日であったが、江戸の品川御殿山のエゲレス公使館を焼くと騒いで、長州の世子《わかとの》に止められた事件があったが、そん大将がおいは久坂じゃと思っていたが、実のところは高杉であっと教えられもしたが、こいつもなかなかの曲者じゃやな』

最近の身辺に起こる余りにも多忙さのために、遠い思い出を、たぐりよせるような気持ちで考え込んでいたが、首をひねらざるを得なかった。薩摩では、力士や大工、町人が武器を持って戦うなどとは絶対考えられない。

『武士と生まれた者は、主君のために一命を捧げて働くのが勤めじゃ。そんためにに主君から禄を頂き、家を護り、妻子を養い生活している。平生から一朝事あっときに備えて、武技を修業し、心構えを鍛えていっのじゃ。主君の馬前で死すっを、最高の名誉としていっのが武士であって、そこらで大工をしたり、商いに精を出す町人たちとは、どげん話にはならんのじゃ』

西郷は、長州もいよいよ武士が不足してきたのか、それとも町人にも劣るほど、武士の気骨がなくなったのかと、いろいろ考えてはみたが、あの禁門の戦いで見せた来島たちの働きは、薩摩武士でもたじたじであったことを思えば、これは一体どうなっているのかと、首をかしげて思案せざるを得ない。

『いや待てよ、俗論党といえば、保守派で上士たちの集まりかも知れぬ。ならば代々の高禄に慣れて、修業を怠っていた者たちであったかも知れぬ。今度、我らと戦ったのは下級武士であろうが、上士どもは、どこも腰抜け揃いか、じゃっどん武士に代わりはなかろうに、もはや武士の世の中も変わった。下層で苦しむ者の世の中が来たのか。難しかところはここじゃ。どげんしてそん世の中にすっとか』

西郷の腹は倒幕と決めているが、この先、世の中はどう変わって行くやら予測はつけがたいが、会津や桑名とは組むことはまずない。

『尊皇攘夷を叫んで、古くから水戸藩と連携して活動していっのは長州藩じゃが、密偵からの報告で、大体内容が解ってきたが、見かけより内実は豊からしい。なのにいつまでも藩内で抗争を繰り返していては、水戸藩の二の舞になる。

今度、幕府は長州征討をすっと言うが、ここでかなりの打撃を与えんことには、幕府の威信に関わるだろうが、長州がそう簡単に屈伏するか否かが問題じゃ。おそらくその奇兵隊なっものが暴れっであろうが、どのくらいの力があっのやら、とくと知りたいもんじゃ』

西郷は高杉晋作に異常な興味を示していた。

第九章——第一次長州征討

其の一　禁門戦の戦後処理

幕府は長州が宮門に向かって砲撃したのは、どのように弁護しようとも、朝廷に対してハッキリした敵対行為であると極めつけた。もちろん、西郷も賛成であった。

朝廷は元治元年七月二十三日、幕府に対して長州征討を命じ、その準備に取り掛かった。

早くも長州にこの情報は入って、先の禁門の変に対する責任問題が持ち上がり、一時は奇兵隊などに鎮圧されていた俗論党（保守党）が勢力を持ち直し、椋梨藤太や財満《ざいま》新三郎らが中心となって、藩庁の責任を追求して勢力を増大させていた。

『長州もかつての水戸藩と同じように藩内抗争を繰り返していっのか。それこそは亡国への坂道を転ぶことになっのが分からんか。吉田松陰は刑殺されているし、久坂や入江といった俊秀も死なせている。おいは久坂ほどの人物はまたと出ない大物と期待していたのに、長州はこれからどうすっのであろうか』

西郷は水戸藩の内情に詳しいだけに、優秀な勤王の志士が倒れてゆくことに、どうしようもない寂寞《せきばく》感に包まれながらも、幕府の征討について、薩摩がどうあるべきかを真剣に考えていた。

朝敵としての長州は、幕府の言うように征伐してから、藩禄を削って国替えさせるか、何とか刑罰を加えなくては、朝廷の権威も尊皇の実も挙げられない。かといってあまりに苛酷な処分を科すれば、窮鼠《きゅうそ》かえって猫を嚙むことにもなりかねない。戦さが長引いて日本の内で、あい戦う愚は絶対避けねばならぬ。

西郷は、今度の征討の主眼はここにおくべきだと思案して、では幕府も長州も徹底的に戦う意志があるのか、ないのかを考えてみた。

幕府は薩摩の武力を頼りにして、早期解決を望んでいようし、長州は破れかぶれで向かってくるだろうが、敗戦は目に見えている。

西郷は実戦の指揮を執る伊地知正治と相談した。

『伊地知どん、今度の長州征討はどげな戦さがよかか』

『せごどん、長州はやぶれかぶれじゃ。こげな敵と当たったときは、たとえ勝ってもこちらも傷を負う。おいは好かんな』

『おいもそうは思うが、会津は戦さに持ち込みたい一心であろうよ。会津に勝手に戦さをさせては泥沼となりもそ。どげんしたらよかか』

西郷は出兵の各藩の懐具合は寒く、なるべく短期に決着をつけて引き上げたいと思っている。総督には誰がなるのか、今のところはハッキリしないが、おそらく尾州老公であろうが、尾州老公なら昵懇《じっこん》の間柄で、そのような話に持って行きたいと思っていた。

幕府は各藩大名に出陣を要請をするのだが、まずは総督を決めなければ話にならない。第一、どこの藩も内実は火の車で、とても戦さどころではない。皆腰が引けている。

西郷を訪ねてくる人間は増えてきた。誰しも薩摩藩の出方に注目している。なかでも西郷の腹の内が聞きたい。西郷は、

『薩摩が今度の征討の実権を握るためには、おいそれと腹の内は見せられん』

慎重に対処していた。

西郷は征討側の内容は大略摑んではいたが、肝心の長州側のことがハッキリしない。昨年五月には、馬関海峡を航行する外国船を砲撃したと思えば、八・一八事件を起こして敗退はしたが、それにも懲りずに三千の兵を催して、失地回復を叫んで今度の禁門の変の事件を起こしている。

兵を動かすことは、まずもって大義名分を建て、その上、兵器、弾薬、軍旅その他に費やす桁外れの莫大な軍資金が要る。幕府も諸藩もその内実は至って乏しいというのに、長州には一体、どのくらいの蓄えがあるのか。これは詳細に探索せねばならぬと、多くの密偵を放って内偵を進めた。その報告によれば、長州の内実は思ったより豊からしい。一説には百万石ぐらいの実力があると言う。

戦さは金だけではない。兵数、指揮官の質も重要であるが、何といっても戦意の有無がもっとも大切である。それらの情報を集めて、それに対して適切な処置を打たねばならぬ。西郷は、体が幾つあっても足りないくらいの忙しさであった。

幕府が長州征討を発表し、各藩に出兵を要請して総督を決めようとしている矢先に、時を同じくして、それは元治元年八月五日であったが、突如として先に砲撃を受けたイギリス、アメリカ、フランス、オランダの四国艦隊が賠償交渉のために、馬関に来航して一斉に砲撃し上陸してきた。

腹背に敵を受けて勝ったことがないのは、世界戦史の通例である。

長州では高杉の奇兵隊が一致団結して奮戦したが、兵器にまさる艦隊との戦争は一方的に長州側の敗北となった。しかし艦隊の目的は、領土の占領ではなくて、一年前の文久三年五月十日に長州側が、四国艦隊へ砲撃した賠償をいかに有利に進めるかであり、長州藩にとっては、無条件で敗戦賠償交渉に応じなければならない講和であった。

長州藩は幕府の征討と四ヵ国艦隊を迎えて、絶体絶命のピンチに見舞われた。

幕府の征討にも備えなければならないが、差し当たって、この難局を処理しなくてはならない。これの適任者は長州藩に人材多しといえども、才気煥発、知略縦横、胆太くして死を恐れぬ者といえば、高杉晋作を措いてほかにはいない。

長州藩存亡の危機に瀕して、誰も引き受ける者がいなかったのが幸いしたのか、時がうまく双方に知恵を働かせたのか。衆目の一致するところは、誰もがその天稟は認めても、あの傍若無人の高杉晋作であるとは、まさかの人選であったと思われたが、目論みは誤りではなかった。

弦を離れた矢が見事正鵠《せいこく》を射るように、高杉が出馬を引き受け、大車輪の活躍で、とにもかくにも長州藩は救われた。

高杉はそのとき、野山獄の中で呻吟《しんぎん》していた。京に向かって暴発しようとする来島の説得が不調に終わり、それを藩主へ報告すべきを怠った。それに、平素の行状も祟《たた》って、任務を放り出して、京・大坂で豪遊していると讒言《ざんげん》され、獄に繋がれていた。藩はさっそく、高杉を牢から出して講和の全権を託した。

高杉にすれば、藩のヤツらは身勝手もよいところだ。どう転んでも分の悪い仕事に違いない。うまく運んでもともと、悪くすれば切腹ものだ。

『藩のヤツらの顔が見たい。牢から出してやったと思って、恩に着せるつもりに違いないが、どんな話に持って行くか、その後でどうするか、つべこべ吐《ぬ》かすなよ』

結果はどうなるか分からないが、どのみち藩役人の慌てふためく様が見えるようだ。

後で分かったことだが、高杉の身分はまだ罪を許されていない罪人のままであったが、一躍、家老宍戸備前の養子となり、名も宍戸刑馬と名乗って、旗艦の「ユーリアラス号」に乗り込んでいった。

さて、そのときの出立ちは、

『黄色の地に大きな浅黄の紋章を描いた大紋の衣服を着用し、黒の烏帽子を冠っていた。絹の下着は見事な純白であった』

『この講和使節は、本当は降伏の使節であるにもかかわらず、まるで「魔王」のように傲然と構えていた』

『この魔王のように傲然と構えた男も、そのうちだんだん温順《おとな》しくなって、しまいには何でも承諾した』

と、イギリスの通訳・アーネスト・サトウが誌している。

こけ脅しもここまでやれば、高杉も満足であったろう。交渉の大略は自分の思い通りに進め、こまごました取り決めは面倒で、どうでもよいことであった。

これが第一回目の会談であった。この会談が終わって第二回目の会談の打ち合わせに帰る途中で、頑固な攘夷派の連中が高杉を斬ると騒いでいる噂を耳にし、

『馬鹿者にくれてやるほど、幾つも命はないわい』

早々に雲隠れしてしまった。ここらが高杉の高杉らしいところで、胸のすく思いがする。

第二回目は高杉はいないので、代わりに家老の毛利登人が出た。

第三回目はいよいよ締結せねばならないから、是非とも高杉でなくてはならない。

高杉は、またしても傲然とした態度で臨んできた。賠償金の支払いを要求されると、

『何を言われるか。賠償金は幕府が支払うべきものと決まっている』

撥《は》ね付け、てんで話に乗らない。彦島租借の問題が出されると、

『かの島は何のために狭隘なる海峡に存在するのかご存じか』

滔々と日本歴史の始まりから説き起こし、とうてい、貴国ら異人の住むところではないと、長々と聞いている者が飽いてしまうほどの長広舌で、嚇《おど》し、勿体ぶり、宥《なだ》めすかして煙に巻いてしまった。通訳の伊藤俊輔（後の首相となる伊藤博文）も困り果てたという。

高杉の必死の気迫が、イギリスの提督を諦めさせてしまった。このときに交わされた条約は、

『海峡を通過する船舶に石炭、食料、薪水、その他日用必需品を求めるものがあれば、好意をもってこれを供給すること。天候によって船に危険のある場合は乗組員の上陸を許可すること。海峡には一切の砲台を置かないこと。など』

と、取り決めて、この講和条約は無事締結された。

西郷はこの高杉の大活躍を知って、なるほど久坂と並ぶ逸材ではあると深く記憶に留めたが、奇兵隊の今後については、まだハッキリとした見通しが立たなかった。

其の二　西郷、初めて勝と竜馬に会う

幕府は長州征討を決定したが、征討総督になる人物はなかなか決まらない。第一候補は何といっても徳川御三家の紀州侯がなるべきであったが、一橋慶喜と会津藩が反対する。ならば次は、御三家の尾州侯の徳川慶勝であったが、本人が嫌って決まらない。

日は経つばかりで、こんなことでは諸侯に出陣を命じても、逡巡するばかりなので、副総督から決めようとなって、やっと越前の松平春嶽の息子の松平茂昭に決まったのだが、総督や副総督を決めるといった重要な裏工作までが、総て西郷の許へ相談に来る始末であった。当時の薩摩藩と西郷の実力が知れようというものだ。

『どうせ総督は尾州侯に落ち着く。おいは尾州侯以外では断然反対する。薩摩藩が嫌といえば、纏《まと》まる話も纏まらなくなっのは、兵も諸侯もよく知っている』

幕府もかつての勢力がなくなっており、諸侯ももっとも頼りになるのは薩摩藩であり、その薩摩藩の去就を握っているのが西郷であるし、西郷もまたこの征討に熱心であったから、大切な相談は総て西郷の許へやってくる。

『朝廷も幕府も、禁門の戦いで見せた薩摩軍の強さをよく知っている。彼らの注目を集めて、

今度の戦さの梶取りは薩摩藩であることを納得させておく必要がある』

そのためにはまだまだ薩摩藩の出方、腹の内を見せられない。特に幕府に対する言動は慎重にせねばならない。

西郷はこの征討を成功させるためには、将軍に直々京へ出張って貰《もら》わねば埒が明かないと決心して、先の将軍の御台所の天璋院夫人から将軍家茂に勧めて貰おうといろいろと手を回していた。

天璋院夫人とは、島津家からいったん近衛公の許へ養女に入り、第十三代将軍に嫁いだ人で、このときの膳立ては、すべて西郷が取り仕切っていたので、知己も多く、ここを糸口としたのである。

難しい政治工作に頭を悩ましているとき、副総督を引き受けた越前侯の供をして上京してきた堤五市郎、青山小三郎という二人の藩士が、

『西郷殿、貴殿は幕府の勝安房守様をご存じか』

『お名前は存じておりもすが、お会いしたことはごわはん』

『勝様は近く江戸へ帰られるが、この方から将軍様にお願いしたら如何でしょう』

『これはかたじけない。是非お会いしたい』

元治元年八月十四日、大坂の勝の宿舎で、二人の英雄が相まみえることになった。

西郷と勝とは明治維新の舞台を盛り上げた名優として、これからしばしば出演の機会があり、ここでは簡単に勝のことに触れておくことにする。

勝海舟、名は義邦、通称は麟太郎、海舟は号である。文政六年・西暦一八二三年の生まれで、

西郷より四歳年上である。旗本小普請組・勝左衛門太郎の長子であった。剣は当時第一級の剣客といわれた島田虎之助に学び、代稽古を勤めるまでに上達したが、島田の勧めにより西洋兵学に志して、早くから蘭学の修業を長井助吉に入門し、次いで佐久間象山に学んだ。佐久間の門下には吉田松陰、橋本左内らの俊秀がいて、勝も早くから開国に目覚めていた一人である。

勝家は旗本といっても、曾祖父の時代に旗本株を買って旗本となった家で、格式のある旗本ではない。父の役職である小普請組とは無役といわれたくらいで、家は貧乏であった。少年期は、文化・文政の賄賂が横行し、緊張感の欠く時代を過ごし、早くより、時代の変化に鋭敏に反応しつつ成長していった、まさに時代が創った英雄の一人であった。

西郷と初めて会うことになった頃は、幕府内でも重職に進み、海軍奉行であり、安房守に任ぜられていた。当時の兵庫は現代の神戸であるが、そこに海軍操練所を建設し、そこの塾長に土佐の坂本竜馬を充てていたので、竜馬と共に大坂に来ていた。

礼儀正しい西郷は、前もって勝に面会の書状を渡し、日時を確約して、以前から勝とは知り合いだという、吉井幸輔と越前藩の二人と一緒に出掛けた。

当時の西郷は薩摩藩の代表であり、服装にもずいぶんと気を遣《つか》っていたようである。帯でも二、三十両はする物を締めていたといわれるから、他は推して知るべしであろう。羽織は主君斉彬から拝領の、島津の紋の入った立派な物であった。どこから見ても、堂々たる貫禄であり風采である。もともと西郷は身なりに構う人ではないが、初対面であり、幕府の高官である勝に対する礼儀と、薩摩藩の体面を考えてのことであったのだと思う。

初対面の挨拶が終わり、越前侯からの親書を手渡し、勝の書見が終わったところで、

『勝先生、近くご東下なさるとお聞きしましたが、将軍様に京への上洛の件、幕閣の方々へご尽力されるよう、お願い致すことは出来ないでしょうか』

『西郷先生、私のような幕府の下っ端《したっぱ》の者にまで、ご期待頂いてまことに光栄ですが、この役目は私ではとうてい出来ません。もちろん、私もずいぶんと努力を致しますが、幕府のおエラ方は、ハッキリ申し上げて、身の栄達、安全しか考えておりません。難しい問題は先送りにし、自ら処理しようという者は一人もいないし、また出来ないような仕組みになっています。早くいえば、幕府はもう駄目です。腐り切っています』

西郷は驚いた。幕府の高官が、幕府からいえば、取るに足らぬ薩摩の一武士に、言うべき言葉ではない。なのに、ごく自然にポンポンとまくしたてる。そしてそれが少しも気取ったところや、自分をエラク見せようなどとする態度はカケラもない。こうなると、西郷とて感心せざるを得ない。勝もまた一目で西郷の人物を見込んで本心を曝《さら》け出したのだ。

二人はさらに将軍上洛のことについて、いろいろな角度から議論を戦わせてみたが、勝の意見は、西郷の胸にいちいち実感として突き刺さってくる。

『これは勝の言う通りに違いない。自分の考えも、もう一度練りなおさねば』

西郷も反省しきりであった。勝は諸外国の事情にも明るく、すでに彼の頭の中には、幕府や諸藩はない。尊皇だの佐幕だのと騒いでいる馬鹿が、日本を危うくするというではないか。日本という言葉が出てきて、世界の中の日本を考えている。

話は弾んで、西郷が兵庫の開港の件にふれると、勝は、

『これはこちらも腹を括って、一戦覚悟で当たるより仕方がない。幕府はさっき申し上げた通

りですから、ここは力のある幾つかの藩が力を合わせて、何とか知恵を絞らねばなりません。もしそのような方向をお示しなさるならば、私とてご協力します』

このとき、西郷は幕府の代わりに力のある藩が連合して、天下の大政を預かって行くことだと理解したが、幕臣はもちろん、幕府の改革を叫んでいる志士たちでさえ、勝の考えを理解できる者は少なかった。

『恐ろしい人だ』

率直な西郷の勝観であった。さっそく、大久保へ勝に会った感想を書き送っているが、手放しで褒《ほ》め称《たた》えている。

『勝氏のご意見には感服致しました。佐久間象山先生よりも外国通で、一かどの学者であり、それに政治家としての行動力が格段に優れています。恐れ入った人物です』

勝の方も西郷に惚れて、何かといえば西郷、西郷という。傍《そば》で聞いている坂本竜馬も、一度会いたくなってきた。

『先生、西郷に紹介してくれんかね』

ここでまたまた二人の英雄が相まみえることになる。西郷、高杉、勝、坂本、の四大スターが揃い踏みをして、維新史のもっとも華々しい舞台の幕が今、上げられようとするときである。

竜馬は単身、西郷を訪ねた。このときの会見の模様を残した勝の口述によると、

『なるほど西郷というヤツはわからぬヤツだ。少しくたたけば少しく響き、大きくたたけば大きく響く。もし馬鹿なら大きな馬鹿で、利口なら大きな利口だろう』（栗原隆一氏の著書より）

『西郷という男は大太鼓のような男でありますな。小さくたたけば小さく鳴り、大きくたたけ

ば大きく鳴ります。馬鹿なら底の知れない大馬鹿、利口なら底の知れない大利口ですな』（海音寺潮五郎氏の「西郷隆盛」より）と言ったという。

竜馬のことだから、仔細は勝から聞いているので、あまり立ち至った今後の政局や政策について聞かなかったであろう。竜馬は身軽な脱藩浪人であるし、西郷も勝の紹介状の手前もあって、真剣な言葉の応酬はなかったであろうが、二人に通じる相手の人物の軽重を計る目安計の針は、共にかなり大きく振れたのではなかったかと思う。「語るに足る人物である」と、相互に認め合ったのではなかろうか。

其の三　調略の法

西郷が長州征討に精力を傾けるのは、単に会津藩との関係を自然に消滅させてゆくためばかりではない。今や薩摩と長州が、鎬を削って「玉」、すなわち朝廷を取り込むか否かに掛かっている。すでにこのための抗争は幾度となく繰り返されてきているが、ここでふたたび、長州側に奪還されるようなことになれば、薩摩藩は立ちどころに京にいることは出来なくなる。うかうかしていられない。どんなときにでも腰の据わった西郷であったが、長州征討問題が公然と評議されだしてくると、目付きがいっそう険しくなった。

『幕府に対して、我が薩摩藩の覚悟を見せる必要がある』

西郷が国元の大久保に書き送った。

『勝から阿部正外老中は話の分かる人だからと教えられたから、この人に相談しようと思うが、もしその阿部老中が、老中どもを押さえるほどの知恵や気力がないなら、薩摩藩はきっぱりと望みを断って、幕府のすることには一切口出ししないようにする』

今後、一切幕府に助勢しないとの決意を示し、時勢に対しては、勝の示唆によって得た雄藩連合に専念すると書き送った。

大久保からは、次のような返事が届いた。

『今後は雄藩が連合して政局に対応して行くこととありますが、これは必然的に幕府と対決することになるので、時機を誤ってはならないと考えます。ことを急いでこの論を唱え出しては、幕府で離間策を講ずることは必定ですから、かならず破れます。異国人らが大坂湾に乗り込んで来て、幕府も雄藩の力を必要としたときを見計らって、はじめて発表し、一気呵成に運びつけねばならない。かくて雄藩連合が成立したならば、いつまでも共和政治をやり通す必要があります。よくご思案して下さい』

さすがは大久保の眼力は違う、鹿児島にいても的をついて誤らないと敬服した。

この時期、西郷と大久保の書簡の往復は頻繁の度を越えていた。西郷は立場上、いちいち久光に許可を仰いでいる時間的な余裕がなく、また征討軍の参謀という大任は、遠く鹿児島との連絡を待って行なえるようなものではない。間に立つ大久保の苦心が察せられる。西郷が初めて勝に会い、有力な大名が一戦覚悟で、兵庫開港の件に対処すべきであると聞かされたときに、西郷の頭の中には会津藩も水戸藩も尾州藩もなくなり、長州藩が大きく見えだしてきた。

西郷にはそのとき、

『おいには、うまく説明できんが、長州藩はわが薩摩藩と同様に、関が原の怨念を忘れてはいまい。あんときの屈辱を、徳川家に対して一戦に及んでも報復せずばという強固な精神として、持ちつづけていっに違いなか。そいが今の長州の強さでごわす。そん実力は他藩とは比較にならぬほどの力として、温存されていっのではなかか。そいなれば少なくともわが薩摩と大して変わることはなか。おいの目にはそう映る』

長州を見る目が今までと違ってきた。

西郷のいう共和政治なるものは、今日でいうような形態ではなく、幕府が力も才覚もないならば、それを補うべき力を持った大藩が、よりより協力して政治を運営して行こうというものだったろう。

長州藩は確かに力はあるが、あの暴挙をこのままに見過ごせば、尊皇の意義が霞んでしまうし、いずれまた、長州は攘夷をふりかざして武力で巻き返してくる。

四ヵ国艦隊と戦争し、京に駐屯する五万とも七万ともいわれる大軍にも臆せず、戦争を仕掛けてくる勇気というより蛮勇だが、もしも我が藩と真っ向からぶつかった場合のことを考えると、今は徹底的に叩かねばならない。長州とのことはそれからでよいと考えた。

元治元年九月二十一日、総督には前尾州藩主・徳川慶勝に決定し、三十六藩の兵が動員された。朝廷から征討の命令が出たのが昨年の七月二十三日で、幕府が出陣の準備を命じたのが、今年の二月十一日だから、いかに各大名の内実も困っていたか、戦意がなかったかが知れよう。しかし、まずは総督が決まって、出陣が出来ることとなった。

尾州侯とは主君斉彬の使いで何度も拝謁し、お言葉も賜わり昵懇の間柄であり、当然、尾州侯も西郷の実力は熟知している。

『西郷か。久しぶりよのう。薩州殿の使いで余の許へ参った頃とは見違えるほど立派になった。薩州殿がおられたら、どのくらいお喜びになられることやら。今度は余のために存分に働いてくれることになって嬉しいぞ。まずはよろしく頼む』

『勿体ないお言葉を賜わり、吉之助、身に余る光栄であります。今度の征討では粉骨砕身働く覚悟でありますので、総督様にも、なにとぞ吉之助をよろしくお願い致します』

優渥なるお言葉を頂いて御前をさがってきた。

自然、作戦の一切は西郷が取り仕切ることとなった。

ここで大変な情報が入ってきた。先に長州藩が四ヵ国艦船に砲撃した賠償問題の決着をつけるために、四ヵ国の艦隊が戦備を整えて来航し、馬関を砲撃し上陸してきたけれど、高杉の活躍で元治元年八月十四日、講和条約が成立しているのだが、今度は、昨年の五月十日に四ヵ国の艦船を砲撃したのは、幕府が攘夷を天下に公布したためであり、この公布に当たっては朝廷の許可（勅許）が出たからだと解釈して、京の朝廷に談判すべく、大坂湾に乗り入れてくるかも知れないという大ニュースが入ってきたのであった。

これでは長州征討どころではない。さすがの西郷も慌てた。

『こりぁ、作戦を変更せにゃならん』

これでは、おちおち戦争などしていられない。戦争は何も両軍が真正面から戦うばかりではない。もっともよい戦法は相手方に内紛を起こさせて、自滅させるか、さもなくば強いほうに加担して全体の勢力を半減し、その後、残り半分を処分する方法もある。兵法では調略ともいう。西郷はまずは戦わずして勝つ戦略、すなわち調略で事を進めようと考えた。

この兵法は、誰にでも出来ると言うような簡単な戦法ではないし、相手の陣営に内紛を起こさせるもっとも汚い戦法であり、よほどの軍略と実力の持ち主でも成功させることは難しい。

『天才、秀才ならいざ知らず、この真面目しか取り柄のなか愚鈍なこのおいには無理な戦法じゃ。かといって、代わってくれる者もなか。どげんすっど』

西郷は自分の取り柄は誠意をもって事に当たるだけであり、それには命を賭けることだと、島で得た処世に活路を見出すより仕方がないと覚悟を決めた。

一方で威勢の良い意見が人気化するときは、かならずどこかで反対の工作が進行していると見てよい。その隙を狙ってアッという間に戦勢を逆転させてしまう戦法である。西郷もまずはこの作戦を採用してみようと考えていた。

まず四ヵ国艦隊が賠償問題を朝廷と正式に談判するため、近く大坂に乗り込んでくるとの情報を流した。これで幕府の腰も折れ、総督府も少しは静かになると見た。

方々へ放った密偵の報告のうち、岩国方面を担当していた竹内や岩崎は、長州藩の支藩主である吉川監物は、

『禁門を冒したことは、朝廷に対し奉り不敬の至りである。ひたすら恭順の態度を示して寛大なる処置をお願いすべきである』

根気よく説得に努めていると報告してきた。すでに今度、暴挙に参加した者にはすべて閉門を申しつけ、三家老は萩の座敷牢に監禁されているだけでなく、謝罪の使者が衣服を改めて国境まで出てくるともいう。

この大事なときに国父久光から、西郷が目論んだ将軍上洛の件は西郷の独断であると決めつ

け、帰国命令を出してきた。西郷はうんざりした。

『将軍上洛の件は、九月八日に近衛忠房卿からの依頼であったのだし、将軍上洛が実現すればいまだに決まらない征討総督も、尾州侯としてはお受けし易くなる。こげんことが解らぬ国父久光様ではなかが、おいのすっことに、ちょっと文句をつけたかったのでごわそよ』

こう推察して帰国する奈良原繁に細かくわけを話し、「総督も決まったが、おいは征討軍の参謀を仰せつかり離れることは出来ないから、長州の始末を着けてそこから帰国する」と伝言した。大久保の苦労が察せられ、まるで「だだっ子」をあやすようなものだと気が滅入った。

大久保が久光の怒りを鎮めるために、大物の家老を起用した。

『国父様、吉之助めをきつく叱りますために、ご家老の岩下殿に、その役をお申し付けしてよろしいでしょうか。岩下どんならば、元誠忠組の統領で適任と思います』

『方平を行かせよ。そして吉之助の目付とせよ』

これでは大久保の思う壺である。大久保は岩下に、今後の薩摩藩の出方や藩内の事情を西郷に報せて、今後は二人で京での活躍を期待した。岩下は勇み立った。

大久保の手品師の業は冴えに冴えていた。

事態は急速に動く。四国艦隊の大坂湾への来航もどうやら沙汰止みであった。一安心であったが、今は久光公のことなどにはかかずらっていられない。

この頃、西郷は御側役・役料九十石・代々小番に抜擢されている。同時に名前も大島吉之助から西郷吉之助へ変えることを許された。これより少し前、弟の吉二郎も横目助になっていた。

西郷は密偵から長州藩の報告を聞いて、征討軍は一方では大軍を国境に張りつかせて武威を見せつけることになっている。一方ではこちらから仕掛けずとも、向こうから乗ってきた。まさに打ってつけの状況になってきた。この調略は成功すると見た。

西郷は十月二十三日に大坂城で幕府役人と出征参加の各藩の代表者の軍議のあった前日の二十二日に、総督の諮問に答えて長州の内情や自身の知る情報を報告し、今回は長州藩内部の者で決着をつけさせる作戦を披露して許しを得た。

『わざわざ多くの兵と金を使って戦争することは愚の骨頂であります。折り好く、長州の吉川監物殿が、禁門を冒したことは、朝廷に対し奉り不敬の至りである。ひたすら恭順の態度を示して寛大なる処置をお願いすべきである、と根気よく本藩の者を諭しているとの情報が入っています。総督様、ここは吉之助にお任せ頂いて、戦さをせずに講和に持って行きたいと思います。この件お許し頂けないでしょうか』

『さすがは吉之助じゃ。許す。うまく運べ』

総督様には言わなかったが、吉川監物は、すでに今度、暴挙に参加した者にはすべて閉門を申しつけ、三家老は萩の座敷牢に監禁されているだけでなく、謝罪の使者が衣服を改めて国境まで出向いてくる手筈も整えているとの報告も受けている。

大藩の殿様というのは鷹揚なものだと感心しながら退出し、すぐさま作戦を練った。

さっそく、大久保に手紙を書いて作戦の一切を報せ、講和について次のように書き送った。

『今度、長州藩は恭順謝罪の誠を表し、講和に漕ぎ着けることになりましたが、私としては、かなり厳しい処置をとらねばと考えております』

西郷という人は、頭を垂れて降ってくる者に、苛斂誅求な刑罰を課することが出来ない性質を持っている。おそらく初めは相当厳しい処置を考えていたことであろうが、薩摩の風である決死の覚悟で戦った者が、戦運利あらず命を投げ出して降る者に、さらに重い罰を加えることは、武士の作法として為すべきことではないことを、骨身に沁みて知っている。

『沖永良部島では、小事を捨てて大事を忘れるなを知ったが、今度もまったく同じじゃ。些細なことを詮索せずに、降ってくっ者には仁慈を以てすべきである。要はこの戦さの根本をしっかり把握しておくことだ。おいの覚悟は決まった』

西郷の覚悟は決まったが、講和までにはいろいろな手順がいる。西郷はまずは芸州広島に行き、長州の謝罪使に会い、さらに岩国の吉川監物を訪ねて敬意と誠意を示し、そこで大体の話を纏めて長州へ乗り込むつもりであったが、皆は危険だという。まさに死地に飛び込んで行くようなものである。さすがの中村半次郎も止めた。

『長州には昵懇な者がいて、先生の護衛ならおいに任せてほしか。先生が行くというなら地獄の果てまでお供をすっが、先生の仕事はこれからでごわす。おいがお供をしても、斬り抜けっことはできもさん』

半次郎はもう死ぬ覚悟で、二本の刀を用意し、一本は背負い、一本は腰にぶちこんで刀に反りを打たせて、ついて行くつもりでいるが、それでも行くなという。

其の四　講和難航

こんなとき、うまい具合に筑前藩の重役・喜多岡勇平が来て、その話を聞くことが出来た。

『西郷さん、この工藤左門殿をご存じでっしょう。今は近衛家に仕えて藤井良節という名前になっていますが、私はこの藤井殿に吉川監物様の話をし、長州藩内の事情も打ち明けましたが、藤井殿は今は鹿児島にいる高崎五六殿に打ち明けたとばい。ばってん高崎殿はすぐさま、「大久保どんに話をして了解をとろう」となって了解を取り、二人で岩国に行って監物様にお会いして、なんとかうまく事を運ぼうと話をしてきたとですたい』

藤井と二人でしきりに西郷を口説いた。

『西郷さん、ああた自ら行くと言わしゃるが、ああたの体は薩摩一国のものではなか。ばってん、ここはわしどもに任してくれ。うまく事を運びますたい』

西郷はこの二人の熱意は有り難いが、仮にも一国の城主の吉川監物に対して、自分が出向かないのでは誠意に欠けるのではないか、また相手が二人を軽く見るのではないかと心配したが、これだけ誠意を示されれば断わることも出来ない。二人には自分の意見も総督の意見と同じであり、この講和条件を了解してくれれば、寛大なる処置を総督にお願いすると言い含めて、使者として行くことを了解した。

総督は総督で、京の毛利家の菩提寺の僧・機外と総督と昵懇の僧・鼎州《ていしゅう》に付家老・成瀬隼人正の家臣の八木銀次郎をつけて、ひそかに吉川監物に会い、総督の意中を打ち明けさせていた。

西郷はすでに総督の尾州侯から作戦について諮問を受けたときに、自分の作戦を披露して了解をとってあるが、戦さをせずに勝つためには、征討軍の戦勢の如何が勝敗を決する。したがって麾下部隊の攻撃分担を定めて、堂々たる進撃をし、無言の圧力を見せつける必要がある。

戦さになってもしも負けでもしたら、元も子もなくなる。幕府軍がそれぞれの持ち場に至れば、命令のあるまで動かず、戦勢の盛んなるところを見せつけて攻撃の態勢を整えている間に、最後は西郷自身が吉川監物に会って、一気に講和に漕ぎ着ける手筈を整えた。

元治元年十月二十六日、西郷は大坂まで下って、大坂から船で広島に着いた。翌日には岩国に入り、城主・吉川監物に拝謁を申し入れた。監物はすでに高崎らから西郷の来ることも、講和の内容も知っているので、すぐに対面した。吉川監物は待ち兼ねていたのか、手招きをして西郷を迎えた。六万石の大名に、このように迎えられた西郷は恐懼《きょうく》して、

『このたびのお骨折り誠に有り難く存じます。吉之助、心より御礼申し上げますと共に、ご心痛のほどお察し申し上げます。すでに総督さまからも、拙者からの使いの者からもお聞きおよびでありましょうが、ご本家ではご謝罪の実行がいまだなされておりません。これでは総督さまのお立場もありませんので、よろしくお計らいのほどお願い申し上げます』

『ならば如何いたせばよいのか』

『まことにお引き受けがたいことながら、お三人のご家老には死罪、参謀の方々にも然るべきご処置が必要かと存じます。いずれも忍びないことながら止むを得ません』

『相分かった。さっそく、本藩に伝えてそのように取り計らおう』

『左様にお取り計らいますれば、拙者も総督さまに出来るだけ寛大なるご処置をお願いする所存であります』

ここに西郷と吉川監物との話し合いが解決し、西郷の正義感溢れる態度と、人をひきつけておかぬ徳望にいたく感激した監物は、二人の家老を接待役として西郷をもてなした。特に、こ

のときの接待役であった香川諒《まこと》は、西郷の人格に深く傾倒したといわれる。

西郷は禁門の戦いで捕虜とした十人を、吉川家にいったん預けて、生命の保障が出来た上で帰宅させてやってくれと、添え書きをつけて送り届けたという。会津藩では、捕虜は全部死刑にしているし、総督の尾州藩では大坂を出陣するときに、慣例として行なわれる出陣の血祭りとして、七人の首を斬っていることに引き比べれば、いかに西郷がこの戦さに賭ける心配りが深かったか、いかに無力な者に対して愛情が深かったかが知れよう。

繰り返すようだが、西郷の歩いた苦難の道の険しさと、その体験から得た愛情の深さは、この非常の時にこそ発揮された一事からも、西郷の人間としての大きさが知れる。

長州本藩では監物の進言にしたがって、三家老に自刃を命ずることに決定したが、この処置に憤慨する奇兵隊諸隊は、三家老が収監されている徳山の牢に押し掛け、三人を奪おうと蹶起《けっき》しだしたので、藩庁は慰撫に努めるけれども、聞く耳も持たない有様であった。この状況下では、もはや猶予は出来ないと、予定を繰り上げて十一月十一日、十二日に三人に自刃させ、野山の獄に繋がれていた四参謀も斬罪にした。

翌十四日、本藩の家老・志道安房が三家老の首を総督府に持参し、四参謀を処刑したことを報告した。首実検は幕府の目付・戸川半三郎と総督の代理として、尾州家の付家老・成瀬隼人正が行なった。十六日には幕府大目付・永井主水正と先の幕府目付戸川半三郎らは広島の国泰寺で、吉川監物と会見することになった。

大目付永井主水正は、幕府内きっての傑物であり、頭脳の切れることは剃刀といわれた人物である。この永井の尋問に立ち向かい、切り抜けるのは容易ではない。

吉川監物も必死の弁解に努めた。永井は監物の腹の中は元より知り抜いている。ここで監物の弁解に手心を加えずに、あくまで厳重な処置に出れば、一藩挙げて死力を尽くして抗戦するだろう。その覚悟が出来ていない監物ではない。すでに面上には、その気迫が十分に窺《うかが》える。さりとて幕府の権威は、厳として見せつけねばならない。

永井をはじめとする幕府役人と吉川監物との丁々発止のやりとりもようやくすんで、

『本日の聞き取りはこれで終わる。ご苦労であった』

永井は、席を立って奥へ入った。

監物はしばらくは立てないほどに憔悴していた。体力、知力の限りを尽くして言い繕《つくろ》った疲労のためか、立ち上がろうとして、ふっと目眩《めまい》に似た発作が起こったが、気力を励まして控え室に戻り、尾州総督と芸州藩への嘆願書を差し出して国泰寺を引き上げた。

西郷はこの後、総督府へ出向いた。総督も永井も戸川もいて、今日の会見での吉川の弁明について西郷の意見を聞いた。西郷は、

『長州藩に全面降伏させるつもりなら、今日の会見も今までの周旋も不用でありましょう。武力で押せば良いことであります。そして徹底的に叩き潰してからでなくては、全面降伏させることは出来ないのは、過去の戦歴で明らかであります。もし戦争となりますれば長期に渡り、戦費も嵩《かさ》み、兵も疲れます。これを指揮統率される総督さまはじめ、各藩大名も永滞陣には、何かと不都合も出来て参りましょう。全面降伏させることは良策ではないと心得ます。よくよくご思慮されるようお願い致します』

これ以上の苛酷な処分は不可であることを理を踏まえて説いた。

『西郷殿の申すことも、またもっともであるが、今ただちにそのように決することは出来ぬが、審議の上、何分の沙汰があろう』

永井もこのように返事するより仕方がなかった。西郷は大役を果たして帰った。

この後、講和の周旋の労をとった芸州侯から、皆もいるので一席持とうと、吉川監物に招待状が届き、肩の荷を降ろした吉川はさっそく出向いてきた。特に西郷に会いたかった。

西郷から今日の弁明は上出来であると褒《ほ》められたが、吉川は、

『まだご征討期日を変更するとか、長州藩へのご処置の詳細が決まっていませんので、その件を確かめずに帰るわけには参りません』

西郷に傾倒している香川は、西郷から離れず、

『西郷先生こそ頼りでござる。主君の心労は見るに忍びません。どうかどうか』

泣かんばかりに嘆願した。西郷も香川の忠誠心にほだされていた。

西郷は総督に拝謁し、総攻撃の期日を十一月十八日より延期することを約束させて吉川監物を訪ねた。

『長州藩が預かっている五人の公卿をお差し出しになること、公卿に従っている諸藩の志士や浪人の本国や姓名を報告すること、山口のお館を毀《こわ》つこと、この三つを総督府では要求しているが、出来ましょうか。私はこれで決着がつくと信じています』

西郷は最後通牒ともいうべき条件を出した。聞いていた吉川は問うた。

『それで確かに決着がつきましょうか』

『吉之助、力を尽くしてそのように計らいましょう』

これを聞いた吉川監物は、ぐっと胸が迫って言葉が出ない。この条件で決着させるのは誰にでも出来る交渉ではない。自身、大目付の永井との話し合いで、その難しさを知り抜いている。西郷の信義と愛情がこの大きな体に溢れて、一語一語に自信と力に充ち溢れ、ぐいぐいと伝わってくる。これは大変な人物だと感嘆せざるを得なかった。

西郷には自信があった。幕府が何と言おうと、永井がどれだけ強弁しようと、各藩大名の内実はお寒い限りである。一日滞陣が長引けば、どれだけの戦費が要るのか、これから冬に入って野外の滞陣くらい辛いものはないことは、足軽小者でも知っている。皆帰りたい。厭戦気分が蔓延してくれば、各部所を預かる諸将も気が気でない。幕府役人も、各藩大名も太平に慣れて長い間、戦争から遠ざかっていて、実際に戦争を経験しているのは、長州藩か薩摩藩か、せいぜい会津藩だけで、後は国境に迫った大軍を頼りに勝利を信じているに過ぎない。

今の征討軍の実力は張り子の虎で、化けの皮が剝げてはどうにもならない。ここはいち早く戦さを終わらせねばならない。戦勢が左右する実戦で長州勢が決死で押してくる場合、総督自体にやる気がなく、戦勢が低下している征討軍はいかに大軍といえども、勝利の保障はない。うかうかすれば、薩摩が先手となって戦わねばならなくなる。

西郷は何とか早く講和を締結しなければ、征討の実が挙げられなくなり、それでは総督にも、ひいては幕府の威信についての追求が始まるだろう。講和については問題は永井である。主水正という役職が、この秀才を雁字搦《がんじがら》めにしているのだ。永井は開明派で先見の明のあることは、衆目の一致するところであるが、そこは官僚で幕府へ帰ったときの同僚、上役からの批判を考えると頭が痛いのだ。

西郷は、処分の内容を伊地知に書かせた書面（書面の内容文は海音寺氏の文をそのまま引用した）を総督府に提出した。それは、

一　大膳大夫父子は落飾・隠居して末家中、最初から暴挙にくみしなかった清末家から家督を立てること。
一　馬関辺十万石をけずり、しばらく豊前藩（小倉小笠原家）、筑前藩（黒田家）あたりへあずけて守衛させること。
一　上関と大島も前条の両藩へあずけること。
一　吉川家は今度の功を賞して、正式の大名となさり、本家の後見を仰せつけられること。
一　官軍が征討に行き向かったしるしに、山口の新城と藩主の屋敷を破壊すること。
一　宮市、三田尻は長府から取り上げて他の末家に与えるか、公領として召し上げること。

ずいぶん思い切った苛酷な案であった。一読した永井はなおも、

『周防の全部を召し上げ、吉川家と徳山家はもと通り安堵、毛利本家の領地は一応、吉川領として下しおかれることとすべきである。そうすれば賞罰も明らかになり、また長州の人心安堵の道にもかなうであろう』

と主張したが、西郷は別に反対はしなかった。その後、永井は決断した。

『この案で幕府の決済を頂いた上で、諸隊の引き上げとする』

西郷はここで怒った。頭に来た。

『戦さに勝つより講和を結ぶことの方が難しいのであります。実地に現場におられた永井様でさえここまで漕ぎ着けるのに、幾日も掛かっているのをご存じでごわしょう。まして現場に居

合わせずに、江戸にいる老中様に議論を任せれば、どれほど日数が掛かるか分かりもはん。その間に不穏の事態が起これば、如何致しまするや。あれほど厳しい条件案でも不足として、講和不調にして帰ることが出来ますまい。よくよくお考えのほどを』

西郷も熱してきていた。言葉を選んだつもりでも、ついつい激しくなる。

『この征討は、総督さまがすべての権限をもって対処すべきもので、全軍の士気、今後の動静をお考えならば、直ぐにでも解兵すべきでごわす。もし出来ないと言うなら、わが薩摩藩は独自に引き上げもす』

西郷はこの苛酷な解決案では、長州の檄派は治まらない。かならず反対してくるが、今はこれで幕府を納得させて講和を結び、後は長州藩内のこととして征討とは切り離して、妥結の方法を探るより仕方がないのだ。

滅多に怒気を表わしたことのない西郷が、ここまでキッパリと言い切ると、さすがの永井も折れてきた。

『うまく事は運ぶであろうか』

『なんなら、総督さまにお伺いを立てて決済を仰ぎませんか』

官僚というのは難題に直面すれば、あくまでも責任逃れに汲々とする。西郷は世話のかかる子供をあやすような気持ちであったろう。総督とはすでに話は出来ている。

正確には元治元年十一月十九日、西郷が総督府に出頭しようとする直前に、岩国藩の香川が駈けつけてきた。

『奇兵隊が五人の公卿を奉じて功山寺に立て籠り、それぞれ勝手に、御楯隊、膺懲隊、八幡隊などの名称を名乗った武装した部隊が、続々と集まって、その数は五百とも六百とも知れません。一説には三千人もいるという噂です』

　これを聞いた西郷は、

『言わんことではなか。ぐずぐずすればすっほど、不慮の事態が起こってくる。幕府の戦目付に確たるっ覚悟がないばかりに、事態が悪化の一途となる。なるほど、そいが噂に高い奇兵隊か。武器を持ち統制のとれた一揆勢じゃやな。こいは油断のならん勢力でごわそ』

　気持ちを引き締め、このことは自分の胸に収めて吉川監物と共に総督府に出向いた。手回し良く総督の了解はすでに得ていたけれど、あくまで永井が引き下がらないなら、奇兵隊の実力を暴露し、長州のことは手がつけられなくなるが如何されるのか、お覚悟はよろしいかと脅しを加えて詰め寄ろうと決めていた。

　永井にはとてもそんな覚悟のないことがはっきりしていたし、大物で秀才だとの触れ込みの永井にして、この度量のなさかと落胆していたから、西郷にもここまで強く出られる自信があった。案の定、事は西郷の思惑通りに運んで、ここに講和が成立した。

　この後、西郷は幕府の高官のツボの強弱に対するすべての処方は心得ているから、吉川監物に、今後のこまごまとした処置について親切に教えた。

　それは幕府の大目付の永井主水正と目付の戸川半三郎、総督代理の成瀬隼人正にはその役目柄、一刻も早く毛利藩主父子の自判のある謝罪状を出すべきである。その他の三家の書面も一緒に出すのが適切ではあるが、これは後からでもよいだろう。特に永井や戸川が幕府に帰ってから、老中のうちには、何かと面倒なことを言い出すかもしれないから、毛利の殿様の落飾退隠はしばらくしてからの方がよい。等など西郷の指摘は、幕閣や幕府高官の会議を聞いてきているほど、的確であった。吉川監物は言葉もない。六万石の大名がただただ頭が下がるばかりであった。（海音寺氏の「西郷隆盛」より参照）

西郷の長州への処置が初めと終わりで、これほどまでに変わったことについては、当時の関係した者たちも、今日の歴史家も大いに戸惑うことであろうと思われる。これについて私は、

第一に勝との会見で勝の示唆に深く思うところがあったこと

第二に長州の三十七万石とも思えぬ実力のほどが長州藩に対する見方を変えさせたこと

第三に高杉が組織した奇兵隊なるものの実態が、芸州広島に乗り込んで実地に見聞きし、三家老を奪い返すとの勢いが、ただならぬ気配に感じられたこと

第四に永井や戸川に会ってみて、勝の言う幕府の腐敗が真実であり、幕府にはハッキリと見切りをつけたこと

などであると思う。それと根本にあるのは、会津はもちろん、幕府ともいつまでも付き合っている場合ではない。それより今度のことで、関係を持った岩国藩や特に高潔な人物と見た辻将曹のいる芸州浅野藩と誼《よしみ》を通じておく方が得策ではないかと考えたと思われる。

こんな混沌としたときに信頼できるのは、幕府の力を背景にした秀才官僚や政界遊泳に優れた人物より、正義感のある将来を見通せる時勢眼のある人物である。

若いときには主君斉彬に見出され、教えられ、鍛えられて、多くの優秀な大名や学者の知遇を得、京の堂上公卿とも交際し、幕府の追求を受けて南海の島に流され、久光に疎《うと》まれて二度目は生死の境をさ迷った沖永良部島で命拾いをし、その間に経験した艱難辛苦で人間の心のな

かの表裏を熟知すると共に、幕府体制の秀才官僚たちの尊大な態度が、ともすれば周囲の状況判断に狂いが生じ易いこともよく見えてきた。

幕府の大目付や目付が命令一つで、全国の大名が恐れ入ると考えているとすれば、時代錯誤もはなはだしいといわねばならない。西郷のこの正確な見通しは、理論より先に体験した直感で理解したのだと思う。

この征討に参加した藩主、諸将のうちで、ここまで時代を見通せる人間はいなかった。敗戦処理の難しさは戦争を始めるより難しい。

其の五　講和成立

講和は成立したが、やはり文句が出てきた。奇兵隊であった。彼らは長州ではもっとも過激な攘夷論者集団であり、禁門の戦いについては、長州は朝意を枉《ま》げる奸悪を打ち払うべく立ち上がったのであって、敵は会津と薩摩であり、いやしくも朝廷に対し奉り寸毫も邪心はないと強弁し、必死になって宥《なだ》めようと努力している藩役人の説得も、

『聞く耳持たぬ。うかうかすれば五人の公卿も、幕府へ差し出されてしまうに違いないぞ。そうなってはもう遅いのだ』

こういきり立って、藩首脳の退陣を迫って来ているという。

『噂に高い奇兵隊が騒ぎ出したか。戦後の後始末にはつきものでごわす』

回りの者にはこのように言って、西郷は冷静であったが、もう戦争にならずに帰国できると

思っていた者たちでも、口では、

『もはや堪忍ならぬ。ここまで譲歩してやっているのに、叩き潰すしかあるまい』

と、意気込むが、いったん、講和の話が広まれば、兵の戦意がなくなるものだ。その後、指揮官がどんなに頑張っても、兵はついてこない。西郷は居並ぶ諸将を見廻して、

『五百やそこらの兵との戦さは、いつでも始められます。わが薩摩藩だけでも十分ですが、まずは、拙者がかの地へ参り、説得してみましょう。ついては彼らを納得させる条件として、九州の五藩に分けて、お預けにするということで如何でしょうか』

こう言って一同を見回し、ぐっとあの巨眼を総督の徳川慶勝の方に向けた。先ほどからの西郷が単身、敵地に乗り込んで話を着けようという勇気ある言葉に、真の勇者とはこの者かと感嘆していた総督は即座に、

『あい分かった。そちの言う通りである。任せる』

西郷は重ねて、違背ないことを確認して宿舎へと帰ってきた。

何とも格好の良いことではないか。切った啖呵も凄ければ、貫禄十分の大男の主役がさっと立って見栄を切ったようなものだ。居並ぶ総督以下の引き立て役も揃っている。観客の万雷の拍手と共に、水もしたたるいい男が静々と花道を下がって行く絶好の名場面だ。

まさに千両役者であった。居並ぶ幕府の役人、総督府のオエラ方は声もなく見守るばかりであった。

さて、薩摩藩士が心配そうに見守る中で、旅の準備をしているとき、思いも掛けなかった筑前藩の重役、喜多岡勇平が訪ねてきた。

『西郷さん、ああた一人で行かしゃるらしか、危うか。大事なお人じゃけん、ここはわしに任せんね。わしも命懸けでかかるたい』

決死の覚悟はその面上に表われている。さすがの西郷も言葉に詰まった。まっすぐ巨眼を喜多岡の目に注いで、

『よかごわす。おはんにお任せしもそ。じゃっどん、五卿を五藩に分けてでは、とうていこの話はできもさん。そこは臨機にやりもそ。筑前藩がお引き取りになった後、生命の保障とか、ご身分についても努力しもすと、西郷がそう申したとお伝え下され』

かねてからの自分の秘策を話し、そして付け加えた。

『拙者もまだ藩からの許しは貰っておりもはんが、これには命を賭けていもす。かならず貰いもす。おはんも、この案で何とか藩をまとめてくいやい』

この後、二人で総督府に行き、筑前藩に一任する許可をとった。西郷はまだまだ異論を唱える者もいるに違いないが、話がここまで進んで、はや帰国を心待ちにしている将兵の不満を押さえるのはさらに難しい。それも分からぬ幕府の役人ならば、捨て置かねば仕方がないと読んでいた。

長州と征討軍との衝突は避けられたが、長州藩内は保守派（俗論党）が勢力を持ち直し、家老以下重職の者は、謹慎や免職され、高杉や松陰門下のよき理解者であった周布政之助は責任をとって自殺して果てた。長州は西郷の作戦通り、国内が二つに割れて、決着を見ることになった。

西郷は後は時が解決してくれるだろう。どうせこの問題はそう簡単に片付くことではないと、

暗い気持ちで夜空を見上げて流れる星を見詰めているうち、あの大きな星はきっと主君斉彬様に違いないと思えて、

『西郷、何をしている。急《せ》いては事をし損じるのだ。回り道を考えよ』

そう言われているような気がしてきた。なおも見続けていると、気分が落ち着いてきて、

『回り道か。殿様の言われっ通りじゃ。おいは自分では落ち着いていっつもりでも、焦っていたに違いなか。殿様は何から何までお見通しじゃなあ。よしっ』

寒さを吹き飛ばすかのように武者震いをした。

五卿のことと筑前藩のことは喜多岡に任せて、良い報せを待つことにした。喜多岡らは十一月二十八日、長府に着いて公卿たちのいる功山寺に行き、種々説明し、公卿らも一応は納得の体であったが、奇兵隊に属する幹部たちの反対で事は成就せず、一頓挫していることを知った。

筑前藩の月形洗蔵、筑紫衛、今中作兵衛と久留米藩郷士淵上郁太郎ら四人が、今一度、以前から面識のある伝手《つて》を頼って、この問題の解決に乗り出したいと、西郷を訪ねて来たので、その好意を謝して任せてみることとした。出来るだけのことはしてみよう、急ぐまい、それでも駄目なら、最後は自分の出番だと焦る心を押さえた。

月形は儒者で尊皇の志の厚いことで知られ、早くより活動していて、長州藩のことも九州諸藩の内情にも通じ、志士たちにも信用があった。

月形らは功山寺に赴き五卿に会い、折衝役の水野丹後に、諄々と講和の大切なことを説きに説いた。その熱意と理の通った鋭い論法に、さすがの水野も折れて納得し、五卿のうちの三条実美が代表して、長州藩は恭順の誠を尽くしているから、藩主父子の罪はなるべく寛大にする

よう奔走してほしい、との自筆の書き付けを貰って帰ってきた。

一方、西郷は小倉にいる副総督の松平茂昭が、長州に甘い講和はけしからんと怒っていると聞き、船で広島を発ち、十二月八日、小倉の副総督に面会を求め、総督や幕府役人に説明したような趣旨を述べて、頑強に反対する熊本の細川藩とも納得させた。

いよいよ西郷は単身、長州へ渡る決心を固めたが、吉井幸輔と税所長蔵の二人は、危ないから一緒に行くと言ってきかない。ではと、三人で馬関へ渡ることになった。

当時の薩摩と長州の間柄はまさに一触即発で、長州武士なら薩摩の武士と見れば、直ぐにも斬り掛かってくるほどの険悪さであったが、決死の西郷は真っすぐ奇兵隊の山県や諸隊の隊長を訪ねて、膝を交えて話し合いに入った。山県はじめ諸将は、

『西郷はただの命知らずではない。命を賭け、ありったけの誠意を示して相手を圧倒し、その誠意と共に伝わってくる温もりが、五卿の動座に反対する固い心を溶かしてゆく』

と、この訪問に感激し、ついに双方の合意を見るに至った。十二月十二日であった。

十二月二十七日、五卿が九州へ移転することになったのを機に、総督は全軍の解兵を宣言し、翌年の慶応元年一月四日、帰国の途についた。

読者は双方合意に達してから解兵に至る十五日もの間、この雪の降る国境の野外で、大勢の兵がなぜ滞陣しなければならなかったのかと不審に思われるはずであろう。私もまったく同感であったが、先にも書いたが、この講和は西郷の思惑どおり長州の内訌であるとし、征討とは切り離して処理したので解決できた。だが、どっこいそう簡単に事が運んだわけではなかった。

征討軍の中の幹部にも、バカもいれば調子はずれもいる。それらが戦勝に酔い、不作法をあ

えてする輩もいる。いつものことながら、こんな者に手間暇がかかるのだが、それもなんとかうまく処理して、ともかくも第一次長州征伐はかくして終わった。

鹿児島へ凱旋した西郷は、藩主父子に謁し報告をすませた。この後、尾張前大納言（征討総督・尾州侯）のたっての頼みで薩摩藩主・島津茂久、久光は両人連署の感状と拵刀（薩州住人正真作）を西郷に与えた。

西郷は薩賊会姦といわれた薩摩の不人気を回復し、今また長州征討の大仕事をやり終えて、ようやくこれなら国事に奔走して行ける自信を持った。

『おいのこの大きな目もようやく開いたということか。やっと開眼じゃやなぁ』

西郷はこのとき、初めて維新の旅を続ける自信が出来たと思った。

この第一次長州征伐の経緯を仔細に検討すると、確かに表舞台は主役の西郷ばかりが目につくが、舞台は主役だけで勤まるものではない。何より演出が大切ではなかろうか。演出の役目は遠く薩摩で国父・久光の側近にあって、久光の機嫌を執り続け、西郷に国元からの情報を送り続けた大久保の深慮遠謀にあったのは隠れもない事実であった。

久光の西郷嫌いは自明だが、西郷の行動の一切を把握しなければ治まらない久光を、騙《だま》し、宥《なだ》めて西郷を働き易くさせるべく計った大久保の存在を、無視することは出来ない。同時に大久保の鋭い時勢眼による助言が、西郷を時として時宜を得た行動を容易にしたのである。つまりは二人の息がピッタリと合った舞台であった。

【参考・引用文献】

「幕末維新おもしろ事典」奈良本辰也著　三笠書房
「高杉晋作」同右　中公新書
「吉田松陰」同右　同右
「坂本竜馬」池田敬正著　同右
「酔って候」司馬遼太郎著　文藝春秋新社
「竜馬がゆく」同右　文藝文庫
「翔ぶが如く」同右　同右
「手掘り日本史」同右　毎日新聞社
「歴史雑学事典」毎日新聞社編　同右
「日本歴史を点検する」海音寺潮五郎・司馬遼太郎　講談社
「海江田信義と幕末維新」東郷尚武著　文春新書
「おかげまいりとえいじゃないか」藤谷俊雄著　岩波新書
「日本うら外史」尾崎秀樹著　日本交通公社
「黒船」吉村昭著　中央公論社
「桜田門外の変」同右　新潮社
「目明かし文吉」西村望著　天山出版
「日本の青春」童門冬二著　三笠書房
「徳川慶喜の幕末維新」同右　中央公論社
「竜馬暗殺」早乙女貢著　広済堂

「論考・八切史観」八切止夫著　日本シェル出版
「南州残影」江藤淳著　文藝春秋社
「義理」源了園著　三省堂
「兵法孫子」北村佳逸著　立命舘出版部
「埋み火」大室了皓著　国税解説協会
「敬天愛人・西郷隆盛」海音寺潮五郎著　学研M文庫
「勝海舟・氷川清話」江藤淳・松浦玲著　学研文庫
「最後の幕臣・小栗上野介」星亮一著　中公文庫
「よみなおし戊辰戦争」同右　ちくま新書
「鹿児島県方言集」鹿児島県教育会　図書刊行会
「えらぶの西郷さん」和泊西郷顕彰会　同右
「西郷隆盛順逆の軌跡」栗原隆一著　エルム
「ことわざ・名言事典」創元社編集部編　創元社
「竜馬の手紙」宮地佐一郎著　ＰＨＰ研究所
「敬天愛人・六号」財団法人西郷南州顕彰会　同上
「同　　・七号」同右　同右
「同　　・十九号」同右　同右
「詳説西郷隆盛年譜」山田尚二著　同右
「西郷と薩長同盟」芳即正著　同右
「桐野利秋のすべて」新人物往来社編　新人物往来社
「西南役伝説」石牟礼道子著　朝日新聞社

「幕末の三舟」松本健一著　講談社選書
「鹿児島県の歴史散歩」鹿児島県高等学校歴史部会（野沢繁二）　同右
「朝焼けの賦」赤瀬川隼著
「明治維新と下級武士」木村礎著　名著出版
「日本歴史大百科事典」日本歴史大辞典編集委員会　河出書房新社
「世界大百科事典」下中邦彦編集発行　平凡社

あとがき

戦後、誰に教えられたのでもない。ただ何となく好きになったのが西郷隆盛であった。数えで十七歳の師走であった。講談師で代議士でもあった伊藤痴遊の著書「西郷南州」を、古本屋で買い求めて読んだのが最初であった。それからだんだんとのめり込み、西郷についての本を漁り出した。中でも仁丹本舗主・森下博氏が発行した「西郷南州先生遺訓」を読んだときは、これこそこれからの自分の人生の指針だと思った。

今から考えれば、ずいぶんと時代に逆行していたとしか思えない。少年の頃、「三国志」を読んで義に生きた関羽に涙した精神は、軽佻浮薄としか思えない戦後の風潮に反発していて、自分としては当然の路線に乗っただけであったのかも知れない。

生活の口すぎとして満二十二歳で始めた自営業は、親から貰った老舗《しにせ》、財産、現金とはまったく無縁、軒下を借りての開業であってみれば、爾来、灯火親しむなどとのんびりしている暇はなかった。気が付いたときはもう五十歳を超えていた。あることがキッカケで手紙を書くことが多くなり、あまりに下手な文章に発奮して、手紙の書き方を勉強しだしたことが、文章を書くことへと繋がった。

はや七十歳を越してくれれば、せめて崇拝する西郷南州について自分なりに書いておきたい。子供にも恵まれない自分としたら、あるいはこれが後世へ残すただ一つの財産になるかも知れないし、不遜にもこれによってあの大作家司馬遼太郎さんでも解らないといわしめた西郷が、少しでも解るかも知れないと書き出した。

私は西郷に取りついて一番感じたことは、今まで多くの関係した本を読んでいながら、それが少しも役に立たなかったことである。確かに事件の内容とか年月日とかは、詳しく知ることが出来たが、それを西郷がどのように解釈し、どのような心で処理したのかを、さてそれを自分が書いて多くの人様に読んで頂くとなれば、一体どのように書けばよいのだろうかと恐れ戦《おのの》いた。

かくて初めから書く気で読みなおして行くことにした。「はじめに」の項でも書いたが、「うす馬鹿」といわれた少年が、明治維新を牽引して成功に導いた巨人にどうしてなっていったのか、並みの総理大臣の伝記を書くのでも難しいのに、「西郷は私の手に負えない」と、一時は諦めかけたことは事実である。西郷流に言えば、それでは白刃を見て逃げるに等しいではないか。

『考えれば自分の一生で、今がもっとも幸せなときであろう。学問はない、経験も頭脳も知れている。だけれども、幸いにして体だけは丈夫で、生活も何とかやって行ける。今一度、西郷に体当たりして、せめて粉々に散ってみよう』

その昔、私は海軍の飛行兵を志願した。あのときの鍛練は何だったのか。余生を生きる者として、叶わずとも西郷に体当たりする気概をもって書くことで、老後の自分を鍛え、最期へ向かって歩こうと思い定めることが出来た。自分も開眼したかったのだ。

時あたかも改革の時代である。それも併せて考えてみた。現在、言われている構造改革、平成十三年六月に閣議決定されたその基本方針は、

『市場の障害物や成長を抑制するものを取り除く。市場が失敗する場合にはそれを補完する。そして知恵を出し、努力した者が報われる社会を作る。こうしたことを通して、経済資源が速やかに成長分野へ流れて行くようにすることが、経済の構造改革にほかならない』

これを分かりやすく解説すれば、

『規制緩和で市場の領域を限りなく拡大し、競争を促進して、より高い成長を実現することとなる』（立命館大学教授・高橋伸彰）

ということらしい。らしいというのは、この本を書いていて、どんな改革でも、人の思うようには行かないことの方が多いと知ったからで、明治維新も、まったく紆余曲折の長い時間を過ごしてやっと出来上がったのだ。こんな混濁の中では、生半可な秀才や天才では耐えられない。

やはり持って生まれた大度量、常人には「うす馬鹿」としか思われないほどの人間でなくては、最初から最期まで生き抜くことは出来ない。そんな人が今の日本にいるだろうか。「いるかな」と心配する。

西郷は「うす馬鹿」と蔑まれ、大して秀才でもなかったとすれば、自分でも努力すれば西郷の真似事でも出来るようになれるかしらと、まったくノー天気なことを、十代の頃は考えたこ

ともあった。後年になって、その持てる度量の大きさは、並みの尺度で計れるようなものではないと知って、ただただ自分の不遜を恥じるばかりである。

あの沖永良部島で耐えられた艱難辛苦だけでも、常人には耐えられるものではなく、今日の不況やリストラでの苦しみよりも何倍も厳しいもので、遙かに遠く巨大な人間像として仰ぐだけである。

西郷を書こうと決心すると、当然、自分も思索をして修行の実際を研究せねばならなくなる。また数少ない自分の経験、遭遇した事実、そこから得た処世や懺悔を掘り返さねばならなくなる。そしてそれが私を励まし勇気づけて、この仕事に没頭させてくれた。

これ以上欲することは、もしも天が私に西郷のような巨人の謦咳に接する幸運を与えてくれるなれば、これこそ望外の喜びとするところである。

不思議としか思われない余慶が、この世にあることを信ずる私である。

書くことで感謝が得られ、充実した人生を送れることを知ったが、今回は書くことだけで精一杯のまったく苦しい体験をした。このことは私を奮い立たせ、老後に目標を持たせ、感謝の毎日を送らせ、若さを得て活動の範囲が広がり、またしても感謝、感謝の毎日を経験させてもらっている。

多くの人に助けられ、多くの人と書物に啓発されてどうやら出来上がった。本を書くことは自分を書くことに他ならない。西郷南州の心が伝わり、併せて私の心を読み取って頂ければ望外の幸せである。

「巨眼さぁ開眼」だけ書ければよいと思っていた私であったが、何とか書き終えてみると、この後の西郷の足跡をたどらねばとなって来た。そこで題名も「巨眼さぁ往く」として薩長同盟、大政奉還、江戸城開城、廃藩置県と進み、征韓論に破れて城山で戦死するまでを書くこととした。「巨眼さぁ開眼」同様ご愛顧を賜われば作者の望外の喜びとするところである。

作者拝

巨眼《うどめ》さぁ開眼《かいげん》

二〇〇二年九月一六日　第一刷

著　者　阪口雄三

発行人　浜　正史

発行所　元《げん》就《しゅう》出版社

〒171-0022
東京都豊島区南池袋四―二〇―九
サンロードビル三〇一
電話　〇三―三九八六―七七三六
FAX〇三―三九八七―二五八〇
振替〇〇一二〇―三―三一〇七八

印刷　東洋経済印刷

ISBN4-906631-86-X　C0095